天空之镜

陈河 ○ 著

人民文学出版社

图书在版编目(CIP)数据

天空之镜/陈河著.—北京：人民文学出版社,2022
ISBN 978-7-02-016972-6

Ⅰ.①天… Ⅱ.①陈… Ⅲ.①中篇小说—小说集—中国—当代②短篇小说—小说集—中国—当代 Ⅳ.①I247.7

中国版本图书馆CIP数据核字(2021)第241542号

责任编辑　赵　萍　王昌改
装帧设计　刘　远
责任印制　任　祎

出版发行　人民文学出版社
社　　址　北京市朝内大街166号
邮政编码　100705

印　　刷　三河市鑫金马印装有限公司
经　　销　全国新华书店等

字　　数　181千字
开　　本　880毫米×1230毫米　1/32
印　　张　9.25　插页3
印　　数　1—6000
版　　次　2022年3月北京第1版
印　　次　2022年3月第1次印刷

书　　号　978-7-02-016972-6
定　　价　48.00元

如有印装质量问题,请与本社图书销售中心调换。电话:010-65233595

目　录

天空之镜　　1

丹河峡谷　　94

碉堡　157

寒冬停电夜　　225

那灯塔的光芒　　247

天空之镜

一　从拉巴斯入境

飞机降落在高原城市拉巴斯的机场。这里海拔四千多米,是玻利维亚的行政首都,地势比西藏拉萨还高。

机场不大,旅客也不是很多。李等在过海关的队伍里,脑子里老是有一个幻象,觉得今天是一九六六年十一月三号,切·格瓦拉就排在他的前面。格瓦拉持着一份伪造的护照,化装成了一个秃头戴眼镜的人,正在回答海关警察的盘问。这一个幻觉让李无端紧张得手心冒汗。很快轮到他进关检查,警察随口问他来玻利维亚做什么,他回答是来旅行。警察在护照上盖了印,他就出关了。

为了出行方便,李把行李都装在一个可以随身带上飞机的拉杆箱里,再加上一个双肩包。所以他下飞机后不用等行李,很快就到出租车站,让司机拉他到预订好的 Copa Cabana 旅馆。五十三年前切·格瓦拉进入拉巴斯之后,住的就是这个旅馆。半个小时后,李到达了这个有年头的旅馆。旅馆外面是简陋的泥土墙,里面建筑结构却是精致的,有好几个连环套着的四方院落。

李入住了二楼一个房间。他放下行李,脱下外套,坐到了一张带木头扶手的沙发上,从双肩包里拿出切·格瓦拉的《玻利维亚日记》,翻到中间的插图页面。第一张插图照片就是格瓦拉入住这个旅馆后的自拍照片。照片是透过一扇带把手的玻璃门拍的,他穿着一件桃心领的羊毛衫,大半个脑袋秃着,手里拿着一部照相机,坐在也是木头扶手的沙发上,嘴里衔着一支雪茄,眼睛看着照相机镜头。李看看房间,面前也有一扇和照片里一样的带玻璃的门,沙发的木头扶手也是深色的。莫非格瓦拉当年住的就是这个房间? 不管怎么样,他已经进入《玻利维亚日记》的场景里了,一切就像个不可思议的梦境。

这个梦境的缘起有几个节点。最初是十多年前他在古巴切·格瓦拉墓园发现那个外号叫"奇诺"的队员可能是个中国人时,就萌生去玻利维亚做调查的想法。而最近的一个节点是一年前李在秘鲁高原湖泊的的喀喀湖的时候,人们告诉他的的喀喀湖有一半属于玻利维亚,那闪光的湖对岸就是玻利维亚土地。当时李的心里闪过一道光:"哎呀!这就是玻利维亚,越过这条边境,我就可以到玻利维亚去寻找切·格瓦拉当年走的游击队之路了!"李这样想的时候,内心马上有一个强烈冲动:必须要到玻利维亚去一次。

从那之后他开始安排玻利维亚旅行线路,之前他以为玻利维亚只是一个贫瘠的高原国家,没什么旅游资源。但他开始看攻略之后,才知玻利维亚不仅有古老美丽的高原城市,还有大片亚马孙雨林盆地,最著名的是西北部的乌尤尼盐沼湖,因地处四千米高的高原,高纯度的盐沼结晶产生强烈的反射效应,被称为"天空之镜"。李在玻利维亚旅游目录上输入一个关键词:Che Guevara(切·格瓦拉),结果马上跳出了好几个 Che Guevara Tour(切·格瓦拉主题旅游线路),里面有详细的行程和地图。

李仔细研究着行程和地图,兴奋地看到《玻利维亚日记》所写到的地点都在行程里面了。他没有想到玻利维亚会有格瓦拉游击队主题旅游线路,之前他以为要是去寻找格瓦拉踪迹,完全得像考古学家一样去发掘呢。他联系了当地几家旅行社,发现都是西班牙语团,能提供英语翻译的只有一家名字为 Amboro Tours 的公司,收费要比西班牙语团高一倍。他和 Amboro Tours 公司联系上,用西联汇款打了定金。之后,他订了飞往玻利维亚的机票。

李安顿好之后,就下楼了。他从前台拿了一张城市地图,要出去走一走。他没准备在拉巴斯逗留,明天一早就要坐车八百公里去圣克鲁斯,格瓦拉游击队主题的旅游线路是从那里开始的。现在距离他飞机落地已有两个小时,他开始感觉到高原反应,腿变得沉了,胸闷气短,人有点昏昏欲睡。他平静地迎接着高原反应来临。最近两年,他走了好几个高原地方,先是在秘鲁,之后在国内去了梅里雪山、稻城亚丁和青藏高原,经常在海拔四五千米以上。他来拉巴斯之前读了游记攻略,知道这里最著名的是女巫市场,还有几个西班牙风格的教堂。他走了这几个地方之后,就到了武器广场,南美的大城市几乎都有同名的武器广场。他在武器广场附近的一个餐馆坐了下来,一边看着广场上的人群和景色,一边吃着晚餐。

趁着李在吃晚餐的时候,让我们稍稍了解一下这个人的背景吧。他的老家在中国江南一个小城,一九九四年五月出国到了东欧的阿尔巴尼亚做生意,曾遭武装人员绑架,五年之后移民到了加拿大,在多伦多定居二十年了。从近两年频繁在高原旅行来看,他大概是个有空闲的人。但是他肯定有某些不同之处,因为一个普通生意人是不会去为了追寻切·格瓦拉足迹而深入玻利维亚的。他二十来岁开始写小说,想当一个作家,但没有写出有影响的作品。后来他选择出国经商中断了写作。在国外生活十多年之后,二〇〇五年他重新开始写小说,这一回他源源不断地写出一本本受读者欢迎的书。就在几个月之前,他去了意大利的西西里巴勒莫参加他的一本新书的发布会。意大利读者喜欢他的书,巴勒莫市长还给他颁发了荣誉市民的证书。读者不必在百度上搜寻李的信息,李不是他的真姓名,也不是他的笔名,只是作者在这个故事里给他的一个临时代号。

李坐在餐馆外边的露天位置上,桌子上有一瓶无糖的可口可乐,他总是不爱喝酒。他以一个经过长期训练的作家的眼睛观察着广场上人流和光线的变化。他对南美这片土地有着特别的感觉,因为在他开始写作时，正是拉美文学开始进入中国的时候，他熟读马尔克斯、博尔赫斯、略萨等人的作品，所以眼前武器广场场景在他的心里会唤起阵阵熟悉感。注意到这一点，会对我们了解李这个人有帮助。事实上，他追寻切·格瓦拉不是在追一个狂热的革命者偶像。更多的意义上，切·格瓦拉像是博尔赫斯笔下的一个在交错时间小径中行走的刀手，是一个文学的想象。他追寻格瓦拉，某种程度是在追寻自己内心深处的一个影子。这个影子深埋在意识的深层，他无法接触到。但如同声呐的原理，他把心力专注到格瓦拉的事迹时，能隐隐约约感觉到内心那个影子的回声。

晚餐后，天开始黑了，他在暮色中走回旅馆。回去是上坡路，高原反应加重，走路变得很吃力。到房间后，他想要打开电脑做些事情，发现房间里没有上网密码提示，只得回到楼下接待前台去取。前台的接待员不在，大厅很安静，只有沙发上有个棕发的女人坐着看手机。李等了几分钟，接待员还没出现。他不经意间和沙发上的女士四目相接，出于礼貌，他和她打了招呼，并问她知不知道接待员去哪里了。

"不知道，你有什么事吗？"她说。

"我想问一下Wi-Fi的密码，你知道密码吗？"李说。

"我不知道，不过我们可以试一下这个。"她说着，站起来走到前台。那里有张纸头上有一串数字。她让李把数字输进去，网络马上通了。

"你是从哪里来的？"她问李。旅馆里相遇的人通常都会这样问。

"加拿大。不过我是中国人,居住在加拿大。"李说。

"来这里旅行吗?要住几天呢?"她说。

"是来旅行,下午刚到,明天一早我就离开,要去圣克鲁斯那边。"

"为什么要去那边?据我所知,圣克鲁斯不是旅行的热门地方,而拉巴斯才是最热门的地方,你为什么不待几天?"她说。

"你知道吗?我这回是专门到圣克鲁斯去行走切·格瓦拉游击队的路线,所以心很急切,想早点赶到那边去。对不起,你应该知道切·格瓦拉是谁吧?"李说。

"我当然知道切·格瓦拉。因为我是阿根廷人。"女士说。

"真的啊。阿根廷人肯定都知道格瓦拉的。"李说。

"是的,如果你真想了解切,那你应该来阿根廷走一走。"

"是的,我读过切的《摩托车日记》。我前些日子还研究过这条线路,看到在伊瓜苏瀑布附近就有切和家人住过的房子。"

"不,切的老家房子在南部省份,一个非常美丽的地方,你应该去那里。"

"切因为小时候有哮喘病,他家里选择了不同的气候带居住,所以会有好几个住地对吗?"

"一点没错。你对切了解得不少呢。我有点奇怪,你作为一个中国人,怎么会对切·格瓦拉这么感兴趣?"

"这事说来有点长。大概是十年前吧,我到古巴度假时去参观过圣克拉拉的切·格瓦拉墓园。在墓园的博物馆里,我看到在玻利维亚游击战中,格瓦拉身边有个队员的外号叫奇诺(Chino),我虽然不懂西班牙语,但明白 Chino 的意思是'中国人',当时就有了一个疑问,莫非格瓦拉的身边真有个中国人?度假回到加拿大之后,我也查过一些资料,想确认格瓦拉队伍里到底是不是有个中国人,但一直找不到答案。所以这一回我要到切·格瓦拉游击队活动过的现场去,我想当地的导游应该会知道奇诺的身份,会帮我解开这个谜。"

"我知道奇诺这个人。但他不是中国人。他只是眼睛是这样的,"她用双手在太阳穴边把眼睛往后拉,表示中国人眼睛比较眯,"可能他的眼睛像中国人,所以大家叫他奇诺。"她说。

"是吗?"李说。她这话让他有点失望,奇诺真不是中国人吗?但另一方面,这世界上居然还有别人知道奇诺,让他受到鼓舞。

"你是一个非常有趣的人。希望你接下来的旅途愉快。特别是希望你能解开奇诺身份之谜。"她说。

"谢谢你!阿根廷人。"李说。

二 前往圣克鲁斯

第二天一早,李前往巴士车站。从拉巴斯到圣克鲁斯有八百五十多公里,大部分路程在安第斯山脉的高山上,需行驶十八个小时。李在定线路时其实有另外两个轻松一点的选择。第一是直接从多伦多飞到圣克鲁斯。但他因为想追随切·格瓦拉当初进入玻利维亚的线路,所以第一站选择了拉巴斯。还有从拉巴斯飞圣克鲁斯的航班,只需一个多小时,机票比巴士还便宜。但是李了解到当时格瓦拉进入拉巴斯之后,是当地的游击队联系人科科陪同他坐一辆越野吉普经安第斯山脉到达圣克鲁斯这边的,所以他就决定坐当地巴士走走这条高原之路。

  对于李这样一个幻想型的人来说,在高原上行驶是一个不错的主意。他在秘鲁高原第一次到达了五千米以上的高度,看一座座圣洁的雪峰不时出现在远处,在缺氧引起的眩晕和恶心状态中似乎更能感觉到神的存在。半年之前,他在云南从梅里雪山脚下徒步走进了四五千米的雨崩村。没多久,他又一次从成都出发,坐巴士沿着318国道经过稻城亚丁,最后到达了西藏。现在他又一次在高原地带活动,他已经迷上了这种行走状态。巴士很大,旅客不多,他边上没人,便于舒展肢体。车子行进到五千米以上,他进入缺氧状态下半睡半醒的迷糊中。晕乎乎的眼神里,车窗外一忽儿闪过发呆的野生驼羊,一忽儿是高高的雪峰。这时他意识中浮现出一个记忆里的画面:一个女人裸露后背上张开双翅的飞蛾文身图案,非常美丽奇特。十多年前古巴海边度假区维拉蒂罗机场入境处,这个女人排在李的前面。古巴海关的效率极低,过一个人要等十几分钟,所以那天这个女人后背一直展示在李眼前。这个女子戴着一顶做工精致的草帽,穿着后背裸露的短裙装,皮肤被阳光晒成棕色。李几次看到过她的正面,她身材健硕胸部丰满,是单独的旅行者,有一张华人的脸,但显然不像在大陆长大的。"她是个什么人呢?她是独自来度假的?她不像一个旅行者,穿着那么讲究的高跟凉鞋,她是来会见一个什么有钱人的吧?她背上的飞蛾图案是什么意思呢?她会说中文吗?"李当时就这么胡思乱想着,还偷偷用诺基亚手机拍了她背后的文身图案。从那之后,这个昆虫的文身图案,就刻印在他意识深处。

后来这个文身图案和切·格瓦拉形象联系到了一起,当他在古巴各地看到格瓦拉戴着贝雷帽的大型画像时,会情不自禁给他插上一对隐形的飞蛾翅膀。这一次他在古巴待了十天,大部分时间是在度假区的海滨享受阳光,中间去了哈瓦那,参观了海明威的瞭望山庄故居,之后去了一个他计划要去的地方——切·格瓦拉纪念碑所在地圣克拉拉。在这之前,他对格瓦拉了解得不是很多,只知道他是个受西方愤青崇拜的偶像,萨特也推崇他。不久前,史蒂芬·索德伯格导演的好莱坞电影《切》上演,李看了这部上下集的大片,电影里有格瓦拉带部队攻陷圣克拉拉城的情节,所以他才会想到赴古巴一定要去圣克拉拉看看。

他坐巴士前往圣克拉拉,古巴的巴士全是中国造的宇通牌,很显眼。路上还看到几个油田的磕头机吸油塔,有中石化的标志。到了车站之后,改坐马车进入了城内。他在这个城市里看到一个奇特的景象,满街的人都拿着一根塑料做的扫把柄。他百思不解,这个疑问直到下午他转到一个百货店门前时才解开。很多的人在这里排队,手里拿着一张计划供应券,为了买到这一根塑料扫把柄。这下他明白了,古巴还是计划经济,物资供应短缺。人们可能有很长时间买不到扫把柄了,这回终于生产出来一批,全城的人都来排队。也许过几天,全城满大街的人手里会拿着个水桶或者锅盖。

看过当年激战的火车站之后,李前往了这个城市主要吸引游客的地方:切·格瓦拉墓园和博物馆。墓园中央有一个特别高大的格瓦拉雕像,他戴着贝雷帽,横挎着冲锋枪,造型很好,但是看起来很粗糙,像是用普通水泥做的,已经风化得很厉害,颜色也都褪了。墓园的一侧是格瓦拉博物馆,里面的收藏很丰富,有格瓦拉用过的衣服、武器等实物。大量的图片中有几张述说格瓦拉带领古巴人种甘蔗的往事,让李亲切想起在一九六五年那段时间他家乡供应的就是棕色的古巴糖。然后他看到了格瓦拉玻利维亚游击队生活的部分,看到他在坚持了十一个月山地游击战之后,被抓获、枪杀。

这个时候,有一件事引起他注意:游击队中有一个队员的名字叫奇诺。准确说这不是名字,是外号,每个游击队员都有一个外号。他觉得奇诺这个外号有点怪,好像是中国人的意思。而让他进一步感到奇怪的是,当他走到了地下层全体游击队员的墓穴时,看到挨着格瓦拉墓穴的就是奇诺,上面写着他的真实名字:Juan Pablo Chang Navarro Levano。墓穴里有微暗的长明灯,照着死者浅浅的浮雕。李心里一动,因为他注意到了长长的名字中那个 Chang,这是外国人翻译中国人"张"的写法。如果说他叫奇诺是出于偶然,那么加上了一个"张"的姓,是中国人的可能就很大。

李久久看着奇诺的画像,但是浮雕上看不出他有什么中国人的特征。他在这里买了一本英文版的《玻利维亚日记》,这本不长的日记里,格瓦拉有很多次写到奇诺,但没说他是哪个国家的人。李猜想奇诺可能是玻利维亚的一个姓张的早期华人移民的后代,他企图在网上查找奇诺的资料,想搞清他的身世。但是因为研究格瓦拉游击队的资料都是西班牙语的,他不懂西班牙语,无法进行下去。然而他没有忘记这件事,奇诺的名字像是一颗种子埋在他心底,一遇到合适的条件就发芽、长出枝叶来。这一回,他终于踏上了切·格瓦拉游击队线路。一定会有人知道奇诺的来历,李抱着这样一个希望,到了玻利维亚游击队活动的现场。

从拉巴斯出发,第二天上午才到达圣克鲁斯城。李住到预订好的拉斯帕尔马酒店,倒头昏睡了一阵,醒来时已是中午。他赶紧起身,今天要去一下 Amboro Tours 旅行社,把旅行费用用美元现金付清。他查了一下谷歌地图,旅行社就在中央广场隔一条街的地方,打车需十分钟,步行大概半个小时左右,他决定步行过去,一边走路一边熟悉街景。

没费多少周折,他就到了旅行社。门牌号下面有一扇小门,里面是一个光线不好的楼梯间。他往里张望时,里面一个看门的老人向他示意去楼上,办公室在上面一层。他上了楼梯,二层楼梯周围有不少房间,所有的门都关着。他看到一扇门上有 Amboro Tours 旅行社标志。他敲了门,门打开了。

开门的人是个不高的男人,看样子像白人,穿着带领子的短袖汗衫,户外活动短裤,身体很结实,像在健身房练过的。他就是和李联系的人。李还以为会是一个皮肤黧黑的印加人。他叫马扎罗。付清美元现金之后,马扎罗告诉李明天的英语团只有他一个客人,公司驾驶员去别的地方了,他自己来给李开车,到了目的地巴耶格兰德后会有当地英语导游陪同。

三 拉伊格拉村电报房

第二天早上七点,李下到旅馆的门厅,马扎罗已经在沙发上等着。他的车子停在门口,是一部越野的尼桑皮卡。后车斗上有供野外林地观景的开放座位,看起来很拉风。

车子出城后,路况还算不错。这里不是安第斯山脉,是玻利维亚的低陆平原。不久,远方出现一座高山,马扎罗说今天要去的地方在这座山的背后,要开三四百公里。地势渐渐升高,路边出现一些村落,居民的样子和城里的人不一样,部分人穿土著山民衣着。马扎罗说他们是高原下来的,寄生在城市边缘。说他们只会挣钱存钱,极少花钱,不讲生活质量。路边不时能看见一些巨大的广告牌,上面有个政治人物画像。李看不懂上面写的话,但大概能猜出是个竞选广告。马扎罗说这是现任总统莫拉莱斯,也是个高原上的人,他的任期已经早超过了,还不想下台。马扎罗的话表明他不喜欢高原上的人。

马扎罗英语流利,健谈。他很小的时候去了美国,在加州生活了十八年。回到玻利维亚有十多年了,现在和老婆开旅行社,有一个两岁的孩子。他在美国的时候还生过两个孩子,一个在法国,一个还在旧金山,他和这两个子女已经没有联系。李问他是不是西班牙人后裔,马扎罗一口否认,说自己是玻利维亚人。他说就像玻利维亚丛林里的猴子有黑色的、黄色的、白色的,他只是一只白猴子罢了。

一个小时后,平坦的道路消失了,进入了颠簸不平的盘山路,车速明显减慢。公路本来铺有沥青,但现在大部分破碎,坑坑洼洼,有些大坑得小心绕着走。马扎罗说这条路去年还是不错的,是被修高速公路和开铜矿的中国公司大型机械压碎了,所以才会这样糟糕。马扎罗说中国公司要帮助玻利维亚修建这条横贯全国的高速公路,以后从圣克鲁斯到巴耶格兰德只需要两个小时,而不是现在的七八个小时。李说这不是很好吗?当地老百姓是不是很高兴?马扎罗说当地人民根本不关心,也得不到好处,都是政客得利。马扎罗还说修建高速路是中国公司提供无息贷款,但前提是工程要交给中国公司来做,等于这些钱还是回到中国公司口袋,而贷款还是要还的。马扎罗的话越说越不好听,说这些公司在这里破坏了自然环境,给当地工人的待遇不好。

因为堵车,车子走走停停,看样子一天时间都会花在路上了。李想起了几个月前在老挝琅勃拉邦湄公河上坐游船时,导游指着一座在建的横跨湄公河的大桥说,这是中国公司的项目。李当时心里有自豪感,中国公司真是在世界各个角落无所不在了。

路又一次堵上了。这回是前方有个塌方,工程队正在用大型挖掘机临时挖出一条道路来。因为一时走不了,李下了车活动一下腿脚。他看到前方有一个穿着黄色施工安全服的华人,开着一台印着中建三局标志的车,便过去打招呼。这个人看到李很高兴,问他来这里干什么。李说是来旅游的。对方说很少有中国人到这个鸟不拉屎的地方来旅游,说着就聊起天来。他说自己姓崔,人家都叫他小崔,是江西南昌一带的人,他们工程队里都是江西人。

他这么一说,让李想起二十多年前在阿尔巴尼亚的时候,曾经有一支南昌工程队在地拉那承建楼房,但最后在当地动乱中被抢掠一空。他向小崔说起这事,没想到小崔说自己知道这件事,公司老总有一回在大会上讲述公司海外三十年发展史的时候,还说起过这段故事,工程队后来是坐希腊海军舰艇撤退的。李说正是这样,问他的老总叫什么名字。小崔说他叫杨永登。杨永登!当年他们很熟,经常一起吃饭喝酒。李正想和小崔详细说说,这时路通了,马扎罗按喇叭要走。李拿出手机,和小崔加了微信,说回头在微信上再详聊。小崔说会告诉杨总这件事。

过了这座山的施工区,路开始好开了点。快到的时候,马扎罗让李注意路边没有牌照的汽车,说这些车牌照不是丢了,是根本就没上。山民不理会政府法令,不上牌照不交保险,反正这些车也不会开到圣克鲁斯城里去。李一看路边停着的一排车子,大约四成都没牌照。他问马扎罗要是这些车子出了事故怎么赔偿呢?他耸耸肩说天知道。下午三点多,才接近目的地,比正常时间晚了两个多小时。马扎罗说当地导游会在前面一个路口等着。马扎罗说了"she",李才知道当地导游是个女的,之前他一直以为是男的。

下一个路口,马扎罗把车停下,李没看到导游等在那里。马扎罗打了电话,西班牙语说了一通,李听不懂。马扎罗说她马上过来,因为她在另一个路口等了。说着话时,李在后视镜里看到有个人匆匆过来了。马扎罗也看到了,说就是她,名字叫玛利亚。李下了车,在车门边迎接她,显得分外尊敬。玛利亚身穿灰色夹克衫,背着小型的双肩包,皮肤黝黑,没有明显高原山民的特征。李和她用英语问候过之后,就上了车。马扎罗对玛利亚说李对格瓦拉的事有很大兴趣,会有很多问题问她。

玛利亚说现在这个地方就是巴耶格兰德(Vallegrande),当年政府军围剿格瓦拉游击队时指挥部就设在这里。游击队被消灭之后,大部分尸体在镇上的医院展示,之后被埋在机场边上的野地里。她说,两天的行程安排,今天是到山区游击队活动现场,明天再回到巴耶格兰德镇参观医院和游击队员墓地。李多次读过格瓦拉的《玻利维亚日记》,对游击队活动线路地名有点了解,尤其是对日记里经常写到的格兰德河印象深刻。李不想马上询问奇诺的身份,想先听听玛利亚讲解,在合适的时候提出他最重要的问题。

大概半个小时之后,车子进入了岔道,一条简易的土路。路边有一个巨大木牌,上面有一张切·格瓦拉戴着贝雷帽的照片。玛利亚让车停了下来,说知道为什么这里有这个戴贝雷帽的格瓦拉画像吗?你看左侧的路边那一块圆形的石头,样子是不是很像一个贝雷帽?李顺着她所指的方向看,真的有一块巨大的扁平石头,很像是贝雷帽。玛利亚说当地人把这块石头当成神迹,就竖起这个画像牌子。

李和玛利亚以格瓦拉画像为背景拍了一张合影。这个时候,李注意到一个细节,他看到了玛利亚从一个小布袋里掏出几片绿叶子放进嘴里咀嚼,是古柯树叶。古柯叶是提炼海洛因的原料,咀嚼古柯叶子是高原山民的习惯,秘鲁的山地旅馆给旅客免费提供。虽然这是当地传统,但看到玛利亚咀嚼古柯叶时,李觉得还是有点怪怪的。

再次出发时,李觉得现在可以开始提自己的问题了。他已做足了准备,把《玻利维亚日记》书上奇诺和格瓦拉的三张照片存到了iPad一个文件夹里,他打开 iPad,让玛利亚看照片。

"玛利亚,我这回到这里一个重要的事情就是想解开奇诺的身份之谜。你知道奇诺是中国人吗?"他说,声音因紧张有点发抖。

"是的,奇诺是中国人。"玛利亚说,她的声音很平静。

"你能确定吗?玛利亚。"李说。

"他父亲是中国人,但他母亲是秘鲁人。"玛利亚说。

"有什么资料和文件可以证明他是中国人吗?"李说。

"前年,也就是二〇一七年的时候,这里举行过切·格瓦拉游击战五十周年的纪念活动,全世界来了一大批的学者专家,还有当年游击队员的家属。有一个秘鲁作家告诉我他知道有一本奇诺的传记。那本书里有奇诺的出生证明,写明他父亲是中国人。"

"你知道书的名字吗?我要找到这本书。"

"我知道的,晚上到旅馆时我给你找出来。"玛利亚说。

"真是太好了。我心里一个十多年的谜团终于解开了。"李说。他太高兴了,这一趟辛苦真没白费。

车子往上爬了一阵子坡,转过了山,在一个高处,前面豁然开朗。面对群山,脚下有一块肥沃的平原,山脚下有一条带状的有很多枝杈的河流,闪着亮光。李的脑子里跳出一个名字:格兰德河。玛利亚说,是的,这就是格兰德河。切·格瓦拉游击队的活动都是在河的沿岸进行的。起初,他们由于没有一张准确的地图,搞不清河的走向,有时只能根据河水的流向、河水的含盐量去寻找方位。李此时还处于解开奇诺身份之谜的兴奋中,思绪特别活跃,《玻利维亚日记》一些片段从记忆里流淌出来:

> 二月二十三号,从那一刻起,我完全是凭着意志力坚持往前走。这一地区最高海拔一千四百二十米,居高俯瞰,下面是一大片广阔的区域,格兰德河、纳卡瓦苏河河口和部分罗西塔河尽收眼底。地势和地图上标明的有出入,在一条清晰的分界线后,地形陡然下降,接着出现的是八至十公里宽的林木茂密的高原,远远还能眺望到一片平原。

李觉得这段日记描绘的正是他现在目光所及的地形。李还想起女游击队员塔尼亚遭伏击的地点就在河的上游。南十字座电台宣称,在格兰德河畔发现了女游击队员塔尼亚的尸体。这条消息并不像有关内格罗那条消息那么真实——她的尸体被运到了圣克鲁斯。也许河是最能代表时间的,孔子对着河说逝者如斯,希腊人赫拉克利特说一个人不能两次踏进同一条河。五十多年过去了,这条河还是那一条河吗?

按照行程,下午本来是要去切洛山谷(Chelo Canyon)。这里是游击队最后一战的发生地,切·格瓦拉和奇诺等人就是在峡谷里被抓获的。但由于路上堵车太久,现在太阳已经下山,参观峡谷来不及了。马扎罗说只能把这个行程改到明天早上,现在要去晚上的住宿地吃饭。在中途,玛利亚让马扎罗停了一下车,让李下车看一个重要的地点。

她指着公路边下方约一公里远有好些红色屋顶的村子说,格瓦拉被俘获之后,政府军带他到了这个村里,奇诺第二天被抓获也关在这里。政府军就是在这个村里枪杀了格瓦拉,在杀死他之前先杀死了奇诺。之后,格瓦拉的尸体用直升机运到了巴耶格兰德。格瓦拉被枪杀的场面,李在好莱坞大片《切》的电影里看到过,他对直升机运走格瓦拉尸体的情节印象特别深。眼前这个村子的红屋顶看起来很新,很刺眼,不大像是过去的建筑。李很想进这个村子看一看,这么重要的地方,怎么能隔这么远一看了事呢?不过时间的确是比较晚了,天已经黑下来,他不好意思勉强马扎罗和玛利亚带他进村子参观,于是就远距离拍了几张照片。他用手机测了一下海拔高度,显示一千八百米。格瓦拉在日记里每天都会记下海拔高度。格瓦拉用的是物理测量仪器,李用的则是卫星定位软件。

然后车子再次前进,这个时候要点亮大灯,天已经完全黑了。李以为要在黑暗中开很久,可没多久,车子就在路边停了下来。马扎罗说到达今晚就餐和住宿的地方了。玛利亚介绍说这个地方是拉伊格拉村(La Higuera),今晚吃饭住宿的地方是过去村里的电报房,游击队曾经住过这里。李记得格瓦拉日记里的确写到了电报房,具体发生了什么他已经记不清楚了,但肯定不是什么让格瓦拉愉快的事情。

电报房在路边的高坡上,有一扇大柴门虚掩着。马扎罗下车把那个柴门的门闩搬开,然后车子开进了一个不大的停车坪。李下了车,往上走了几步到了电报房的院子。三个人坐在一张木头桌子边的椅子上。玛利亚说主体的那一个长房子是电报房原建筑,没有重建过。院子里没有电灯,借着星光,李看到那长房子屋檐下的墙上挂着一些马鞍、子弹带、钢盔之类的东西,还有一些相片。玛利亚说这个屋子现在是客栈的客房,经营这个客栈的是一个法国人,他就在附近,马上会过来。李听到这个话觉得惊奇,在这个荒山野岭里,居然有法国人开客栈,这个人一定是十分喜爱切·格瓦拉的。法国人天生有革命浪漫情怀,有很多喜欢格瓦拉的人。

说话间,有人过来了,是个头发灰白的男人。他好像和马扎罗很熟络,聊了一会儿,然后就走了。马扎罗说这就是客栈的男主人。他说自己明天想到圣克鲁斯去,可车子发动不起来,问能否搭他的顺风车。接着过来了一个年轻的白种女人。她和玛利亚和马扎罗都很熟,用西班牙语招呼着,还贴脸拥抱。之后她用英语对李表示亲切欢迎。李猜想她应该是旅馆的女主人。

女主人介绍了客栈的设施,为了环保,房间里不提供电力,用蜡烛照明。屋内没有卫生设施,院子里有一个公用的厕所浴室,有电灯和热水淋浴。厨房里有一个电源插座,晚餐期间可以给手机充电。女主人说自己现在过去准备晚餐,大概需要一个小时,问他们要不要来一杯喝的,有咖啡、卡普、果汁等。李其实对咖啡没什么兴趣,不过以为咖啡是餐饮里包含的,就说要一杯咖啡吧。但他马上有点后悔,因为马扎罗和玛利亚一声不响没要喝的,李明白这咖啡一定是额外收钱的。他的晚餐已经包在行程里,这一杯咖啡钱是算在马扎罗的账单上。他偷偷打量了挂在厨房外面的餐单和价格,一杯咖啡要两块多美金,对工资不高的玻利维亚人来说这是很贵的。

女主人送上咖啡之后,就离开去准备晚餐了。李独自享用这杯令他尴尬的咖啡。马扎罗坐在对面,脸色阴郁冷漠。玛利亚则低头看手机,装古柯叶子的小布袋放在台子上,她从里面掏出几片叶子塞到嘴里,好像嚼口香糖一样。她在手机上寻找关于奇诺的那本书。这里没有电力,没有 Wi-Fi,不过还有微弱的手机信号。李注意着玛利亚脸部表情,她微皱着眉头,对极其缓慢的网速无奈地摇头。李有点紧张,只怕玛利亚找不到那本书。过了一阵子,听到玛利亚说了一声:"找到了!"他顿感欣喜,看到玛利亚在一张纸上面写下了一长串的文字:

Juan Pablo Chang Navarro Levano(1930—1967)

"他死的时候是三十七岁。"玛利亚说。这是李听到的第一个关于奇诺的个人具体信息。他把玛利亚手机上显示这本书信息的页面翻拍下来,虽是西班牙语,但上面的书名、作者、出版社、页数都能看明白。

"我之前只是猜想奇诺是中国人,以为他是玻利维亚本地的,没想到他是秘鲁过来的。"

"他不是一个普通的秘鲁人,他是秘鲁共产党的领导人,在国际上都有影响的。你知道吗?他来这里的目的是想把格瓦拉请到秘鲁去打游击的。他有很多事情,在《玻利维亚日记》里是看不到的。"玛利亚说。

这时候晚餐开始了。他们进了餐室,这里没有电灯,点着蜡烛。餐食很简单,只有一道沙拉和一盘牛肉。李这回接受教训,自己带了一瓶水,怕点饮料会额外收钱。但没想到女主人送来了包在餐费里的一大瓦罐的奇恰酒(Chicha)。奇恰酒是一种玉米发酵做成的酒精饮料,古印加人几千年前就用来祭祀神明。李在秘鲁曾经喝过一次,喝起来不大有酒味,但是后劲很厉害。今晚他只在酒杯里倒了一小半,说自己不会喝酒。马扎罗和玛利亚开始一杯杯喝奇恰酒,李注意到玛利亚的脸红了起来,她又开始嚼古柯叶子,眼睛发着亮光,这个时候的玛利亚显得漂亮生动。李心里有一种奇怪的熟悉感,好像眼前的玛利亚是一幅他见过的古画中的人物,或者说,她嚼古柯叶喝奇恰酒的形象和他意识深处的一个记忆相吻合。

李观察到餐室的墙上也挂着一些图片,其中有几张是奇诺的。一张是他被打死后尸体驮在马背上的,还有一张是他的尸体放在医院地上,旁边的清洗池上一群人在处理格瓦拉光着上身的尸体。李用手机把这几张图翻拍了下来。晚餐期间马扎罗说男主人明天要去圣克鲁斯是为了去看一架刚刚发现的切·格瓦拉用过的望远镜,一个当年的政府军士兵当时偷偷藏着,现在想拿出来卖。马扎罗说这法国人已经收藏了很多切·格瓦拉的物品,包括他的电筒、手枪和照相机等,他对切·格瓦拉很有研究。

晚餐后,马扎罗和玛利亚要到后面一个专门给导游住的屋子去住,电报房的客房很贵,只给游客居住。马扎罗说明天要早起,六点钟就出发。李到了自己的房间,用手机电筒照明看到了两张低矮的床前有一个小台子,上面放了两根蜡烛和两包火柴。他擦了一根火柴,把蜡烛点亮。借着昏黄的烛光,见墙上有一张切的画像,一张五角红星图。屋顶上面是一层厚厚的草毯。李拿出牙刷毛巾等用品,到房间外面院子里公用厕所兼浴室去洗澡。洗澡的时候从通气孔小窗口看到厨房里女主人还在收拾洗涮他们用过的餐具。李想起她之前说的可以到厨房里给手机充电的事,洗好澡之后,就带着手机过去充电。

女主人很热情,和他攀谈起来。当女主人得知李来自中国大陆后,显得很是惊讶,说这里从来没有来过中国人。他是第一个到这里过夜的中国人。

"你知道吗?在五十多年前,这里来过一个中国人的。那就是游击队里面的奇诺。"李说。

"对的,对的,奇诺是中国人!天哪,你怎么会知道奇诺?几乎所有的游客都只知道切·格瓦拉,不会知道奇诺,除非是专门的研究者。"女主人兴奋地大声说着。

"这么说你也知道奇诺是中国人!真是太好了。你是怎么知道奇诺是中国人的?有什么根据?"李为遇到又一个知道奇诺的人而高兴。他想从她这里得到奇诺是中国人的更多的证据或者故事细节。

"他的妹妹来过这里。那是前年,二〇一七年,纪念游击队事件五十周年的时候,奇诺的妹妹来了,就住在你今天住的这个房间。她在纪念签名册上写了字,还留下了联系地点。那回她非常激动伤感,她是个非常优雅的人,我现在还能细致回忆起她的样子。"

女主人说着拿出了纪念签名册,请李在签名本上写上几句话。李想看看奇诺妹妹的留言和签字,就问女主人是否可以带纪念册到房间里去写。她说当然可以的。于是,李对她说晚安后,抱着厚厚的签名本,回到了房间。关上了门,李躺在床上,看着屋子上的横梁和红星图,他心里生起一种幸福感,又有一个证据证明奇诺是中国人,而且奇诺的妹妹住过这个房间,纪念册里有她的签字留言,他觉得自己和奇诺的距离一下子变得很近了。

是的,五十多年前格瓦拉的游击队来过这里。李从双肩包里取出了《玻利维亚日记》,寻找关于拉伊格拉村电报房的那一段文字。他找到了,时间是一九六七年九月二十八日。格瓦拉在日记里这样写道:

> 一到拉伊格拉村,一切都变了。男人全跑光了,只剩下几名妇女。科科进了报务员的屋,里面有一台电话。他拿回一份二十二日的电报,从中我们得知巴耶格兰德的副镇长通知村长,若该地区有游击队出现,要立即通报巴耶格兰德,电报费用由镇里支付。村长已经跑了,但是他老婆向我们保证,村长今天没对任何人说起过游击队的事,因为村里的人都到邻近的哈圭镇上过节去了。
>
> 先头部队于下午一点出发,争取抵达哈圭镇后再就有关医生和骡子的事做出决定。当我正往山顶去的时候,也就是一点

半的光景,沿着山脊响起了枪声——我们中了敌人埋伏了!我在村子里一边组织抵抗,一边等着幸存者回来,并在通往格兰德河的公路上设置了出口。不一会儿,贝尼尼奥来了,他受了伤。随后,阿尼塞托和小巴勃罗也来了,小巴勃罗一只脚也伤得不轻。米格尔、科科和胡里奥牺牲了。后卫部队沿大路快速前进,我牵着两头骡子跟在他们后面,落在后面的人受到敌人火力的攻击,没有跟上来。为了在小路上把敌人甩掉,我们让两头骡子走下面的深谷,我们则沿着一个小峡谷继续往前走,再往上走一点峡谷里就有略带咸味的水流过。午夜十二点我们就躺下睡了,因为无法再往前走。这一次我们损失惨重,痛苦揪心的一天,刹那间我们好像是走到了生命的最后时刻。

李读着日记,想象着电报房外边游击队遭埋伏,三个游击队员死于机枪扫射的场景。他估计这三个游击队员就死在离这里很近的地方,而当时,格瓦拉和其他游击队成员可能就藏在这个屋里面。李从格瓦拉这段日记里读出沉重苦难的气氛,格瓦拉已经感到末日来临。

烛光映照的屋内有一种奇怪的气氛,山地夜间气温骤降,湿气浓重。李靠在被子上看着屋顶发呆,不知不觉睡着了。他做了一个奇怪的梦,梦中自己伏在窗外一个突出的水泥物体上,上不去,觉得这个水泥物体随时会断裂,自己会跌落深渊。他想往上爬回到窗户,又不敢动,怕引起水泥物体断裂。后来醒来,长长松了一口气。他起来到户外的厕所去小便,银河流沙,满天星光,空气新鲜但不是很冷,望得见周围的山间小道。他站在星光下,听到各种奇怪的声响,有些声音像铁器碰撞,也有一些解释不清。突然从远处的山道走来一个人,是玛利亚。她在夜色中那样清晰可辨,好像自身发着光辉的圣母似的。李以为她也是去公用厕所,想赶紧避开,这种情况遇见会比较尴尬。但她没去厕所,而是径直向前,对站在院中的李视而不见。李震惊中猜想她可能有梦游症,但又怀疑自己在梦中。为了证明自己不是在做梦,他用手机对自己拍了一张照片,以证明自己是清醒的。

他突然醒了过来,喘着大气。刚才的梦真实感那么强,让他难以相信不是真的。他打开手机,上面并没有那张自拍照。显然,他的确是在做梦。

四 走下切洛山谷,最主要的现场

次日行程的第一个点是拉伊格拉村主广场。凌晨六点,天还没亮,空地中央有一圆形台基,上面是切·格瓦拉的塑像,油漆很新但没有艺术感。前面还有一个比较小的塑像,玛利亚说这小雕像在格瓦拉被打死后当地山民就塑了,后来被政府拆毁了多次,可每次都很快重新塑起来。现在,因为商业性旅游,村头广场有了三座格瓦拉塑像。玛利亚说接下来要去参观关押格瓦拉的长屋子,他就是在这屋里被枪杀的。马扎罗已经去请村里看守房子的人来开门,守门人很快会过来。

这个时候,李明白了昨天在山上面玛利亚停车指给他看的红屋顶村子就是他现在所在的地方。当时他为没有进这个村参观心里不悦,并不知道今天一早会来这里。他顿觉兴奋起来,因为这是一个非常重要的地点。

他站在那个长屋子的外边等看管房子的人过来。一九六七年十月七号晚上,格瓦拉就关在这个屋子里。政府军事先就决定如抓获格瓦拉就打死他,因为如果公开审判的话,没有人能辩论得过格瓦拉,还会引来大批国际名人支持他。这个时候,奇诺也被抓到了,关在附近另一个屋子。第二天早上,政府军为了折磨格瓦拉,在打死他之前,先开枪打死了奇诺,让他听到枪声。政府军士兵中间选出了一个自愿去枪毙切的人,那个人夜里一直喝酒壮胆。第二天当那个士兵拿着枪进入屋子时,格瓦拉已经知道要打死他了。玛利亚说了一个细节,说当时有七个游击队员逃脱出包围圈,从村头上面的山上潜行而过。他们听到村子里有几声枪响,但不知道这几枪是打在格瓦拉身上的。这些游击队员在玻利维亚大山里潜行三个多月,除了一个在遭遇战中被打死,其他六个最终逃入智利境内。

看门人到来开了门。这屋子里面,挂着一些复制品,只有那一扇木门是当时的原物。这个屋子原来是拉伊格拉村学校的教室,后来没人愿意在这里上课。政府军部队因为消灭了游击队获得了一笔奖金。他们不敢领取,用这笔奖金修建了新学校。

李现在才知道,原来他昨夜睡觉的地方,距离切·格瓦拉和奇诺被枪杀的地点不到一百米。这个高度凶险冤气万丈的历史地点必定存储着巨大的能量磁场,所以他昨晚睡眠会那么怪异难受。现在天已经亮了,他们开车出村头,路边看到有一个小坟墓,上面有三张照片。这就是格瓦拉日记里写到的电报房外遭伏击丧生的三个队员,名字是米格尔、科科、胡里奥。

下一个地方是去格瓦拉和奇诺被抓获的地点——切洛山谷。车子开了约十分钟后,进入了一条小道尽头停下。然后,三个人往里走。李想起在圣克鲁斯的时候,马扎罗问过他想不想去峡谷下面。峡谷很深,上下要三个小时,需要体力,有的游客不愿意下去。李当时说要去的,现在到的就是这个地方。进入了小道不久,边上的树林里有好些牛。再往前走,看见了一座木头的房子,有一个六十多岁的当地农妇在那里等着。她比一般当地人要高大健壮,模样很自信。玛利亚介绍说这位妇人是这片山地的地主,我们要去的山谷就是她家的土地。李问,当年格瓦拉在时这土地已经是她家的吗?玛利亚说是她家的。那时她才十四岁,游击队来的时候孩子和女人都会逃离躲藏起来,她父亲接待过游击队。游击队的人给他拔过牙,不过当时他并不知道哪个是格瓦拉,因为每个游击队员都满脸胡子像野人,看起来都一样。玛利亚说当地人现在把格瓦拉当成了神,长久没下雨的时候会祈求格瓦拉给点雨水。马扎罗说玛利亚会带李下峡谷去,他在上面等。他看了手表,现在七点半,他们回来的时候应该是十点半,然后去巴耶格兰德进早餐。

玛利亚在前面带路,李跟在后面,进入屋子后面的山地。走过一段两边种着玉米的斜坡之后,开始进峡谷。小道笔直下降,时而有水流冲过。玛利亚说前些天下雨,雨大的时候这里不能走路,今天还比较幸运。好些地方被树木枝蔓挡住,李说格瓦拉日记很多处写到游击队员持着砍刀开路,玛利亚说山地女主人也有这样的刀,经常要来砍一砍。李觉得马扎罗不在场,玛利亚活跃了很多。她不像昨天一样只是个导游,显出了一个年轻人的天性。她在前面走几步,会停下来给李讲解。越过一个山坡,格兰德河现在很清晰地展现在眼前,看得清河水涟漪的反光,一直延伸至远处的平原。

玛利亚开始问一些中国和加拿大的事情。她说自己除了去过一次委内瑞拉,其他国家都没去,最想去中国看长城,还有古巴。她的家在巴耶格兰德附近的山里,家里兄弟姐妹很多。她在圣克鲁斯读了职业旅游学校,选了格瓦拉专业,所以对格瓦拉有些研究,对其他游击队员也了解。她说大部分游客只是通过《玻利维亚日记》了解这场游击战,而她接触到的有政府军方面的资料,有其他游击队员的日记,等等。她对自己选择当格瓦拉专题导游很满意,因为这个专题和其他的风光导游不一样,让她深入到了政治和历史,让她接触到世界各地对格瓦拉有兴趣的人,而这部分游客通常都是一些有思想的人。玛利亚说有很多女游客都说切·格瓦拉特别帅气,那只是爱他的表面。她说自己深深爱着格瓦拉的灵魂,不只是他,是所有的游击队员。玛利亚下山的速度很快,又不停说话。李得全力以赴才能跟上她。

说话间,就到了峡谷的底部。李看到在开阔地上有一个石头围着的圆圈,上面有油漆写着的标语。圆圈中央有一个红五星的图案,还有一棵开着白色花朵的非常茂盛的树木。

玛利亚说："我们到了!"李放慢了呼吸,自己进入了这次旅行最重要的一个历史场景,格瓦拉就是在这里弹尽粮绝被俘获的。李走到圆圈的中央,正对着他的那段圆弧上写着 Hasta la Victoria(直到胜利),左侧那段圆弧上写着 Patria O Muerte(祖国,或者死亡),玛利亚说,这句话是格瓦拉在纽约联合国大会发言时著名的结束语,后来游击队员见面时就会喊这句话作为口号。在右边的圆弧上写着 Siempre(永远)。玛利亚说,二〇一七年纪念切·格瓦拉玻利维亚游击战五十周年活动时,基金会在这里建了这个纪念圆圈。距圆圈右侧约五十米有一块石头,上面有一棵树,石头上刻着 Che Vive,这就是格瓦拉最后被擒之处。

她带着李往前走了几步,这里是 V 字形的峡谷最低处,是一个有溪水哗哗流过的水沟,沟中有一些大石头,上面覆盖着藤蔓杂草树根。过了小水沟地势就陡然上升。玛利亚说,格瓦拉和其他游击队员最后时刻就隐藏在这个水沟里。实际上政府军已经彻底包围这条水沟,知道游击队在里面,但是没有主动进攻,等着他们出来。当时游击队员几天没喝水,因为是旱季,这水沟是干涸的。玛利亚说格瓦拉经过考虑,让游击队分成三个部分,七个队员顺水沟往西边撤退,奇诺等三个人沿着水沟往东边转移,他自己和威利等人开始正面突围出去。他一跃而出,被政府军枪弹射中腿部,躲到了那块石头下面。政府军士兵见他受伤,包围过来。接下来发生的情况有三个版本,玛利亚说,一个版本是格瓦拉的步枪坏了,手枪子弹也打完了,他见敌人过来,用拳头进行击打。另一个版本是他高喊:我是格瓦拉,不要开枪打死我。还有一个版本是他的队员威利挡住了敌人,说他是格瓦拉,不要枪杀他。格瓦拉被俘获几个小时后,奇诺也被抓住了,他已经双目失明,什么也看不见。玛利亚和他坐在一块石头的两端,在清凉如许的流水声中向他叙说这个故事,她每天都要对游客说同样一个故事,几乎是倒背如流,但是听起来还是那么有感情。

听玛利亚讲发生在水沟的事,阳光照射过来,在水汽和树丛间发出虹彩折射,让人有时空交错的幻觉。李回过头,看到玛利亚脱下了棒球帽,双手捧起溪水洗脸。她刚才赶路太急,出了很多汗。她把帽子打湿了,这样戴起来会凉快些。李对着游击队最后藏身的水沟拍了很多张照片,其中好几张有玛利亚的身影。

该回到峡谷上面去了。玛利亚问李还有问题吗?李说想看的都看到了,回去吧。他们按原路上去。现在太阳出来,天热了,上坡要费力得多。李在水沟里待的时间比预计的长了一些,玛利亚想赶时间,脚步加紧,让李觉得有点气喘吁吁。他低着头走路,和玛利亚拉开了一点距离。他看到玛利亚走热了,先前她穿着一条印着 New York City 的灰色夹克衫,现在她把衣服脱了扎在腰间,只穿着一条绿色的 T 恤衫,李顿时觉得空气里传来玛利亚身体的气味。她没用香水,是一种自然的体味。她这条 T 恤衫背后开领低,李看到她的后背上有一个文身图案,只看到露出领口的一部分,显出这是鳞翅目昆虫口器和触角。

突然之间,李想起来那次进入古巴海关时排在前面的那个漂亮女人后背文身的昆虫图案,和玛利亚背上的看起来非常像。李被好奇心驱动得兴奋起来,很想搞清楚这是什么文身图案,但是隔着距离,玛利亚又一直在走动,无法看得清。李用手机偷偷拍了几张她的背影,想把照片放大后看清楚细节。但是他还是无法看明白,因为图案只露出一小部分,大部分都被T恤衫遮住了。只有脱下T恤衫,后背才能露出那一对翅膀。这一个文身符号像是有巨大的魔力,让李神情恍惚,还让整个场景和气氛都变得怪异。玛利亚在距离他十几米的地方停了下来,转过了身子对着他。他往上走了几步,看到玛利亚直视着他,眼神很奇怪,脸上有一种奇怪的笑意。李以为玛利亚要和他说话,可她没说。仅仅为了说话而已,李提了一个自己都觉得很愚蠢的问题:"玛利亚,你背上的文身图案是蝴蝶吗?"他说。然后看到玛利亚继续直视他,脸上的表情奇怪极了。

"No."她说了一个字,对着李,步子开始向他移动。一刹那,李以为玛利亚是走向他。但是不对,玛利亚的步子越来越快,是没有控制的踉跄步子,顺着坡度往下冲。李此时要是抱住她就好了,就不会出现下面的事。但他反应没这么快,也不敢去抱住她。眼看她直接冲向陡坡,李明白不对劲了。她踉跄冲到陡坡边缘时扑倒,边上有一个荆棘树丛,她被树丛挡了一下,然后摔下十多米深的陡坡。李知道出大事了,赶紧跑下陡坡下方,看到玛利亚伏在地上。要命的是她的T恤衫被荆棘挂住撕破了,露出后背。尽管是危急时刻,李还是看清了这个图案,不是蝴蝶,是一对巨蛾的翅膀,很像他在古巴海关看到的那个女子背后的文身图案。他俯下身,对着玛利亚喊。她的脸上全是血,失去知觉,没反应。李觉得这下他可摊上大事了,他心里有一声冰冷的笑声响起:原来是这样！从古巴开始,一切都已经注定好了。

五 巴耶格兰德警察局

李知道自己又面临危机,必须冷静做出正确决定。他马上想到打救援电话,可是一看手机上信号完全没有,电话是不通的。他托着玛利亚的头部,额头上有个伤口,正在出血。他用干净的纸巾捂住她的伤口,一只手打开她落在边上的双肩包往外倒,想找到可以包扎的材料。包里倒出好些古柯叶子、两条巧克力、一个苹果,还有一条头巾。他赶紧用头巾包扎了她的头部。她处于昏迷状态,没有知觉。李再次试了电话,还是一点信号没有。他起初想到背着她上去,但是上去的路还得走一个小时,他根本没这个能力。他大声喊叫求援,峡谷里只有回声,没人回应,上面的人根本听不到。他观察着玛利亚,她还有呼吸,还有脉搏,他等了十来分钟,她还是这样昏迷着。他继续喊了好几下,还是没有听到有人回应。这个时候他做出决定,自己上去求援。他在玛利亚的头部下面垫上她的双肩包,脱下自己的外衣盖在她身上,心里祈求着玛利亚千万要坚持住。

上山的路很难走,好在只有一条小径,不至于迷路。他发狂一样地往上爬,一边喊叫,好让上面人早些听到。他终于看见了那个房子,看到了马扎罗站在树下看着,他的脸是冷漠的,并没有向他主动走来,而是等在那里。当李喘着气说了事情经过,马扎罗的脸色充满怀疑。马扎罗马上对峡谷女主人说了话,让她找人帮助,自己和李走下峡谷去救援玛利亚。

一个小时后,在几个村民帮助下,玛利亚被抬到了上面,放上了马扎罗的越野车,往巴耶格兰德开去。马扎罗已经打电话告知医院,车子一到,医院马上进行了救治。医生说要安排她做CT检查,她还是处于昏迷状态。李和马扎罗等在医院的走廊里。不久,从玛利亚村里来了一大群人。他们穿着高山部落的传统服装,戴着毡帽,腰间挂着刀,样子有点凶猛。他们显得很激动,和马扎罗交谈着,用一种不信任的眼光看着李。他们之间的话李听不懂,但是他们的肢体语言让李感到他处于危险之中。

之后,来了两个警察,一个会说英语,带李到附近的警局单独做交谈,让他把事情的经过说一下。

"出发的时候她情况正常吗?"警察问。

"是的,很正常。"李点头表示同意。

"她是怎么摔下去的?你说说经过吧。"警察问。

"她摔下去之前已经出现神志不清的状况,控制不住身体冲下了山坡。"李说。

"据我们所知,玛利亚是个专业导游,带游客下过切洛山谷无数次,从来没有发生过这样的事情。你说她摔下去之前已经处于神志不清状况,有什么更具体的细节可以说吗?"警察说。

"我们走得比较快,一边走一边说话,山路下过雨,很滑,体力消耗很大。这个行程本来是前一天的,因为从圣克鲁斯过来时堵车耽误时间,才改到今天一大早,所以没有吃早餐就去峡谷了。我刚才在想,玛利亚是不是有低血糖的毛病,没吃早餐下峡谷引起血糖过低,产生眩晕才摔下了陡坡。玛利亚摔下山坡后,我因为要找包扎的东西,把她包里的东西倒出来,里面有巧克力、苹果,说明她对低血糖是有所提防的。"李说出了自己的想法。他对低血糖症状略有所知,他听过一个人说自己开车时突然因为血糖低而失去知觉的事。

  警察把他的话记录下来。这时警察提了一个让李意想不到的问题,说想检查一下他的手机,并要了他的护照。李心里很不愿意,但是不能拒绝。他马上对自己拍的照片后悔起来。警察一张张翻着李拍下的照片。在峡谷水沟里拍的有一张是玛利亚捧起流水洗脸,有一张是她把帽子放在溪水里打湿,都是背影。警察问他为什么拍玛利亚的背影。李解释说当时他是要拍水沟的场景,因为空间很窄小,玛利亚不可避免会出现在画面里。警察继续翻着他的手机照片,最后的很多张是玛利亚上山时脱下了外套穿着T恤衫的背影。警察说这些照片什么意思?李不知怎么回答才好。他对着玛利亚的后背偷拍是为了她背上的文身图案,但要是跟警察说这些会越说越麻烦。他决定不提这个原因,说自己是一个作家,要留一些旅行资料照片。警察把他手机上所有照片做了拷贝,然后把手机还给了他。但是,护照没有还给他。

  警察让李继续在警局等着,给他送来水和三明治。下午的时候,马扎罗过来说,玛利亚继续昏迷,要住院。医生说她有脑震荡,情况好的话几天内应该会醒来。马扎罗说自己要回圣克鲁斯去,警察说李不能离开,得留在这里,因为有些疑问要澄清,得等到玛利亚苏醒过来说清楚当时发生的情况。李知道这下可遇上大麻烦了,自己已经被当成一个嫌疑人,只有玛利亚醒来说明情况才能为他洗脱嫌疑。可是玛利亚会昏迷多久?会醒来吗?他想起过去看过的雷蒙德·卡佛的一篇小说,小说里一个小男孩头部被撞了一下,后来昏迷。医生做过CT检查后说是轻度脑震荡,一个星期后会醒过来。但是,这个小孩最后死掉了。现在他面临的情况和卡佛小说里描述的有点相似。

会说英语的警察对李说警方无意限制他自由,只是希望他配合,先留在当地。警察提醒李要注意安全,这地方的人脾气不怎么好,玛利亚亲友中会有些情绪冲动的。李知道这一点,因为路上马扎罗几次说这里很多车子都没有上牌照,说明这里的居民是不驯服的。他问警察他一个人在这里,又不懂西班牙语,怎么保证安全。警察给他推荐了一个旅馆,建议他自己出钱找个保镖,是前警察,会带有手枪。

李住到了这个旅馆里面。巴耶格兰德是个小地方,就两个旅馆。所以他住在什么地方根本保不了密。保镖不会说英语,李也弄不明白他的真实身份。李告诉自己必须冷静下来,目前最主要还得保护自己,得改变这种安全随时可能受到威胁的状况。他想到要找大使馆寻求帮助,他在阿尔巴尼亚被绑架的时候,中国大使馆全力以赴,把使馆作为阿尔巴尼亚警察营救他的指挥中心。但是,他现在已经不是中国公民,是加拿大国籍了,再找中国使馆是不会得到帮助了,他只能求助于加拿大使馆。他给加拿大使馆打了电话,说了自己的情况。使馆领事说目前他的情况不算危急,使馆不能介入,但是会关注这件事,让他及时保持联系。李收了电话,越来越不安,觉得自己随时都可能遭遇危险。他突然想起了昨天路上遇见的加过微信的那个中国公司的小崔,想起了他说的南昌公司老杨是他们老总。他打开了微信,给小崔发了一条消息,说他遇上麻烦,想立即联系老杨,问他能不能帮助一下,告诉杨总他是阿尔巴尼亚的李。小崔很快回答,说马上转告杨总。

晚上十一点左右,他的手机响了一下。是小崔的信息,说已经告诉杨总,杨总会联系他。李同时看到有个微信名为"老杨树"的人找他说话。李知道是老杨,赶紧回复说自己是阿尔巴尼亚的李,问他还记得不?对方说当然记得,问他怎么会到玻利维亚这个偏僻的山地来?也是来做生意吗?李说了自己的情况,说自己现在身处险境。老杨说自己刚才在开会。他公司总部在距离这里还有一千两百公里的乌尤尼。公司在巴耶格兰德附近有个工地,他会马上告诉工地的人,让他们到巴耶格兰德来看他。但是要到明天,今夜应该不会有事情的,让他放心睡觉。

第二天一早,有两辆丰田越野吉普车开到了旅馆,下来四个中国人,是老杨让他们来看望李的。他们和李谈了一下,说不能住这里,先住到工地去吧。他们带着李去了警察局。他们和警察局的人很熟悉,说说笑笑打招呼,警察局长同意让李先住他们那里。于是,李坐着他们的车走了。他们的工地在巴耶格兰德二十几公里外的大河边。坐在吉普车里,李紧绷着的神经松了下来,感到了安全。

六　在老杨的工地

工地预制场和住宿区在格兰德大河上方,可以看到大河蜿蜒伸展一直消失在远方的丛林里。工程队要在山腰处用盾构掘进机挖出一条隧道来,还要在格兰德河上建一座悬索长跨度大桥。工地上住了上千个工人,建了一整排的房舍。下午放工的时间到了,穿着橙色工作服戴着安全帽的工人进进出出。在更远处的河边工地上,有巨大的塔吊、龙门吊在转动,地上铺着无数上百米长的桥梁预制件,宏大的场面只能用改造山河这样的话来形容。当年在阿尔巴尼亚的时候,李觉得老杨的建筑工地很了不起,其实那只是建一座九层公寓的工地,和现在的规模简直无法相比。

现在李暂时找到了一个庇护之所。他好像在洪水激流中被冲得晕头转向时突然踩到了沙洲,让他惊魂稍定。但这只是一个暂时的安静,不知道接下来会怎么样。也许洪水会退去,也许接下来会有滔天巨浪吞没他。他现在只能指望玛利亚早日苏醒,但是他也担心,玛利亚苏醒过来后是否会清醒记得,会不会产生幻觉,做出对他不利的指证。他想起根据福斯特同名小说拍摄的电影《印度之行》有这样的情节,当地的男向导带着白人女子去看一个古印度教洞窟。白人女子不慎跌入了深谷,醒来后却产生幻觉,指证是向导性侵她导致她跌落。

在特殊的时刻,人的记忆有可能发生扭曲。有一点他是相信的,玛利亚的事故不是出于偶然,而是一个历史血案留下来的一个业障。在他进入峡谷时,玛利亚说过格瓦拉已经成了神,能降雨治风,这就给峡谷蒙上一层迷信的雾气。古巴海关看见的女子背部飞蛾图案为何会在玛利亚背上出现?一瞬间它的翅膀扇起妖风将玛利亚吹下陡坡。李凭多年生活经验深信某种神秘现象的存在,还从叔本华、荣格等人著作里看到他们也相信神秘超验的现象。现在他被卷入了这个历史业障的磁场里,只好顺着磁力发生的方向旋转了。

李把手机连接到了手提电脑上,手机里被警察拷贝过的照片都还在。尽管现在看这些照片会有刺痛感,李还是决定再仔细看看,他要搞明白当时究竟发生了什么情况。他看着那几张水沟里玛利亚的背影,显然他是有意偷拍的,他奇怪当时自己为什么要这样做。然后他看到一连串的玛利亚后背照,当时为了能拍清楚她的文身,他用了不同焦距和模式,想拍下最清楚的图像。他选出最清楚的几张,在电脑上放大了。玛利亚背部露在T恤之上的图案现在一动不动呈现在李眼前,是一只羽化过的昆虫的头部,口器、眼睛、前肢都能明显辨认。李心里还有一张图片,那是玛利亚跌下陡坡、衣服被撕开、后背部全裸时的文身,他觉得不是蝴蝶,是飞蛾。但他已经无法把它和古巴海关看到的那个女子的后背文身相比较,因为记忆中的细节已经模糊。

就在这个时候,李突然想起当时他曾经用诺基亚手机偷拍过古巴海关那女子的背影。多年前的照片大部分删掉了,但有部分存在谷歌云里。他在一大堆陈年的文件中慢慢爬梳,居然找到了那一张照片。早年的诺基亚照相虽不是很清楚,但李马上肯定照片上的文身图和玛利亚后背的是一样的。为什么会有这样巧合的事?李思索着,觉得这个文身图案可能是一种符号,被不同的人采用。李决定向人求教,他想到了一个熟人——在耶鲁大学执教中国文化的苏教授。有一年李和一群朋友在耶鲁大学校园里,听苏教授说过他被耶鲁大学骷髅会半夜请去讨论的事。耶鲁大学里有最好的符号学专家,一定会有人认得这个飞蛾文身图。李想好之后,就给苏教授发了古巴照的照片和玛利亚后背的半截子文身图,请他帮助找出答案。

为了排除内心的苦闷,打发时间,李觉得还是把注意力投注到工作比较好。他开始在谷歌上寻找 *Juan Pablo Chang Navarro Levano* (1930—1967)[《胡安·巴勃罗·张·纳瓦罗·雷瓦诺(1930—1967)》]这本书。为了这本书,他跑了这么远的路,并因此陷入当下的困境。这本书在没出现之前已经显出了它的诡异之处,使他产生敬畏之心,他给它取了一个名字:"胡安之书"。它应该像是一本经文,写在羊皮卷上,甚至可以是在木简、贝叶树、纸莎草上,藏在某个悬崖的洞窟里。李在网络上找遍了所有的旧书店、图书馆,但是都找不到哪里可以获得或者借到这本书。几个北美大学里工作的朋友帮他一起寻找,最后多伦多约克大学的徐教授发现在美国新墨西哥州大学有一个拷贝,立即通过约克大学图书馆向对方图书馆调阅这本书。她告诉李要等待几天。

李目前的收获是他确定了奇诺是华裔。他不是玻利维亚华人,而是秘鲁的华人。奇诺是怎么从中国来到秘鲁的呢?为什么他会从秘鲁来玻利维亚参加游击队？他从这些个疑问开始了他的研究。他第一个举动是在谷歌上输入"秘鲁华人"的词条，看到了这么一段文字：

> 从一八四九年到一八七四年之间的苦力贸易中，超过十万名广东人、福建人被卖入秘鲁，他们有的在铁路矿山岛铺铁轨、挖矿、淘粪，有的被卖给了种植园主，在种植园里种地、采摘蔬菜水果。劳工从凌晨四点开始干活，一直要干到晚上天黑，逃跑的被抓捕后遭鞭打并且戴上脚镣。苦力干满八年契约时间后会获得"自由人"的身份，可以选择回国。由于对清政府的失望和痛恨，十万华人劳工中仅有几十人选择归国，其余都留在了秘鲁，同当地黑人、印第安人、因纽特人等族群通婚，落地生根。后来，少部分华人凭借着后天的努力和秘鲁逐渐民主化的大环境，有的成为企业家，有的成为作家，有的成为政治家，进入秘鲁上层社会。

李看到这一段话时吃了一惊。他只知道在北美有华工淘金和修太平洋铁路的事情，没想到会有十万多中国苦力输入秘鲁这么一个小而贫穷的地方。他马上有了追究下去的兴趣。接下来几天，他沉入了这一段历史，阅读了大量资料。隔着历史时空距离，太平洋海面上出现了一只只苦力船。

秘鲁于一八二五年结束了内战之后，到十九世纪四十年代中期，沿海地区经济稳定发展。沿海地带农田种满了仙人掌、胭脂红、甘蔗和棉花,秘鲁鸟粪作为高效能的肥料在世界上需求量大增,采矿业繁荣。秘鲁政府和资本家开始推动国内经济发展计划,兴建灌溉运河、电报、港口、铁路。但秘鲁人口偏少,才两百万多一点,而人口七成是土著印加人。土著印加人大部分居住在高山区,刀耕火种,饲养自己的牲畜,不肯离开高山到沿海地带工作。本来庄园主还有些好用的黑人奴隶,但由于美国内战之后黑奴解放,这里的黑奴也跟随着被解放了。黑奴以往在皮鞭下干活,一旦被解放,很多都不愿意干活了。

这时,秘鲁精英的目光开始悄悄注视太平洋对岸的中国。这个时候美国的太平洋铁路还没开始兴建,加利福尼亚的淘金热也刚刚开始,中国早期移民已开始蜂拥而入北美洲。一八四九年十一月十七日秘鲁正式颁布引进中国人的《中国人法令》,秘鲁议会注意到中国人由于国内的战乱和贫困,愿意出洋。他们本身是农民,不像欧洲人那么傲慢,温顺不闹事,中国政府也不像欧洲国家政府那么不好惹。而最主要的是,中国人数量多,简直是取之不尽。这些条件固然非常诱人,但是有一条,就是两国距离遥远,有九千多英里,海船要走一百二十天航程,比非洲黑奴运送到美国还要遥远很多。

经过数年的混乱状态,澳门的巴腊坑成为贩卖中国苦力到秘鲁的中心。因为澳门是葡萄牙殖民地,清朝官衙管不到,人口贩子可以在这里任意行事。人贩子把骗来的农民带到了澳门巴腊坑,让目不识丁的他们签订卖身合同,之后就关押起来。如果农民这个时候想反悔,就会遭到毒打。凑满了三五百人,和奴隶船一样的海船就会装载他们开始九千英里的航程。而在这个航程里,百分之三十左右的中国苦力会死在途中,尸体被抛入海中。

一八七〇年九月三十号,法国注册的"诺维尔·朋内罗普"号载运三百一十名苦力从澳门出发前往秘鲁,离港数日后苦力杀死了船长和八名水手,然后驾船返回中国,其中一些苦力得以成功逃脱,但不是全部人。法国驻广州领事要求处决已经捕获的参与夺取船只的十六名苦力,这十六名苦力被中国刽子手砍了头。这批苦力中,有一个名叫郭阿新的逃到了英国殖民地香港。中国广东省总督在法国施压下,非正式地向香港总督提出引渡这个苦力的要求。郭阿新案件引起英国律师弗朗西斯注意,他决定为郭阿新辩护。法庭上开展了旷日持久的诉讼。

这期间,法庭对搭乘"诺维尔·朋内罗普"号的三百一十名苦力的招募及其所受待遇等情况做了相当彻底的调查。据证实,其中一百八十名苦力在巴腊坑待了好几天,等着上船,而其余的人则是在船开航的前一天被带来的。苦力们由各载三十多人的数艘小艇运到大船上去。每批苦力都由手持上着刺刀的滑膛枪的葡萄牙士兵们押解着。在审讯中,郭阿新声称他从来没有想到过要去秘鲁,他是在不知道要去遥远的秘鲁的情况下被弄到这艘船上来的,和他一起上船的人都哭喊着说他们是被绑架来的。在审讯中发现船只横贯甲板有一道由多根四英寸见方、高达七八英尺的硬木做的栅栏,每扇门前都架着一尊炮口瞄着栅栏门的加农炮。苦力不许越过栅栏到船舷一侧来,白天那里有哨兵站岗。夜晚苦力被关在船舱里,有一名水手持枪把守。船上除了加农炮,还有十二支滑膛枪、刺刀、一些剑和左轮枪,还有一定数量的火药和葡萄弹,这些都是用来对付船上苦力的。

英国人达菲尔德说有一次他坐在一间屋子里,里面挤满经营鸟粪生意的人,一个曾在运载苦力船上当大副的意大利人在讲故事。此人声称有一次他和中国苦力对峙中认为自己生命处在危险之中。"在那种情况下你怎么办呢?"有人问道。"我用枪杀死了他们中的两个。"意大利人这样回答,对此听众爆发了一阵大笑。有人问:"那么他们对你又怎么样了呢?"凶手回答说:"多亏船长本图里尼先生用快艇把我送上了岸,几天之后,我再次登上了一条运送中国苦力的船。上帝,但愿这回我不会再打死船上的苦力。"小酒店里人又爆发出一阵大笑。

从一八四九年起的二十五年里,总共有十几万华工苦力从这条死亡之路抵达了秘鲁。

经过死亡航行,幸存者到达了秘鲁首都的卡亚俄港口,等待他们的将是一场拍卖。在准备拍卖的过程中,苦力要穿上随身带来的最好的衣服。当时的一份报刊曾这样报道:"他们的衣着,一般只穿一条赭色肥大的裤子,和旅途中一直穿在身上的短上衣和常见的中国式木屐,一顶帽把整个脸都遮住了。因为怕风把帽子吹掉,他们小心翼翼把帽子系在下巴上。"苦力还要把自己那点零碎儿例如毯子、小箱子和做饭用的铁锅一一带在身边。既已打扮整齐,整理好了衣物,他们就在甲板上有时也许是在码头上站好了队,拍卖舞台就算布置就绪了。广告上常常这样写着:"刚刚登陆的苦力,健康状况良好,肢体强壮。"大多数苦力都是卖给了种植园主或是他们的代理人。

未来的买主由一个能估量苦力体力和特性的老手陪伴着,在苦力中间走来走去,品头论足进行挑选,捏捏苦力臂上的二头肌,掐掐肋部,然后把苦力像陀螺似的转两圈。

在这个过程中,中国人的脸上流露出困惑不安的表情。也有一些比较有主意的苦力急于显示自己的优点。当有些苦力刚被选中,站在队伍一边的时候,他们的亲兄弟或堂兄弟们总是迫切希望能分配到一起,假如雇主不同意这样,这些"中国佬"常常努力争取,凭借肢体语言如手势如愿以偿。但是大多数苦力最终也只有听天由命。

有关苦力到达目的地和编进种植园劳动大军的过程,被记载在一篇通信中。刚刚抵岸的苦力被售出后,运送到了种植园。一个会说或是略懂西班牙语的中国人,比如一个家仆会来当翻译,种植园主人或者是监工坐了下来,准备在登记簿上做名册。新来的苦力站好了队,也有几个苦力极为木然地蹲在旁边。苦力被翻译叫到前面来,被问他们的名字。苦力如实答道,叫阿福、阿山、阿台、阿勤等等。他们的契约被检查一遍,再还给他们,之后关于给他们命名的重大仪式开始了。"得了,管他叫卡利斯托吧。"主人说。"不行啦,先生,我们已经有一个叫卡利斯托的啦。"一个手下人插嘴说。"那我们有叫萨穆埃尔的吗?""还没有,先生。""那么就管他叫萨穆埃尔吧。"给新来的苦力命名并不容易,因为像胡安、佩德罗、曼努埃尔、何塞等常用的名字已经都用过了。取名人后来想到一个聪明的办法,他要过一本日历,从中挑选一些生僻的名字,比如潘克拉西奥、蒂西亚诺、塞农、米梅尔多、普罗达西奥等等。取名这个难题迎刃而解。

下一个中国人被这样写进登记册:塞万提斯·阿新,年纪二十九岁。身材中等个头。肤色白中透黄。前额突出。眼睛是眯缝眼。嘴巴很大。(主人突然抱怨道:又是个会吃饭的家伙。)个人特征:左臂肘部上端有一伤疤。这个过程完成后,苦力们拿着自己的行李被带到他们住的房子里去。

苦力从事很多工作,最多的是在种植园和在海岛挖鸟粪。一位美国驻秘鲁领事一八七〇年曾描述了中国苦力的悲惨详情:在鸟粪岛上被雇用的苦力每天要装载一百推车的鸟粪,如果不能把这一数量的鸟粪运到斜槽上去(鸟粪经由斜槽再输送到船上),他们就得用星期天来完成他们的任务。没有人关心他们的吃穿,他们之中每四个人就有一个患病,生病的苦力虚弱得站不起来,还要被迫跪着劳动,从鸟粪里往外拣出小石头。他们不断地推手推车,手掌被磨得异常疼痛,只好把手推车绑在自己的肩上。这种情形下,生命对中国人来说已毫无意义,借死亡摆脱悲惨命运成了部分苦力们的想法,苦力劳作的那些鸟粪岛上,主人在岸边经常布置岗哨,以防止苦力们绝望时投海自杀。

英国人达菲尔德写下了这么一件事。一天晚上在利马他享受着一位极端好客的说英语的秘鲁资本家的款待。餐桌上他提出一个问题:"您是怎么干出这番事业的?"对方回答说:"这个嘛,我买了六个中国人,教他们开机器,这些鬼东西比我学得还要快得多,不到三个月,我发现我每个月能轻而易举地进款一万元。"在利马,有很多出身名门和深受尊重的人都是从买卖或使用中国苦力当中发财致富的,而且在这些富丽堂皇的大厅中,有关中国的话题就像在有亲属被绞死的家庭中提到绞刑架一样不受欢迎。

住在工地简易宿舍里,李借助互联网把秘鲁中国人移民史搞明白了。他对这些史料并不陌生,因为北美的移民历史也有同样情况。但是这回看秘鲁的华人历史却觉得和自己那么近,因为这些人是奇诺的祖先。他试图去思考奇诺故事和他祖先的历史联系之处。李以前曾从作家骆以军的演讲里看到一段话:"你在这个旅途中,很像隔着一层厚玻璃在看玻璃另一端的人们,他们活生生地活着,可是你看他们却像默片。或是你其实很像在他人的梦境中游走。"他从窗外可以看见下工的穿着橙色工作服的工人们鱼贯进入了住地,非常奇怪的是,他感觉早期的秘鲁中国苦力的事好像就发生在昨天,他们和在格兰德河上修建高速公路的中国工人似乎是坐同一条船过来的。

七　天空之镜,去乌尤尼探访老杨

第三天,老杨打来电话,说本来要过来看望李,可是这几天有突发事件,走不开,只得请李到一千多公里外的乌尤尼聚一下。李心里犹豫,一千多公里高原路至少要坐两天的车呢,而且他不知道巴耶格兰德的警察是不是会放他走。老杨说不要担心路程,他会派直升机过来接他,至于巴耶格兰德警方他会打招呼的。于是在当天下午,一架直升机降到了工地的直升机坪。机上下来两个人把李接上去。因为李是杨总的特别客人,来接他的两个年轻人对他非常尊敬。这个时候李才知道老杨的职位很高,他的权力覆盖了安第斯山脉几个大工程和矿山。李想起二十多年前那次老杨的地拉那工地在动乱中被当地暴民抢掠一空之后,两百多个江西民工撤退到了大使馆,挤满使馆内所有空间。使馆内的粮食很快被吃光,厕所抽水马桶被民工擦屁股的报纸堵塞,而使馆外面还在枪声大作。李在经过使馆一个屋子时,看到了老杨独自坐着,脸色铁青,大使坐在一边和他说话。当时老杨情绪很坏,担心他开枪自杀,大使在开导劝阻他。后来整个工程队撤退回了中国。李再没有见到他,起初听说他欠了一身债,拖欠了工人工资,后来慢慢断了消息。没想到此时成了大人物,像一只安第斯山脉的神鹰。

把老杨当成神鹰一点没过誉,他现在的地位的确是举足轻重。他的总部驻地是乌尤尼——世界上最高最大的盐沼地,几万平方公里的盐沼没受破坏,高度结晶的盐粒在高海拔纯净空气中发出强反射,美丽得令人窒息,宇航员在太空能看到这里像一面镜子,所以这里被称为"天空之镜"。李在研究玻利维亚攻略时就看到乌尤尼是世界顶级的旅游区,老杨的总部所在地和乌尤尼景区隔了一座山,景色比目前开放的景区更加绮丽,但游客是无法到达的。老杨已经获得这块地的有限开采权。这里的盐沼从西班牙殖民时期就出产钾盐和硝石,而现在最为珍贵的是盐沼里蕴藏着的稀有元素锂,高能量的电池都离不开锂。

杨永登当兵出身,在基建工程兵打坑道,退伍的时候是一个连长。他被安排到了一个国有建筑公司当队长，不到半个月，这个建筑队就发不出工资，被私有的建筑队挤垮了。老杨在短期内由一个军官变成失业人员。但他找到了一个机会，科威特有些建筑项目合同，官方优先考虑让国有的建筑队参加。老杨走投无路，决定去科威特试试运气。因为坐飞机成本太高，劳工输出是坐船的，要在海上走一个多月时间。之前曾经发生过工人阑尾炎发作，船上做不了手术而死亡的事故，所以劳务输出公司统一规定凡输出的劳工出发前必须切除阑尾。工人们都怕开刀，观望着领导。老杨知道这个规定毫无道理，把人当畜生。但是他没时间争论，就带头做了阑尾切除手术。工人们都跟着他做了阑尾手术，拿到医院证明，才登上了轮船前往科威特。

科威特两年，靠着老杨的军事化管理，在沙漠上建起了一幢幢房子，眼看完工了可以分到一笔钱，却遇上萨达姆发兵占领科威特的事，几百号工人顿时身陷战火。好在中国政府做出安排，让他们沿着沙漠撤退到约旦，中国政府派飞机撤走人员。老杨回国过了个年，很快就接到另一个合同，前往利比亚去承建一个大型建筑——卡扎菲的行宫。这回是在地中海边的非洲国家。起初的情况还都不错，没想到卡扎菲一直惹祸，把美国人惹恼了，派了飞机行刺卡扎菲。最后一招是冻结利比亚货币，不让进入流通。老杨他们和利比亚签的合同规定结算货币是利比亚币，结果拿到的钱等于废纸，根本兑换不了。老杨和他手下守着一堆废纸在利比亚等了半年，困难的时候把附近山里的乌龟都捉来吃光了。

这些事情是在李见到老杨之前发生的。李第一次见到老杨是在地拉那,他们刚从利比亚撤退回来。虽然损失了所有的投资,但是接了一个马来西亚中间商在地拉那建造公寓楼的项目。这个项目是阿国总统萨利·贝里沙和马来西亚总理马哈蒂尔签下的友好项目,前景美好,所以老杨来到地拉那的时候立刻变得春风得意,大使馆对他们全力支持。记得邓小平去世的时候,除了大使馆摆了灵堂,老杨公司的工地也设了邓小平牌位让地拉那华人去鞠躬吊唁。过年的时候,所有的中国人都被请到南昌公司工地去吃过年饭。但是老杨的坏运气还没到头,当他们干到第二年年底,楼房盖到第九层时,阿尔巴尼亚发生动乱,工地被洗劫一空。这回又是国家出手撤侨,撤退人员坐上了中国政府调来的希腊军舰在爱琴海游了一圈,上科孚岛转机到瑞士苏黎世,再坐大飞机回到北京。

老杨在回到南昌之后,反而淡定了,好像横遭灭顶之灾是注定的,如果顺利完成工程挣了一大笔钱反倒是不正常。但是他的运势正在好转,领导注意到了老杨的经历,看到他在那些困境中表现出的坚毅和冷静,发现他天生就是个适合海外冒险的人。那时正流行组建集团公司,他没有钱,凭海外经验成为股东,最终进入集团高层。老杨这回的海外工程是在南美洲高原地带,所瞄准的目标不是那么简单的几座楼房,而是几座大型矿山,数条高速公路。他们手里的乌尤尼盐沼有限开采权,更是一个分量极重的战略项目。

李乘坐的直升机降落到了驻地。那里是一片干打垒土房,外墙都是泥浆抹的,让李想起焦裕禄时期的河南兰考县。门口有当地的保安，检查来客有没有带武器。进门之后，李发现屋内装修和设施却是很好的，宽敞温暖，和国内的机关一样有巨大的办公桌，显眼的位置上摆着中国和玻利维亚国旗，后墙是一幅万里长城彩雕画。老杨坐在屋内的一张大沙发上，和一个帽子上插着鹰羽毛的高原部落头领以及一个翻译在谈工作。他示意让李稍等。李看到二十多年没见的老杨变化相当大，路上相遇一定会认不出。不只是岁月侵蚀，是高原生活改变了他很多，脱发，两颊高原红，虚胖，头发往后梳成领导型。

几分钟后帽上插羽毛的人结束了和老杨的谈话，退出了房间。

"哎呀呀，好兄弟，没想到在这里会见到你。"老杨用江西口音很重的普通话热情地和李寒暄，"我昨天还在想，在这样一个鸟不拉屎的地方相见的，大概只有你我这种人。当初在阿尔巴尼亚听说你被绑架时，我们都为你捏了一把汗，以为你死定了，没想到你活着出来。所以前天我收到你的微信消息，马上就想起了你这个人，而且也不觉得奇怪，知道你就是一个全世界冒险的人。"

"这二十年，我的确跑了很多地方，在很多的地方都见到有中国项目，这些时候我都会想起你们在地拉那的事情，觉得你一定还在海外某个地方继续干工程。就像你说的，我在这里和你相见并没有觉得特别奇怪。"李说。他说的是真话，没有取悦对方的意思。

"跟我说说，你怎么变成一个作家了？你之前不是做药品生意的吗？我文化不高，早年也读过几本书的，《水浒》《西游》《三国》不用说了，《青春之歌》《林海雪原》什么的也读过，觉得作家是了不起的人。你怎么会跑到巴耶格兰德来调查采访?"

李把自己因出国经商中断写作、移民加拿大后又重新写作的经历简述了一下。然后就转到说自己到玻利维亚寻找格瓦拉身边的中国人奇诺的缘由。

"一开始的时候我只是好奇,想搞明白格瓦拉身边这个叫奇诺的队员是不是华人,但现在我的想法发生变化,觉得是在寻找一个更大的东西。高原让我眩晕,让我更有历史感。我发现自己进入了历史的现场,或者说时光轮转中。因为在发现奇诺身份的同时,我开始了解到华人苦力被贩卖到秘鲁的这段历史。为什么中国移民后代中会出现奇诺这样的游击队员?我试图从历史的源头来寻找原因,这几天我脑子里都是太平洋上那些贩卖苦力的三桅船,那些在海岛上挖鸟粪的中国苦力脸上被烫的印记。我觉得奇诺的愤怒可能就是从那里开始的。而更有意思的事情是我发现在当前,在中国苦力贩卖到秘鲁一百多年之后,中国人再次大批进入了南美洲,也是在挖矿修路。这里面究竟存在着一种什么关系?这就是我几天来苦思冥想的。"李说着,充满了激情。

"你这么一说我听明白了,你所做的事情的确是一件有意义的事。这一带国家,特别是秘鲁,早年的确来过很多华工。我们在搞工程中间挖到过华人的坟墓,墓碑上刻着中国字,一律面向中国的方向。我让所有工程人员遇到中国人的坟墓都要善待,加以祭奠,不惊扰他们的孤魂。我有时会觉得,这些古墓其实就是我们自己的坟墓。"老杨说。

"有一件事情让我激动迷惑且不安。早年的华工来这里是被奴役的,现在你们来了,显然地位完全不一样。我不知你们是作为建设者、改造者,或者只是来获得利润和资源的?我在路上听到了一些话,当地人反对你们。我的导游司机一直这么说。说高速路工程得利的只是政客,本地人没好处,说你们给他们贷款,然后工程是你们做,钱还回到你们手里。还说当地工人在中国公司待遇不好。"李说。

"这些完全是媒体的胡说,还有我们竞争对手造的谣言。我们建设科恰班巴水电站这件事就可证明。科恰班巴这个地方一直供电短缺,其实它有水资源发电,一百年前就计划了要建水电站,可就是穷,电站一直建不起来的。后来我们提出来承建,不用他们的资金,建好后电费收入里我们分成一部分,结果两年不到就建成了。科恰班巴人做了一百年的梦实现了,每家每户都用上了家用电器。我来到这块土地已经有二十年了,这段丰富的经历可以让你们作家写上几本书。我们刚来时是在哥伦比亚的丛林里搞石油项目,那里有毒枭、反政府游击队。我们很快遭到哥伦比亚左翼游击队的攻击,被绑架了三个人,十七个月后才获得自由。那个时候我已经输到了底,没有什么可输了,所以什么也不怕。当初有很多小公司蜂拥而来,搞矿场的、淘白银的、搞石油的都有,最后都输得精光,撤退回国。这里的老百姓太难搞定了。一个公司挖一个矿,上游几百公里的居民都说污染了他们的水,他妈的哪有下游的水往上游跑的?可你不能和他们说理,因为他们的脑子就是不一样,土著印加人不仅相信水可以倒流,也相信时间可以倒流的。"

"你这么说我相信。当初在阿尔巴尼亚的时候,记得经常停水,因为失去了中国的支援,他们自己无力维修水管,骂中国人当时给他们埋的水管太小了。中国给了那么大支援,最后还成了冤家。"李说。

"我们必须走出去。欧洲国家几百年前就出来了,美国也是这样。现在轮到我们发展了,我们必须放到外面去闯荡。"老杨说,"我在海外做工程三十多年,都大半辈子了。这二十多年一直在安第斯高原,适应了稀薄的空气,心脏变形,心室肥大,回到江西受不了了,只能住在南美高原才舒服,很可能最后会死在高原上。我倒是悟出一个道理:你必须善待你所在的这块土地和居民,才可能被他们接受。想起以前在科威特、利比亚还有阿尔巴尼亚,我们只是想捞一票就走。最后没捞到,自己却输个精光。有一年在亚马孙河边,我们给一个土著老人描绘开发之后他们的幸福生活,老人指着他茅屋后面一棵奇怪的果树,摘了一个在手里,说:这果子叫 Araza,我要的只是随手能摘到这样的果子,你们会给我吗?这个人给我上了一课,让我知道只有树上继续长满 Araza 的果子,我们才可以在这里生存下去。为了乌尤尼盐沼的项目,我们花了十几年的工夫,才取得了所在国政府和当地百姓的信任,拿到这块地的开发权。我们现在是战战兢兢如履薄冰地去做环境保护,你知道,表面上我们是开采这里的钾盐,而实际上是为了其中蕴藏的另一种重要元素。世界新能源界有一句话说:谁掌握了这种元素资源,谁就掌握了世界。"老杨这样说,不把锂这个字说出来,显然他对这种化学元素怀有禁忌迷信和极大的尊敬,如同中国古代人忌提皇帝名字一样。老杨现在有了足够的警觉:一切都可能是幻象,短时间内会灰飞烟灭,消失无踪。

这个晚上,老杨安排李住到乌尤尼盐沼湖中央的基地接待中心,这里是体验乌尤尼"天空之镜"幻景的最好位置。乌尤尼盐沼是在安第斯山脉隆起过程中形成的,在经过剧烈的地壳运动从海底隆起后,其间形成了许多咸水湖。约在四万年前,咸水湖逐渐干涸,形成了乌尤尼盐沼。盐沼如一个巨大无比的镜面,实际上镜面上布满高纯度的盐粒子结晶,在四千米的高原稀薄空气中产生全息的反光现象。李在夜间走出了旅馆房间,气温很低,只见整个夜空上星河经过反射变成了3D状态。现在李知道他脚下的盐沼里蕴藏着锂元素。一小时前他在谷歌上查找这方面资料,看到有个科学家算过用乌尤尼的锂做动力可以推动地球逃离太阳系到银河外的星际去,就像《星球大战》电影系列里的一个情节一样。李久久仰望星空,由于"天空之镜"的反射效应,他仿佛置身于某个星座中。相对于星空来说,盐沼的形成和人类的历史只是像火柴擦亮的一瞬。这一时刻的时间是平面的,在无数闪烁的星星之间,李仿佛看见了格瓦拉、奇诺和那些在山地里奔走的游击队员身影,还有那些坐着三桅船漂过太平洋的华人苦力的眼睛。

八 "胡安之书"之一

李回到了巴耶格兰德工地之后,接到了约克大学徐教授的邮件,说已经调阅到了美国新墨西哥州大学的电子版书本。李一看发来的"胡安之书"扫描件,果然和普通意义上的书不一样,是一份用打字机打出来的文稿影印件,全是西班牙语。文稿的后部分有一些资料照片,可能是奇诺中学和大学时期的证书和成绩单,上面写有他出生的年月。他的国籍和他父亲的国籍都写着 Chino(中国人)。李把这些都打印了出来,总共有六十多页纸,用文件夹装起来。

要把这本书翻译出来不难。只要李开口,老杨这边的西语翻译会帮他翻成中文。不过李不想麻烦老杨太多,他通过国内文学界的关系联系到一家外国语大学,一个西语专业老师连夜赶工为他把资料翻译成中文。邮件传了过来。

《胡安·巴勃罗·张·纳瓦罗·雷瓦诺(1930—1967)》

此书纪念马里诺·张·纳瓦罗,他引导了兄弟胡安·巴勃罗对生命旅程的重建。在危地马拉的独裁统治下,他不幸被暗杀,工作被迫中断。

李看到上面这一句题记的献词吃了一惊。这句题记表明奇诺有一个叫马里诺的哥哥在危地马拉被刺杀。现在他知道了奇诺有妹妹,也有过哥哥。他开始往下读这一份写于一九六九年的奇诺传记:

胡安·巴勃罗·张于一九三〇年生于秘鲁首都利马市。同一年,人民运动进入由抗议上升到政治斗争的一个重要阶段;奥古斯托·莱基亚长达十一年的独裁统治结束;秘鲁共产党创始人、拉丁美洲革命生活模范和富于战斗精神的斗士何塞·卡洛斯·马里亚特吉逝世。巴勃罗·张童年和少年时期的家庭环境与利马城市小资产阶级普通家庭相似,除了一个方面不同,那就是中国传统的存在——他的父亲胡安·巴勃罗·张·纳瓦罗是移居秘鲁的中国后裔,配偶是秘鲁本地女子迪奥尼西亚·雷瓦诺女士。

二十世纪开始后,许多像巴勃罗·张这样的中国—秘鲁式家庭已融入秘鲁人民的社会和政治生活中。在胡安·巴勃罗·张之前,出现过多名深受秘鲁人民高度重视的著名中国后裔历史人物。著名工会领袖阿达尔韦托·丰肯和保障土著人民不受帝国主义剥削和压迫的铁杆捍卫者彼得·祖冷,都同样是华人移民后裔。

二十世纪三十年代后半期,他在利马的一所学校读小学,在利马的大团结学校"阿方索·乌加尔特"读中学。一九四五年,全国民主阵线青年阿普拉党在校园中开展活动,巴勃罗·张加入了他们的行列。在中学的最后几年,他将学业和政治宣传工作结合在了一起。他中学五年级的证书(一九四七年)表明了他学业优异。他成绩最好的课程是秘鲁历史和政治经济学,这无疑影响了他随后的大学选举和政治选举。相反,在基础教育和预科军事课程上,他获得了最低的分数,朋友和家人关于他身体缺陷的证词也印证了这一点。但是他早期加入阿普拉党后展现出的政治美德弥补了他的身体缺陷。

一九四八年,他进入国立圣马科斯大学文学院,并积极参加大学生集会和政治示威。此时布斯塔曼特的政权已经瓦解,阿普拉党准备通过武装起义夺取政权。但阿普拉党武装队伍在卡亚俄、利马和其他内陆省份的军事行动都没有取得成功,马努埃尔将军于一九四八年十月二日上台建立了军事统治,对阿普拉党武装分子、共产党人、工会和民众领袖实行了八年的迫害。

在非常困难的政治迫害下,胡安·巴勃罗·张参加了国立圣马科斯大学文学院的入学考试。鉴于政治环境,他的大学第一年是不寻常的。他的文化史课程取得了最好的十五分。学生运动让他置身于历史舞台显眼位置,他开始意识到自己将要成为一个主要角色。他在太平洋中的埃尔弗朗顿岛监狱被关押了两年。在忍受了监狱的恶劣条件的同时,他学习了马克思主义,思考了秘鲁的社会问题和未来。他的同学玛塞拉说:"胡安·巴勃罗·张有很多的长处,具有很大的智力优势,他是我当时认识的大学同学当中印象最深刻的那一个。"

结束了在埃尔弗朗顿岛的两年监禁后,他被驱逐到阿根廷,当时阿根廷由多明戈·庇隆(Domingo Perón)将军统治。胡安·巴勃罗没有浪费任何时间,进入了布宜诺斯艾利斯大学文学系学习,并加入了该国反对庇隆主义的学生革命运动。他不久被驱逐到了玻利维亚,玻利维亚军政府又将其交给秘鲁当局。回到秘鲁领土时,胡安·巴勃罗利用其聪明才智规避警察监视并"消失"了,他秘密进入普诺并在库斯科待了几个月。秘鲁警方在该国首都和南部进行搜查,但未能找到他。在库斯科,胡安·巴勃罗接受了圣安东尼奥·阿巴德大学文学系讲授的课程。但他在大学中的秘密行动吸引了警方注意,很快被捕并被转移到了利马。他一直被关在监狱,直到一九五三年五月,他又开始了流亡,这次是去墨西哥。当时他二十三岁,有四次被驱逐出境的经历。在阿兹特克的土地上,他住在华莱斯区汉堡街七十七号的一个学生公寓里。七月三十一日,他报名墨西哥国立自治大学人类学与历史学院,作为社会人类学的学生,在那里上了两个学期的课程。

在墨西哥,他加入了共产主义流亡组织,其他拉美革命家如菲德尔·卡斯特罗、切·格瓦拉当时也都在墨西哥流亡。自胡安·巴勃罗·张抵达墨西哥后,他与拉美共产党流亡者一起参加了各种政治和群众活动。一九五四年年底,在艾森豪威尔总统访问墨西哥之际,政府担心会遭到抗议者袭击,将拉美流亡者限制在布加雷伊监狱内。墨西哥当局注意到胡安·巴勃罗·张这位年轻激进分子的丰富的"履历",由当时的总统阿道夫·鲁伊斯·科尔蒂内斯亲自决定,将他驱逐到法国去。

一九五五年,他抵达法国,对知识的渴望以及将学问用于生活和政治的愿景,使他成为巴黎索邦大学心理学学生。在巴黎,他迅速联系上了来自世界各地的流亡革命者,主要是拉丁美洲人和非洲人。他结识了六十五路游击队领袖吉列尔莫·罗巴顿,与莫桑比克解放阵线领导人马塞利诺·多斯·桑托斯保持着密切的联系,后来该组织获得独立,桑托斯成为共和国副主席。巴黎生活使他能够密切了解与法国殖民主义做斗争的阿尔及利亚游击队的经历,一九五五年五月,他与巴黎的非洲拉丁美洲流亡者一起为民族解放阵线(FLN)起草宪章,该宪章确定了为解放阿尔及利亚人民而斗争的道路。

一九五六年,秘鲁马努埃尔·奥德利亚的独裁政权告一段落。面对反对派和民众的不满,他被迫离职,给予大赦和举行共和国总统大选。胡安·巴勃罗接受了大赦并返回秘鲁,他重新进入国立圣马科斯大学文学院学习,并加入了革命学生前线组织的核心,负责活动的组织和领导。那个时候,美国副总统理查德·尼克松访问秘鲁,决定参观一下国立圣马科斯大学的著名古建筑,但是却因为该校学生领导人胡安·巴勃罗·张、马里奥·齐亚培和马扎罗斯·埃尔南德斯为其准备的"欢迎宴会"——臭鸡蛋、垃圾、石块——没能成行。为此胡安·巴勃罗·张和其他学生领袖又被丢入位于秘鲁草原中心处的埃尔赛巴监狱。重获自由后,胡安·巴勃罗·张投身于法兰西报社和安沙报社工作,并加入了工会。投身工会运动导致他又坐了很多年的监狱。

在一九五九年第十五次秘鲁共产党利马支部会议上,成立了列宁委员会,胡安·巴勃罗·张名列其中。从古巴革命和中国解放革命及阿尔及利亚解放运动中,胡安·巴勃罗·张认识到必须建立一个武装前线组织,这个前线将左翼所有的分散力量紧紧聚集在一起从而变得更加团结,在普遍认为容易分崩离析的群众运动中,拥有一个前线将是对革命武装最好的支持和依靠。在这样的想法引导下,一年之后,一个由胡安·巴勃罗·张力推的全新的组织——革命左翼前线(FIR)形成了,其主要目标是:无条件支持占领土地,改组秘鲁工人联盟,争取政府索赔,对所有政治和社会囚犯实行大赦,无条件地捍卫古巴革命,没收所有大型庄园和免费分配土地给农民,对所有公司进行国有化,变革工人政府。这些想法一定程度参照了中国革命的经验。左翼前线发动中央山脉的秘鲁农民参加革命,在库斯科等山区开展武装斗争。政府军采取了对策,很快消灭了大部分的游击队。最著名的事件是秘鲁著名诗人哈维尔·俄拉伍德和其他国家解放军的战士在去往目的地 Madre de Dios 丛林途中遭到伏击,被机枪打死。

一九六五年,胡安·巴勃罗在捷克斯洛伐克进行了短暂的停留,然后去了古巴,在切·格瓦拉身旁进行了军事训练。一九六六年一月三日至十五日,他作为秘鲁国家解放军(ELN)代表参加了在哈瓦那举行的三角洲会议,会议上成立了总部设在哈瓦那的亚非拉人民团结组织(OSPAAAL)。一九六六年一月十六日,胡安·巴勃罗出席了拉丁美洲团结组织(OLAS)二十七个代表团的筹备会议,该会议决定于一九六七年八月举行第一次会议。

在一九六六年七月至九月期间,他在古巴切·格瓦拉指挥的核心志愿军旁边进行了军事训练。在同一时期,秘鲁人何塞·弗洛雷斯(外号"黑人")和卢西奥·加尔万(外号"尤斯塔奇")已经在玻利维亚的拉基地潜伏下来,他俩同胡安·巴勃罗一样都是秘鲁国家解放军的成员。胡安·巴勃罗很快就加入了切·格瓦拉的玻利维亚行动。在一九六六年年末,他负责秘鲁境内的秘鲁国家解放军和格瓦拉的玻利维亚游击队之间的沟通,直接协调布置前线行动。切·格瓦拉在日记里描述了一九六六年十二月二日与奇诺(胡安·巴勃罗)进行的一场对话:

奇诺一早就到了,热情奔放的一个人。我们谈了一天,谈的要点是:他将前往古巴亲自通报形势;两个月后,那时我们的军事行动已经开始,可以派五个秘鲁人加入我们的队伍;眼下将有两个人来,一个无线电技术员和一个医生,他们将在这里待上一段时间。奇诺向我们伸手要武器,我答应给他一枚迷幻麻痹性毒气弹、几支毛瑟步枪和一些手榴弹,再为他们购买一支M-1式步枪;他们要派五个秘鲁人过来和我们建立必要的联系,以便把武器运到的喀喀湖对岸靠近普诺的一个地区,我同意在这方面给予配合。他诉说了在秘鲁遇到的困难,还谈了一项解救卡利斯托的冒险计划,我看该计划不切实际,他认为,游击运动的幸存者目前还在那一地区活动,但到底什么情况他也没有把握,因为谁也没有到那里调查过。

随后他留在了切·格瓦拉的军事核心团体里。在这一场不成熟的游击战中,他全身心投入,变成了军人的榜样,根本不顾及他的生理缺陷、高度近视和因不断的牢狱之灾和流亡导致的孱弱体魄。这一切都看在切·格瓦拉眼里,他在一九六七年六月二十九日的日记里把奇诺列入楷模战士名单。他坚持到了最后一分钟,充满热情和信念,友爱而努力,总是谦虚,总在微笑,从不动摇,沉默而意志坚强,至死忠于国际主义革命信仰。在玻利维亚的拉伊格拉村,他与切·格瓦拉以及数名游击队员一起被捕,并于一九六七年十月八日被枪杀。

在这一切面前,没人在乎选择革命之路的细微差异;不管是否犯过错误,胡安·巴勃罗·张,这位洋溢着人性主义光环的秘鲁中国人,永远都是革命队伍中的一个传奇。

九 "胡安之书"之二

李一口气读完了第一部分的传记,知道了奇诺一生的事迹。原稿要比上面摘要的庞杂得多,里面详细叙述了秘鲁共产党内部斗争和人事变化,篇幅很长,有很多证据和引文等。材料虽然很丰富翔实,可没有细节故事。在接下来的第二部分有一段奇诺妹妹埃伦蒂拉·张的讲述,让第一部分提到的某些事件变得生动了。

一九六九年埃伦蒂拉·张对"胡安之书"作者的一段讲述：

按时间来说，巴勃罗在玻利维亚遇难已经一年多了。要是早些时候，我是不能说起我的兄长的，一说起他我的悲伤就不可制止。过了一年之后我开始平静一些。我一直不能相信他已经死了，除非我亲眼看见他的尸体。也许都是谎言，他还在某个遥远的地方活着呢。我和巴勃罗的哥哥马里诺当年在危地马拉被暗杀，我是看到他尸体的，这样我就相信他已经死了。说起来真是悲伤，我只有两个哥哥，现在都遇难了。我就从我的大哥马里诺在危地马拉被暗杀之后尸体运回到利马那天说起吧。

我大哥马里诺被人在背后刺了三刀死在危地马拉的街头。他的尸体被他的同志用冰块和福尔马林药水保存，借助一艘远洋渔船运回到利马的家里。他的尸体在我家的厅堂里摆放了两天，我父亲坚持叫了中国僧人给他念经，安抚亡灵。我大哥马里诺的很多朋友过来告别，我不知道他竟然有那么多的朋友，那时我还小，后来知道这些人都是我大哥的秘密组织的成员，有些人其实都没见过我大哥的面，他们把鲜花放在我大哥的尸体前面。和我大哥尸体运回来的，还有一个皮箱，里面是我大哥读的书。

我听父亲说，我们家曾祖父是一百年前从中国广东坐船来到秘鲁的，我父亲在利马长大，我母亲是秘鲁人，高原上下来的，说凯楚阿语。我家里是开中药店的，父亲继承祖业当中医，当地很多中国人来这里看病。我大哥还在利马时，我父亲和他商量过让他在药店里当掌柜，大哥没听他的。现在大哥没有了，父亲和巴勃罗说,再过几年让他来接班。巴勃罗是个很顺从的孩子,很听爸爸的话,我那时觉得巴勃罗以后一定会是药店的主人。

和马里诺尸体一起运回来的那箱子书,巴勃罗都放到了自己的床底下保管了起来。我发现那以后每个晚上他的房间灯都亮着,他在看哥哥留下的书。父亲经常半夜里起来发现巴勃罗还没睡,就敲门让他不要夜里看书,早点睡觉。他把灯关了,但我从板壁缝里发现他还躲在被子里面用手电筒看书,那时他的眼睛已经近视得很厉害了。他上中学高年级时成绩很好,校长每年发奖状,父亲很高兴,在中国人中间很有面子。中学时期他只是看哥哥留下的那些书,还没有参加街头的学生运动。

我的两个哥哥的共同偶像,是那个早逝的革命家何塞·卡洛斯·马里亚特吉。他们读得最多的书是他那本《关于秘鲁国情的七篇论文》。马里亚特吉二十九岁双腿截肢,三十五岁就死了。在崇拜者心里,他是和耶稣一样的人,他们恨不能追随他而去。

有一天,我发现他有一支手枪,藏在地板洞里,是大哥留下的。这是我们的秘密。他给我说了大哥的事情,说他是英雄。我们去野外,把枪藏在一个树洞里。他经常半夜回来,我给他打掩护,不让爸爸知道。直到有一天,他被抓了,警察到家里来,翻箱倒柜搜查。好在我们把枪藏到野外了,警察没找到什么。我哥哥被放了出来,这是他第一次被捕。

一九四八年他进入国立圣马科斯大学文学院就读,社会活动越来越多。他和他的同伴印发小册子,散发传单,上街游行。那个时候法国大革命的风气流入了秘鲁,城市里起义者和学生会在街头筑起了堡垒,焚烧商店、议会、警察局,城市陷于瘫痪。当时很混乱,学生会有很多派别,各有主张,内部斗争很剧烈。马努埃尔将军的军政府终于决定要采取武力,发出了最后通牒,要求所有在武器广场大街的起义者离开。设定的期限是三天。这个通牒发出后,情况更加糟糕,起义者认为在最后通牒之下撤离大街等于承认失败,不如战斗到底,决一死战。而当局已经发出通牒,就不能再后退。利马的市民和全国的民众都在焦急观望。

十月九号这一天中午是最后的时刻。在武器广场大街上一边是军队和警察。他们前面是一排装在车上的移动高压水炮,但是在水炮的边上已经有机关枪的枪口对着起义者,后面是一排排坦克装甲车,数不清的军队部署在附近的街巷里,随时可以集结冲锋出来。在大街的另一头,起义者也手持各种武器:石头,长矛,匕首,不少人口袋里还藏着短枪,毫不示弱。正午时分,大教堂沉闷的钟声敲响了,最后的期限到了。军队开始进攻,他们的水炮开始喷射,慢慢向前移动接近起义者,如果遇到抵抗,机关枪就会扫射。而起义者也在大声鼓噪着,向前移动。两边本来隔着三百英尺距离,慢慢在缩短,眼看一场血腥的战斗就要发生。这个时候发生了一件事情。

就在两边的队伍像被激怒的公牛一样开始对冲的时候,从起义者的这一边突然冲出了一个人。他手里举着一面巨大的秘鲁国旗,对着军队走过去,站在了马路中央,然后横向移动,像是节日礼仪表演一样挥舞着国旗,来回走了三趟。他直接走到军队面前,面对着骑着高头大马的军队指挥官。报纸上说当时举旗的人好像是一只安第斯山上的大鹰一样在即将出现的战场上飞舞着,他的奇怪行为让军队碾压的步履停了下来,起义者那边也停止了脚步,不解地看着这个不怕死的举旗人。由于他举的是秘鲁的国旗,军队这边的指挥官向他行礼,并有礼貌地询问举旗人他这样做是什么意思。这个人就是我哥哥胡安·巴勃罗。

我的哥哥对着军政府指挥官说,我是阿普拉党员胡安·巴勃罗·张,是学生会代表,是来寻找和平的。只要你们停止进攻,往后撤退一百英尺,我就可以让起义的队伍也往后撤退一百英尺。然后你们要是再后撤一百英尺,起义者也会撤退一百英尺。军政府的指挥官其实也想避免流血,但是对眼前这个拿着秘鲁国旗的年轻人并不相信。他将信将疑地举手让军队后退一百英尺,然后手一放,军队停止后撤。他看到我哥哥举旗在空中挥舞了三下,起义者的人马也开始后撤一百英尺后停了下来。这样的后撤双方都重复了三次。最后,和平的气氛降临了。军政府和起义者代表最终举行了谈判,阿普拉党成了合法的政党,同意放弃武装斗争。全国为之欢呼。而我的哥哥因为在这次运动中的神奇表现成为一个英雄。所有的报纸都登载了他那天举着旗帜独自行走的醒目图像,大标题上写着:"这就是一代领导人出生的方式"。

那以后,我哥哥虽然还是大学三年级学生,才二十一岁,却已经是秘鲁有名的政治人物。他写了很多的文章,分析秘鲁的社会问题,押击资产阶级。不久后,出现了这样一件事情,秘鲁国会议员普拉蒂斯塔在报纸上发表了一篇文章。他攻击了我哥哥的政治观点,其中说到我哥哥是中国人,当年像猪仔一样在海里漂过来,现在应该滚回去。这些话让我们中国人都愤怒了。那个时候,中国人已经在秘鲁很有经济实力,有很多杰出人物,包括大律师、大商业家,只是政坛上还没有重要人物。我们不知道怎么去回击这个普拉蒂斯塔议员的脏话。我哥哥采用了一种出人意料的办法,他直接到了国会,找到议员普拉蒂斯塔,要他在报纸上公开撤回他的侮辱性言论并道歉。当普拉蒂斯塔拒绝这样做时,我的哥哥像一个西班牙绅士一样把一只白手套扔在他的面前。普拉蒂斯塔想不到我哥哥会这样做,当他捡起这只白手套时,一场决斗就在所难免了。这事成了全国性大新闻,报纸热闹得翻了天。

决斗的时间很快定了下来,对方的助手送来了决斗挑战书。当时决斗这种古老的方式早就没人用了。西班牙传统决斗方式一种是用匕首,还有一种是用手枪。我哥哥是聪明人,知道自己身体弱,用刀赢不了的,就选择了用手枪。哥哥带着我去乡间练习打枪,用的就是我死去的大哥马里诺留下的那支手枪。他一边练打枪,一边给我说普希金决斗的故事。我害怕他会被打死,要他取消决斗,他说已经发出的决斗挑战好像射出的箭,是无法收回的。后来决斗如期举行,是在一个树林中的河边空地上。我看到对方好多人是骑着马过来的。我哥哥和议员普拉蒂斯塔隔着一百英尺同时开枪,都打中了对方,但不是致命的部位,没有死掉。那以后,我不怕死的哥哥更加出了名。

尽管我哥哥在那次的街头对峙中获得了和平之子的美誉,但是在之后的一年里,他所属的政党阿普拉党再次在全国发动武装起义,烧警察局,袭击军营。我哥哥在十月份被马努埃尔将军的寡头政府逮捕了。我听说我哥哥带人伏击了一个军队巡逻队,抢走一批枪支。他被捕之后是秘密关押,我们都不知道他关在哪里,甚至不知道他的死活。后来有了一点风声,说巴勃罗被关在埃尔弗朗顿的海岛监狱,我们找到中国人的大律师和军政府交涉,花了很多的钱打通关系,终于在我哥哥被秘密关押一年之后,我们到埃尔弗朗顿岛上去探望他。

这个太平洋海流中的岛屿监狱是没有居民的,只关押政治犯。我后来知道,这个岛之前是个荒岛,上面有千百年的海鸟鸟粪,几十尺深,最早来秘鲁的华人苦力就是在这里采鸟粪,无数人死在了这里。他在一个铁窗后面和我们见面。他的身体已经完全垮掉了,看起来像个骷髅架子。当时他被判十年徒刑,这个监狱简直就是个地狱,睡在水泥地上,吃得很差,没有医疗。他都没有力气说话了,只有眼睛还发着亮光。我们对他说,一定会把他救出来。后来我们的华人宗亲会社出了大力气,雇了最有名的大律师,花了很多的钱买通关系,终于让我哥哥获得释放了。军政府在释放他之后,很快就把他驱逐到阿根廷去了。

没有想到在海岛监狱竟然是我和我年轻的哥哥最后一次见面。他被驱逐到了阿根廷之后,就一直没有回家。他后来一直在到处漂泊,一次次制造事件,一次又一次被拉美几个国家政府驱逐,一次次被关在监狱。他偶尔会给我来信,在巴黎时给我买过礼物托人带回给我。我经常从报纸上看到他的消息,看到他参加很多国际会议,看到他到了苏联,到了捷克,到了古巴开会,穿着西装非常像一个政治家。我一直觉得有一天他会成为一个政治人物,成为议会代表,成为一名部长,甚至成为总理。但是,我没有想到,在一九六七年的十月,我会看到他被打死后的照片。他死在玻利维亚的山地游击战,是被俘获后处决的。我真是说不出的悲伤啊。

十 "胡安之书"之三

胡安之书作者采访豪尔赫·特纳(Jorge Turner)

豪尔赫·特纳是土生土长的巴拿马人。自一九六九年以来,他作为流亡者一直住在墨西哥。他目前是一名记者,同时也是墨西哥国立自治大学政治学院的一名教师,也是一位杰出的资深国际主义激进分子。他是一九六八年发表在第三十二期

Tricontinental 杂志上《拉丁美洲革命家胡安·巴勃罗·张》的作者,也写了很多关于巴拿马和拉丁美洲的论文和书籍。

您是怎么认识胡安·巴勃罗·张的?

我在墨西哥生活了很多年,在那里我经历过了人生的好几个阶段。我大概在一九五三或者一九五四年认识了胡安·巴勃罗·张。我不仅结识了他,而且还认识了许多当时住在墨西哥的拉丁美洲流亡人士。五十年代最初几年是拉丁美洲的独裁统治最盛的时期,也是流亡人员最多的时候。我记得当时有好些流亡者:从菲德尔·卡斯特罗到佩雷斯·希门尼斯,《人道主义》期刊编辑劳尔·罗阿·马查多兄弟,还有诗人卡洛斯·奥古斯托·莱昂。这群人中胡安·巴勃罗·张非常突出。我依然记忆犹新的是,在我们的某次谈话中,他告诉我他曾是阿普拉党军人,当他来到墨西哥时,他已经是一名共产主义武装分子了。

据我了解,您和他以及其他拉丁美洲人总是聚会。您能告诉我诸位当时在谈论什么吗?

我们总是聚会,此外还会有正式会议和同其他职业者一样非常严肃的经验交流会。主题几乎总是围绕着拉丁美洲革命和在我们每个国家革命的可能性。有时我们会设想很远的未来,有时我们的愿景则立足当下。我们的会议往往没有秘密,而是我重复说的,只是交流经验和评估每个人分析问题的角度的会议;我们阿普拉党人和共产党人进行了讨论,倾向于建立长期政治活动的平台,不仅为了摆脱独裁,还要组建能够面对帝国主义和提高拉丁美洲人民生活水平的政权。

我们聚会的地方通常是在墨西哥城的 El Gallito 酒吧。里面全是流亡革命者,整天是高谈阔论唇枪舌剑。格瓦拉和他的未婚妻希尔达是这里的常客,我也经常在这里。一九五四年十二月的一天,我突然见到了巴勃罗·张,那时他已经在流亡者中以"奇诺"的外号被人熟悉。他刚刚被秘鲁政府释放,坐了三年的监狱,被驱逐到了墨西哥。那天他显得很忧郁、不安和好斗,当大家听切·格瓦拉在咖啡馆里谈论革命的时候,他说的第一句话是:"我不喜欢咖啡馆里的革命者!"这句话让气氛很尴尬,那时没人敢冒犯切·格瓦拉。但是联想到奇诺一直在监狱中生活,加上秘鲁共产党内部严重的派别斗争,他的偏执是不奇怪的。所以格瓦拉同意了他的话,说:"我也不喜欢他们,真正的革命者必须永远愿意采取行动。"那一天格瓦拉想让奇诺开心起来,他谈到了阿根廷人和秘鲁人之间的传统友谊,并说了一连串的笑话,在座的所有人都乐不可支,似乎使每个共享桌子的人都感到高兴,只有胡安·巴勃罗似乎坚不可摧地闷闷不乐。后来话题转到谈艺术、诗歌和戏剧,尤其是关于荒诞戏剧的创作者萨缪尔·贝克特(Samuel Beckett)以及他的杰出作品《等待戈多》。奇诺毫不犹豫地确认,戈多确实是上帝的代表,每个人都在等待上帝,没有人看到并且永不到达。他的话和手势一样显得偏激动。

团队是由哪些人组成的,都有哪些人聚集,您还记得一些名字吗?

好吧,我记得最团结的群体是共产党武装的或者是对共产主义抱有同情的秘鲁人,以及最叛逆的阿普拉党人和批评他们政党领导人的那批人。在阿普拉党人中有刘易斯·德拉普特·乌塞达,终其一生都坚持斗争理念,一直到最后手持武器死在秘鲁山区。还有胡安·巴勃罗·张,他是一名共产党武装分子,他的信念非常坚定深刻。另一方面,赫雷洛·李内罗·切李也在,他曾在墨西哥的其他地方生活过,由于年龄因素,他是秘鲁组织的元老之一。还有两位很有成就的诗人:胡安·贡萨洛和古斯塔夫·巴尔李塞尔。如今很杰出的小说家曼努埃尔·斯科尔扎也参加过我们的会议。那个时候,每个游击队都喜欢有一个诗人,像公元前斯巴达的军队一样。

您怎么看胡安·巴勃罗的,作为朋友、作为一个人和作为一个斗士?

我一直记得他是一个伟大的朋友,也是一个善良的人。他对自己的信念非常坚定。他是百分之百的激进分子和一个很大程度上受到马克思主义政治熏陶的阅读者,他几乎没有时间进行娱乐活动。也就是说,他是一个致力于武装和政治组织的人。

教条主义和他的想法相距甚远,他同情别人的问题,并尽可能保持态度一致。

您还记得他读过什么枕边读物吗,能说吗?

由于每一个秘鲁左派人物都是何塞·卡洛斯·马里亚特吉的信奉者,胡安·巴勃罗也特别喜欢阅读马里亚特吉的作品。但是他意识到马里亚特吉理论需要更新,或者说成为马里亚特吉分子的最好方式就是成为这个时代的马列主义人士,是胡安·巴勃罗·张所处的时代的,而不是马里亚特吉的时代。另外,他还读马克思和恩格斯的书作为参考。他对人类学有很大的热情,阅读了很多与这个主题有关的作品。

您知道胡安·巴勃罗和切·格瓦拉最初在哪里认识的吗?

我记得切·格瓦拉和胡安·巴勃罗在墨西哥见面之后不久,胡安·巴勃罗被驱逐出墨西哥到了巴黎。不过即使他们没在墨西哥相遇,那么他们很可能会在危地马拉见面。即使胡安·巴勃罗和切·格瓦拉错过了危地马拉的机会,那么他们将在哈瓦那古巴革命胜利时会面。我们革命者是一个相互吸引的大家庭,切·格瓦拉和胡安·巴勃罗有一千次的机会能见上面。

切·格瓦拉的第一任妻子希尔达·加蒂亚是秘鲁人,是胡安·巴勃罗的老朋友。希尔达对中国有特殊感情,她很早就要求格瓦拉和她一起到中国去,永久住在那里,不回来。后来虽然没有成功,但是这个情结一直都在,导致格瓦拉对中国一直有好感。他两次访问中国,见到过毛泽东主席,因此中国买了很多古巴的糖。格瓦拉在中苏论战中偏向中国,以致后来一直受苏联排斥。我猜想某种程度切·格瓦拉因为奇诺是中国人对他有偏爱。

您后来知道胡安·巴勃罗在切·格瓦拉的武装组织中吗?您有直觉到吗?

我不知道。我最后一次见到他是一九六六年初在哈瓦那举行的三角洲会议上。像所有真正的革命者一样,胡安·巴勃罗并不说他不应该说的话,即使是对他最信任的人。我隐约知道胡安·巴勃罗已成为激进分子,他有思想和意愿进行更高层次的革命活动。那次,在我离开哈瓦那的前夕,他约我有急事,请求我帮忙。我们尽管谈了很多话,他还是没有向我透露他的秘密行动计划。这是我最后一次见到他。他当时委托我完成一项可能会发生不幸的任务,幸运的是,这并没有发生。那一刻,我不能推测出他和切·瓦格拉联系上了,即将跟随他参与一个包括数个南美国家的游击运动。这就是为什么当我从报纸上得知他一九六七年十月在玻利维亚和切·格瓦拉一起牺牲时,我那么惊讶的原因。

您在一九六八年十一月杂志 *Tricontinental* 的文章中说,胡安·巴勃罗·张不是最合适的游击队战士,这一说法的依据是什么?

胡安·巴勃罗·张是一个百分百的革命激进分子,但这并不意味着他是"完美"的。他很多方面没有擅长。他是近视眼,一个城市人,没当过农民,与玻利维亚游击队其他队员比,他在丛林中行动困难重重。胡安·巴勃罗丢了眼镜,什么都看不见。为了解决这个问题,他只得抓住一根棍子的一端,一个游击队员在前面拉着他走。胡安·巴勃罗很英勇,但他不喜欢刻意为之。他不喜欢戏剧化,不会疯狂地去做超出他能力的事情。现在研究出来,奇诺是玻利维亚游击战总计划的协调员之一,其中还包括秘鲁在内的其他几个国家的游击队员。他非常清楚凭其自身活动能力更适合在城市里面做政治斗争,但他不会因此拒绝农村游击运动,可见他是一个愿意为自己的信仰做出最大牺牲的人。说他不是最合适的丛林游击队战士一点都没有贬低胡安·巴勃罗的意思。他是一位伟大的秘鲁人,是拉丁美洲家园的伟大公民。

胡安·巴勃罗是如何认识他的伴侣哥伦比亚人伊雷拉·瓦伦西亚的?

他们在墨西哥国立自治大学人类学与历史学院相遇。在五十年代的最初几年里,胡安·巴勃罗关注人类学,也是国立自治大学人类学院的学生,而伊雷拉毕业于该学院。他们在那里相遇并相爱。她下了很大功夫,防止胡安·巴勃罗从墨西哥被驱逐,并在我们所说的声援活动中和他并肩。她不是完全的革命者,而是对革命者有好感和同情心的人士。

在胡安·巴勃罗被驱逐出墨西哥之后,他又见过伊雷拉吗?

似乎他们不再相见了,然后她和另一个人一起过上了正常的生活。她说是他主动和她断了关系,我相信是因为他知道自己早晚要牺牲的,不想有家室,不想连累别人。

十一 李在游击队活动区域的复盘

第五天,老杨打来电话,关切地问李过得怎么样,有什么事情只管说。李说有点闷,想回到当年游击队的营地,沿着格兰德河岸走一走。老杨说没问题,他安排一下。工地第二天安排了司机开了一辆越野吉普,他和一个西语翻译一起出发前往河谷深处。

坐在没有棚盖子的吉普前座,在山地疾驰。李的心里堵得厉害,因为玛利亚还没醒来,他头上悬着一把剑。这一条路现在叫 Che Ruta,意思就是"切的道路"。李还记得玛利亚说过这一条路不是原来的路,是当地的山民在游击队事件之后建的。山民本来想请求政府来建,政府没理会,结果所有村落的山民自己组织起来,出工出钱,用手工人力在险峻的山区建了这条路。后来政府被打动,派了大型的机器来帮助当地山民建了这条路。

不过当年这里还是有路的,起码可以开进吉普车。切的日记里经常提到有汽车出现,他们还伏击过政府军汽车。李记得最清楚的是日记上写到女队员塔尼亚坐吉普进入营地,粗心的司机没有把吉普车隐藏好,结果被政府军发现,在车上找到很多塔尼亚的材料,暴露了她的身份。塔尼亚是有东德外交人员身份的古巴女间谍,和当时的玻利维亚总统巴里恩托斯有亲密往来。发现了塔尼亚的真实身份后,总统巴里恩托斯恍然大悟,派了重兵来剿灭游击队。塔尼亚本来只是来传递一下文件就离开的,格瓦拉已经安排她在阿根廷做联络工作,而这下子,她就被困住了,路上都有检查站,她只得选择了留在游击队营地。噩运很快笼罩了她。

而另一个在这条路上几进几出的人则是奇诺。

切·格瓦拉当时对形势有一种想法,认为拉丁美洲的反对帝国主义的热情很高,只要他在某个国家燃起游击战争之火,就可以成燎原之势,古巴革命的胜利就可以复制。他的计划得到了奇诺的全力支持。奇诺当时已经创建了秘鲁人民解放军,但是力量非常薄弱,缺少人员资金和武器。他建议切·格瓦拉把游击队的主要基地和战场放在秘鲁的高原普诺地区,在这里点燃照亮整个拉丁美洲的革命烈火。格瓦拉起初同意了这个计划,他看中了秘鲁高原,也许因为从聂鲁达的《马丘比丘之歌》里得到启示,他的背囊里一直放着聂鲁达的诗集。普诺地区和玻利维亚接壤,大部分是高山峻岭,非常适合游击战争。但是就在一九六五年夏天,奇诺的秘鲁人民解放军遇到一次重大打击,在阿亚库乔山几乎被政府军彻底击溃。这让切·格瓦拉

改变了计划,把地点移到了玻利维亚的南部。一九六七年三月十九号,奇诺第二次来到了切的游击队营地,切的日记里面有详细记载:

> 我初步与奇诺谈了一下,他要求我们连续十个月每月为他们提供五千美元的援助,哈瓦那那边让他来和我商谈此事。奇诺带来一封信,阿图罗无法解码,因为信太长了。我告诉他,我原则上同意他的要求,只要他们六个月后拿起武器投入战斗就行。他认为,在阿亚库乔地区,他需要十五名战士归他指挥。此外,我们还达成一致,目前给他派五名战士,过一段时间后,再给他派去十五名,这些人要先在战斗中经过培训,然后再带着武器派到他那里去。他应该给我送来两台中距离(四十英里)的发射台,我们将设置密码,以保持长期联系。看来他很感兴趣。

李想起玛利亚之前说过奇诺这一次来这里,其实还是想劝说切·格瓦拉把队伍带到秘鲁的普诺去。他就是那么一个书生意气的人,脑子还是想着原来的计划。切没觉得他的主意有多好,但还是支持他在秘鲁境内开展游击战,和玻利维亚这边相呼应。奇诺第一次进入游击队营地是在一九六六年的十二月二号,这一次来这里他还只是一个访问者,他接下来的行程是去古巴哈瓦那,参加拉丁美洲团结组织大会。

古巴的拉丁美洲团结组织大会上高朋满座,各国代表高谈阔论,大会之后还安排到海边度假游览。奇诺心里着急,没心思和那么多的空想革命家闲谈,更觉得在海边休假是对在丛林里忍饥受饿的游击队员的犯罪。他见到了菲德尔·卡斯特罗,把自己的想法都说出来,让他劝说切·格瓦拉带领游击队转移到秘鲁去。他开完会,马上回玻利维亚去。卡斯特罗把一封写给切·格瓦拉的信、一些文件、密电码和药品,交他带给切·格瓦拉。奇诺回到了格兰德河边,游击队渐渐陷入了困境,被由美国训练和支持的政府军特种部队包围。他本来是可以离开这里的,但是他选择了留下来,和格瓦拉一起战斗。

李在这一个峡谷的边缘坐着沉思,看着对面的山林出神。恍惚中在对面山坡的树林间隐约看见一些人马。他晃了晃脑袋,幻觉消失。但是事实上,在一九六七年的九月中,对面山坡上的确是走过了一支疲乏不堪的游击队。切骑在一匹小白马上,哮喘病发作,每吸一口气都要用尽全力。他治疗哮喘的药已经用完,最后甚至在静脉里注射上了一种含有 1/900 肾上腺素的洗眼药水。为了去镇上搞到治哮喘的药,游击队组织了一次进攻,结果中了政府军埋伏,牺牲了几个队员。政府军已经知道格瓦拉需要治哮喘的药,把周围所有城镇这类药品都严格管制起来,不让游击队得到。游击队也搞不到粮食,前一日,他们打到了一头貘,大家烤着吃了几口。但是格瓦拉吃了这野兽的肉之后过敏,更加剧了哮喘。现在他们要越过这个山岭,转移到对面的峡谷去。低落的士气甚至都传递到了格瓦拉骑的这匹小马身上,它停住了脚步,它其实是累得走不动了,它也几天没有喝水,没有吃草料了。格瓦拉拉了几下缰绳没用,变得暴怒,用拳头击打小马。小马没反应,结果切暴怒之下,抽出开山刀,对着小白马的脊背砍了一刀。小白马血流如注,格瓦拉被队员劝住。

跟在格瓦拉队伍后头的，就是奇诺。因为饥饿干渴，他的身体已经垮了，视力几乎完全消失，用了眼镜也只能看见一点模糊影子。比起其他的队员，他所承受的苦难要严重得多。在接下来的日子里，他完全是凭着意志在坚持着。然而，他除了接受身体的考验，精神上还要接受苦难。在前一天，他受到了一次从没有过的羞辱。因为吃那一只獾肉的时候，他把分给他的那一块肉都吃了下去，本来是要求留一半在第二天吃。有人向格瓦拉打了小报告，当着众人的面，格瓦拉大发脾气责怪了他，说他是个贪吃的人，还把他降了职务。在这种极端的困境下，人性会发生严重变态。联系到格瓦拉哮喘时用刀砍小白马，可以看到绝望和冷漠正在降临到他身上。丧失视力体力虚弱的奇诺现在成了游击队的负担，总是走在队伍的最后面，把游击队的行动拖延了。和他一起从秘鲁过来的队员尤斯塔奇没有背弃他，让他拉着木棍的一头带着他走。格瓦拉在十月七日的日记里，也就是他的最后一天的最后一段日记里写下了下面一段话，最后一句话写到了奇诺，但居然是一句羞辱他的话。写了这段话的当天，格瓦拉和奇诺被抓获，再过一天他们都被枪杀。

月亮在夜空中缓缓穿行，我们十七个人趁着夜色出发了。行军很劳累，我们在山谷里跋涉，一路留下了不少痕迹。附近没有房子，但是有一些土豆苗床，就是利用这条溪里的水流入水沟以后灌溉的，可现在没有一滴水。凌晨两点我们停下休息，因为再往前走也毫无意义了。当我们不得不夜行军的时候，奇诺就成了不折不扣的累赘。

从这里走到切洛山谷的路，是他最后的路程，是一条绝望之路。在这段路上，他把眼镜丢失了，几乎双目失明。干渴折磨着他，几天前开始就完全没有喝到水，连尿滴都没有了。现在身体靠消耗血液里的水分在支持着。绝对的干渴会导致幻觉，身体变成了干渴本身。是的，到这个时候他已经成了无用的人，他成了一个概念、一个数字。游击队被困在切洛山谷那条干涸的水沟，格瓦拉决定做最后一战，一支队伍向上走，一支队伍往下撤。当格瓦拉冲出沟壑突围最终被俘获时，奇诺像一个梦幻一样还在沟里面飘移，他完全没有了视力，照看他的秘鲁队员随着下撤的队伍走了。奇诺在沟底摸索了半天，最后遇上了政府军的士兵。

五十多年后，李在奇诺走过的路上复盘着游击队的行动。他恍惚中再次看到了树林里出现了奇诺。他那么宁静而疑惑地看着天空，双目失明让他有了博尔赫斯一样的深邃而内向的目光。他是一个自找别扭的人、一个甘愿寻找和经历苦难的人，而几乎所有的先贤都是这样的一种人。

吉普在山里转着，到了河边一片开阔地，风景展现开来。这里是普通游客无法到达的地方，是塔尼亚遇难之处。有个牌子上写着西班牙语，翻译说记述了一九六七年九月七日塔尼亚和其他几个游击队员在这里过河，被埋伏在岸上的政府军用重机枪扫射的事件。塔尼亚的尸体随着河流往下漂流，第三天发现时脸部已经被河里的食人鱼啃得露着骨头。由于她是女性，当地的教会给她安排天主教葬礼，总统巴里恩托斯还专程过来参加葬礼。李还记得《切》电影里有这么一个镜头。巴里恩托斯揭开了昔日亲密女友塔尼亚尸体脸上的头巾,吃了一惊,问手下人是怎么回事。回答是被食人鱼啃的。之后塔尼亚被葬入教会的墓地,这个时候,格瓦拉和奇诺还在山地里奔突,距离死期还有一个月多一天。

中午时分,终于到了格兰德河那一段最开阔的地方。在对岸,是一大片肥沃的平原,一直延续到另一座大山,那是另一座山脉杜兰山。游击队始终在河边一带行动,为的是水源。司机说在这里用午餐,他们自己带了午餐。远处河面上出现了一座大桥的轮廓,这就是老杨公司的高速公路工程的一部分。

在川流不息的格兰德河边,李回想着一九六七年切·格瓦拉和奇诺在这里的行动,感觉很久远,仿佛像是几百年前的一段历史。但是,同样发生在中国的一九六七年的"文化大革命"、毛主席接见红卫兵、反对美国占领巴拿马、到商店里凭计划票购买棕红色沙粒状的古巴蔗糖等,李觉得是那么记忆清晰,好像是刚刚过去不久。而事实上这些事情发生在同一时间里,但为什么会有那么大的记忆反差呢?起初李发现奇诺这个人物线索时,觉得他只是一个模糊的历史幻影。现在他渐渐介入了这段历史的现场,障眼的雾气在退去。李现在能看见自己内心的动力,为什么会对奇诺是个中国人后裔这一条线索紧抓不放?他内心的动力和激情是和自己的身份有关系的。他也是一个离开故国几十年四处漂泊的异乡人。他在历史的幽冥中追随奇诺身份这一鬼火,而最终却看到了自己来世今生的某些图景。

李没有想到自己这回会遇上玛利亚昏迷坠落的意外险情。但这个意外,却让他遇见了老杨他们,看到了一段最新的华人在南美洲的事迹。从奇诺这一个典型的华人开始,上溯到十九世纪华工苦力船漂洋过海到南美洲,又接上了老杨他们在安第斯山高原的一系列行动,这段历史有了纵深感。李的想法有了很大的发展,看到了一种历史的大的走向。一百多年前中国人作为最会干活的廉价苦力,被贩运到秘鲁,成为这个国家早期经济发展动力。一百多年之后,拉美再一次涌进大量中国公司。而这一次的中国人涌入南美洲,其身份和一百多年前那一批人则完全不一样了。奇诺在两个历史现象的中间,好像是茫茫夜海中闪着微光的一个灯塔,引导着李的思路。奇诺的事迹和行为恰似一种神迹,赋予这一段历史以形而上学的光芒和启示。

在大桥的背景上,李心里又一次出现了奇诺的幻象。奇诺像隐藏在空中的一朵云一样,凝视着河上的大桥工地,凝视着这一群穿橙色工作服的中国人。李想,如果这一切是真的,奇诺会怎么想呢?

十二　玛利亚苏醒

住在工地第七天,李收到耶鲁大学苏教授的邮件,说符号学专家弗雷泽教授给他回复了鉴定结果,古巴拍下的女子后背文身和玛利亚的文身是一样的。不仅是凭弗雷泽的肉眼辨认,还经过了计算机比对。图案里的飞蛾叫鬼脸天蛾,学名 Acherontia Lachesis。这个图案有一个符号名字叫"古印加的献祭"。最早是德国考古学家在秘鲁库斯科地区的两千多年前的布包木乃伊女尸后背发现的,最有名的是阿雷基帕冰山少女 Juanita 冰冻尸体的背上清晰如新的文身。这个文身图案只出现在活体献祭给神的少女的背部。二十世纪八十年代开始,一个狂热崇拜切·格瓦拉的女性组织采用这个符号,加入组织的人背上都文着这个符号。她们在互联网上联络,在药物和酒精之下产生幻觉和格瓦拉交往,把一切献祭给他。

虽然事先李猜想这是一种符号,但弗雷泽教授的回答还是让李感到震惊,原来这里面有那么多事情。弗雷泽教授提到的 Juanita 冰山少女,李曾经近距离凝视过她。去年李在秘鲁离开的的喀喀湖之后,继续前往南部的阿雷基帕城市,这里是大作家巴尔加斯·略萨的出生地。这座城市背靠着两座活火山,二十世纪九十年代初,两座火山中的一座冒出了致命的硫黄浓烟,人们忧心忡忡看着火山,谁知道这个火山会不会大爆发,像当年的意大利维苏威火山一样,把阿雷基帕变成又一个庞贝城呢?那火山接着开始喷出了火山灰,慢慢地喷,但始终是克制的,火山灰随着北方的风没有落到城市,而是落到了它后边那一座六千二百二十八米高的安帕托山峰上。之后,火山又恢复了平静,沉睡了下去。而这个时候,山那边的放牧驼羊的山民看到被喷了火山灰之后的雪山山顶融化了一部分,还看到山上现出一条小径的痕迹。

消息传到美国籍的考古学者雷哈德耳朵里,他认为这一条从山顶通下来的小径十分蹊跷,可能是古印加国人的栈道。他组织了一支考古队,登上了六千多米的山峰去看个究竟。上去之后发现了一个五百年前的少女活人祭祀的木乃伊墓穴。她刚从冰雪里被火山灰融出,像睡着一样美丽。这个少女是从千百公里之外的库斯科过来的,是大贵族家的子弟,经筛选出来自愿献祭给最高的太阳神的。李在阿雷基帕博物馆冷冻玻璃棺内看到她的容颜,她是那么安详,静静地沉睡。当年她从遥远的库斯科华美宫殿里出发,一步步走向阿雷基帕这边的雪山。古印加人没有车轮的概念,没有车,也没有可以当坐骑的马,她要么是自己徒步走来,要么就是被人抬着轿辇上山。

六千二百二十八米高的雪峰,如今专业登山者都很难上来,真不知道是哪里来的勇气和力量支持着这一个女孩子的殉葬之旅呢。她是活着被祭祀的,而且完全是自愿的。在她的身上,穿戴着母亲送的衣物和首饰,因为所有的人都相信她是出嫁给最崇高的太阳神的。在她的身边,还有一个装着古柯叶子的袋子,古代的印加人就靠嚼这个抵抗高原反应。她走了那么多天,终于到达了安帕托神山的峰顶。她喝了大量玉米做的奇恰酒之后,进入了昏睡状态,祭司用钝器猛击她的后脑,帮助她快速死去,那年她才十二岁。之后,她被埋在墓穴里,在冰山上一天天度过。五百多年之后,终于有一天,边上的埃尔米蒂斯火山喷发了,飘来的火山灰把她从冰封中解冻了出来。

李根本想不到,他所看到的这个冰冻少女居然会和他目前发生的事件产生联系。他在这么短的时间里,经历了那么多魔幻事情。难怪南美会出现那么多魔幻作家。李想起拉伊格拉村电报房那个晚上,看到玛利亚一杯杯喝下奇恰玉米酒、不停地咀嚼着古柯叶子时,心里所唤起的熟悉感原来就是对那个冰冻少女的回忆。

李在工地度过了第八天。这天早上,工地的司机小孙告诉他,巴耶格兰德的警局来了电话,让他过去一趟。小孙把车备好了,说马上可以出发。

　　这一段路不长,李心里狂跳,紧张,他不知情况怎么样,也许更严重了?也许玛利亚不行了?在卡佛那个小说里,那个孩子最终死掉。他已经经历了八天,耐心已经消耗干净,而且他知道要是一直待下去,最终会不受工地的欢迎。

　　到了警局,看见了那个留着厚唇胡须的警察头子。这一天他的样子突然变得像一个法官,甚至像上帝。他说:

　　"奇诺,玛利亚昨天醒了。我们和她谈了,她说了情况,和你无关。你没事了,恭喜你。"他称呼李为奇诺,这边管中国人都叫奇诺,和游击队员奇诺毫无关系。

　　"她是怎么说的?"李说。

　　"她说自己当时突然就失去知觉了。说你和她隔着距离,这样就说明你是清白的。这是你的护照。你现在可以走了,欢迎以后再来巴耶格兰德。对了,玛利亚说想见见你。"警察头子说。

　　"好的,谢谢你。"李收了护照。他想起了自己在这里被困了八天,准确是七天,第一天不算。相比切·格瓦拉和奇诺等游击队员在这里的十一个月困境和最后的结局,他的被困算得了什么呢?险情解除,一切是那么神奇,当他解开了玛利亚文身之谜,她就苏醒了。好像她是被一条谜语催眠着,谜语一猜出,魔法消散,她就苏醒了。

　　他买了一大束的鲜花、一盒 GODIVA 巧克力,去医院看望玛利亚。

玛利亚坐在床上,头上包着纱布,人瘦了很多,眼睛显得很大,真有点像是圣母,和她的名字很配。她的眼睛是善良纯净的,看到了李,她眼神发出了光。

"我听说你为了我的事故留在巴耶格兰德一个多星期。真的非常对不起你了。"

"这没什么。你受苦了,很难过你会受伤,现在你感觉怎么样?"李说。

"还虚弱,不过我很快就会恢复的。医生说我昏迷了一个星期,我自己觉得像是睡了一觉,做了很多奇怪的梦,但是我现在一点都记不住那些梦境,唯一还能记住的是在天空飞翔,看到了地面的中国长城。"

"我们下峡谷的时候,你和我说过最想去古巴和中国,想去看长城。"

"那天当知道你是来专门查证奇诺的身份之时,我心里就开始有了波澜。我其实有中国心结的,不仅因为奇诺是游击队里一个重要成员,而且我知道切·格瓦拉内心和中国有非常深刻的联系。但在你来之前,中国对我来说好像是一个宇宙中遥远的星体,我完全接触不到。虽然接待过几个自称是中国来的游客,但他们和你完全是不一样的。拉伊格拉村电报房那个晚上我喝了很多奇恰酒,平时我是不喝的,后来回房间还嚼了很多古柯叶,一直睡不着觉。半夜三点钟还起来到外面的院子里走路,看着星空。"玛利亚说。

李听了她说的话,好生奇怪。那天夜里三点正是他醒来开门上户外公用厕所的时候,当时他看到了从小径走来的身上发光的玛利亚。为证明这是现实不是梦境,他曾对自己拍了照片做证,后来手机没有照片,说明是在做梦。可现在玛利亚说的事情分明是和当时的场景吻合的。

"你以前有过昏迷的事吗?"李问。

"从来没有过,这是第一次。可能是因为我的心脏比较小,供血不足。人们说人的心脏和本人拳头一样大,你看看,我的手很小,拳头就这么大。"玛利亚把手握成拳头,给李看,她拳头真的很小。李没想到她会找出一个这么天真可爱的理由来解释这可怕的事故。

"你这一个礼拜在巴耶格兰德过得怎么样?"玛利亚说。

李说自己住在工地研究资料,说自己已经获得了"胡安之书",还深入格兰德河考察了游击队的路线和对岸的平原。

"那太好了,也许是上帝故意让你多待几天,多了解一些情况,让你能把奇诺的事迹写出来。"玛利亚说,"你明天能在这里吗?我想带你完成你预定的行程。本来那天我们是要到这里参观的,就是我住的这个医院。"

"好的,玛利亚。"玛利亚这么一说,李想起行程里面的确提到了医院,他当时并没想到为什么要参观医院。

第二天,玛利亚看起来精神好多了。她戴上了棒球帽,把包扎伤口的纱布遮住了。她让李看的第一个地方就是医院门口那长长的横向走廊,说这里的建筑结构和一九六七年时一模一样。当年游击队员尸体用卡车从山里运过来后，就是在这条长廊里依次排开展示。她的手里有一个图片影集，里面有当年走廊上一整排惨不忍睹的游击队员尸体的照片。

但切·格瓦拉和奇诺的尸体没有在长廊里。

一九六七年十月九日下午五点，一架直升机飞了过来，切·格瓦拉的尸体在空中出现，吊在直升机的着陆轴上轻轻旋转着。当时巴耶格兰德镇一万名居民有一半站在了机场的空地上观看。士兵试图阻止人群进入停机坪，但随着直升机降落，他们失去了控制。士兵们奔向直升机，他们身后紧跟着人群。士兵只得转过身来，凶狠地用枪指着平民，迫使他们留在原地。与此同时，挂在直升机上的切·格瓦拉尸体被解下来，装入一台汽车，汽车迅速开往巴耶格兰德医院。格瓦拉尸体被放置到了一个户外太平间，那地方看起来像是医院上方小山丘上的马厩。大约有十个人——医生、护士和士兵围在格瓦拉的身体周围，紧张快速地工作。一个身穿白衣的修女站在格瓦拉的头部边上，她时不时地微笑着。起初，观望的民众以为格瓦拉还活着，看起来医生好像正在给他进行输血。医生通过颈部的两个开口，往里面注射液体，一名士兵搀着切站立着，双腿分开在他身体上方。然后民众被告知他们用福尔马林填充格瓦拉身体以防腐烂。

这时候，来了一个马队，马背上驮着另外两个游击队员的尸体，他们是威利和奇诺。不知怎么的他们没有被卡车运过来，而是用马运送过来，之前的其他多名游击队员的尸体已经摆满了医院前面的长廊，而奇诺和威利来得比较晚，也可能是因为他们和格瓦拉的关系比较特别,所以他们的尸体被送到了格瓦拉所在的户外停尸间,躺在地上。围观的民众根本看不见躺在地上的这两具尸体,他们的注意力都放在了水池里的格瓦拉身上。

当医生护士忙着用福尔马林灌入死者身体时,人们看不出他到底是谁。他的头低垂着,长长的头发挂下来,差点碰到地板。突然,一名士兵抓住死者的头发,将他猛拉成坐姿。那个穿着白衣的修女扶住了他的头,笑得还很开心。人们看到了死者的面容,闻讯赶来的新闻记者都认出这就是大名鼎鼎的切·格瓦拉。医生护士开始给格瓦拉清洗裸露的身体。"请给死者一些尊重,至少不要拍下他裸露下身的照片。"一名上尉告诫记者,并威胁要没收一个不听他告诫的记者的照相机。士兵们费力地给死者穿上了裤子,但是当他们试图给他穿上上衣时,发现手臂已经僵硬,无法套进袖子。所以他们不得不放弃尝试,让切·格瓦拉裸着上身接受很多台照相机拍照。当照片冲洗出来登上报纸之后,全世界的人都发现死者的样子很像被钉在十字架上死去的基督耶稣。

玻利维亚武装部队负责人奥万多将军正在亲自检查仪式。一名来自圣克鲁斯电台的记者与他进行了现场谈话:"这里是巴耶格兰德医院,由于玻利维亚武装部队的努力,由光荣的奥万多将军指挥,入侵我们祖国的古巴共产党游击队领导人已经落网。"将军满意地露出微笑。之后,他们切断了格瓦拉的双手,一只寄给了古巴领导人卡斯特罗,一只寄到了拉巴斯的总统府。

玻利维亚总统巴里恩托斯赢了,他下令把格瓦拉的尸体挂在直升机着陆轴上在空中示众。然而不到两年,巴里恩托斯总统乘直升机在科恰班巴空中遨游时,突然直升机被一股强大的力量拽住。像钓鱼的人钓住了巨大的鱼一样,巨大的鱼把直升机往下拉,最终坠落到地上,总统当场死亡。这是一九六九年四月二十七日,在他杀死格瓦拉之后十八个月多十八天。

玛利亚带李参观了医院后,继续前往一个位于松林里的游击队员墓地。这里曾经埋葬过死在格瓦拉之前的游击队员遗体,李看到墓碑上面有一个个熟悉的名字,其中一个就是塔尼亚。她当时埋在教会的墓地里,后来建立游击队员墓园时才把她转移到这边。这里还埋葬过一个叫纳托的队员,他是在游击队最后一战中成功逃脱的七名队员中的一个,但一个月后在距离巴耶格兰德一百公里之外的地方,与政府军交战时被打死。其他的六名队员成功逃脱,经过高山到了智利边境,地下抵抗组织把他们装在运送木材的车里面,成功逃离了玻利维亚。

离开这里,穿过大路,往里走上几百米,到了最后的一个参观点:切·格瓦拉最初的葬身之地。这里修了很现代的博物馆和纪念品店,是古巴政府出资修建的。

在进入发掘墓坑之前,玛利亚讲述了发掘过程。一九九六年,在游击队事件过去二十九年之后,格瓦拉成为超级偶像,世界各地的崇拜者和游客纷纷来到巴耶格兰德,为当地带来丰厚的经济收益。古巴每年都派出医疗队来这里,甚至为枪杀格瓦拉的那个士兵做白内障摘除手术,本地居民对游击队的好感越来越强。玻利维亚和古巴的关系开始好转,玻利维亚政府同意让古巴政府出资寻找切·格瓦拉和所有游击队员的尸骨,运送回古巴安葬。于是,一项寻找格瓦拉遗骨的工程开始了。当时搜寻人员只知道埋葬的地点是飞机场跑道附近。还有一条线索来自一个老人,是当年的掘墓人,说他们本来准备把格瓦拉脸朝下直接埋在土里,他觉得有点不忍心,就让格瓦拉的脸朝上,脱下自己的夹克衫盖在了他的脸上。根据这一线索,他们用了三年时间,发掘了九千多平方米的土地,终于找到了一个上面残留着布片的骷髅。最直接的证据是这个尸体是没有双手的,证明了这是格瓦拉的尸骨。紧挨着切·格瓦拉的,是巴勃罗·张(奇诺)和另外五名队员的尸骨。

现在,这一个墓穴成为一个纪念馆,上面盖了屋顶,有庄严的拱门入口。墓穴的周围有一圈栏杆,还有一道阶梯可以走下墓穴的底部。李走到了墓穴的底部,看着一个个小墓碑上的名字。游击队员在这里埋葬了三十年之后,最终于一九九七年被挖掘出来,所有队员的尸骨都运送到了古巴的圣克拉拉的墓地,紧紧地挨在了一起。在点着长明灯的切·格瓦拉墓穴边上,沉睡着奇诺的灵魂。

在当天的下午,李就启程回圣克鲁斯。接下来的一周里,他去了智利的阿塔卡马沙漠、圣地亚哥。之后在瓦尔帕莱索的聂鲁达故居附近的一间小旅馆住下,看着太平洋海流发呆冥想。在第五天的上午,他收到了玛利亚的一封电子邮件。玛利亚这样写道:

嗨,亲爱的李,我希望你在玻利维亚过得愉快。我不知道你现在在什么地方了，但我想告诉你，昨日里我再次阅读了有关奇诺（Juan Pablo Chang Navarro Levano）的尸骨发掘报告，这是我发现的信息：他是发掘队最后确认的一个骨骼，他的家人从秘鲁的利马发送图片以帮助进行鉴定。科学家们除了进行了牙齿比对获得确实证据，还证明这具尸骨是唯一具有亚洲特色的骨骼。骨架高度为一百七十一厘米，骨骼在头骨上显示了三个枪弹孔，在左臂上显示了另一处弹孔，在脊柱第二个椎间盘中显示了最后一个弹痕。鉴定时间是一九九七年七月十日。关于奇诺尸骨报告我只能说这些。希望这些信息对你有用处，如果你还有其他问题或疑虑，请告诉我。

最好的祝愿

玛利亚·埃斯特·瓦尔加斯

丹河峡谷

一

  这个上午,我开着我那辆老旧的丰田车行驶在多伦多的401高速公路上。正是春天,丹河谷的山海棠花开得如云霞一般,前方峡谷有一座悬空桥布满了钢弦,像竖琴一样漂亮,今天我正是奔着这桥而去的。绿树成荫的丹河谷是多伦多的靓丽美景之一,弯弯曲曲的公路有一种女人般妩媚的曲线美。到秋天的时候,整个大峡谷的枫树会变成浓浓的殷红色。每次经过这里,我都会忍不住多看几眼。不过山谷弯道多,陶醉于河谷风景同时还得谨慎开车。这时我手机响了,是奚百岭打来的。

  "哎,老兄,你能给我弄条蛇来吗?"

"你说什么？要一条蛇？"他这样突兀的话让我起了鸡皮疙瘩。

"当然是假蛇,有一种木头做的蛇,关节会动的,颜色青青的,看起来像真的一样。"他这么解释了一阵,我才松了一口气。

"原来是这样！我还以为你要来一段'尼罗河惨案'呢！"我说这话是指电影《尼罗河惨案》里有一条用于谋杀的眼镜蛇,"你要一条假蛇干什么呢？"我问他。

"是这样的。我们家的花园里面最近出现了几只野兔,把我太太父母新栽下的菜苗都啃断了。我太太说兔子怕蛇,在菜园里放几条木蛇就会吓跑野兔子。她老家的人就是这样做的。"

"奇谈怪论！"我的眼前浮现出他太太的形象。那是一张令人不安的脸,眼睛有点鼓出,她情绪不稳定,正在进行甲亢症治疗。这半年以来,我时常要和她打交道,知道她要奚百岭做的事情最好帮她做到。我只好接下话头:"这种木蛇也许唐人街有卖,我给你留意一下,看到的话给你买几条。"

"多谢了。"奚百岭挂了电话,我看了一下来电号码,是他家座机号码。这个时候是上午十点半钟,看来他还待在家里,没外出去工作,这可让我觉得有点不安。他这会儿在家里干吗？难道他正在花园里种花？他家的花园虽然不大,但是阳光充足。前任的房主是个喜欢园艺的希腊人,种了许许多多奇花异草。奚百岭想要保证花园四季都有适时的花卉,那可得花很多心思呢,不过现在这个花园已经被他改成菜园了。

现在读者应该看出我的职业是什么了,我是一个兼职的房地产经纪人。这半年以来,我带着奚百岭和他的太太看了很多处房产,终于在几个月之前买下了这座大致符合他们口味和预算的独立房子。新移民买一个比较小比较便宜的房子本来很正常,让我好奇的是,以奚百岭的履历和才华,应该在玫瑰谷那边买一座高尚住宅才是。他曾是湖北的高考状元,清华大学出名的天才学生,美国普林斯顿大学的物理学博士和多伦多大学物理学博士后。

话说回来,我又有什么资格说他呢?和我一样时间入行的房地产经纪人,几乎都是开着奔驰宝马保时捷,至少也是凌志,没像我这样开着一辆旧丰田的。说起来,多伦多这些年房地产市场真是很不错。我的同事们个个手里有大客户,有煤老板,有工厂主,有大官员太太,有富二代。这些有钱的客户看见好房子眼睛都不眨一下,用现金就买了。当然,这些有钱人可不是那么好伺候的,你得小心赔着笑脸,你得穿好的衣服,把头发梳得亮亮的,还得上油,身上喷香水。女同事得穿得漂亮,偶尔被客户触摸到敏感部位也不能生气。可是我这些方面都做不到,我一直开那辆旧丰田车还不经常洗。我的衣服总是宽松的,晚上喝了酒,白天还有酒气,胡子也刮不干净。那些有钱的客户不会理我,只有奚百岭夫妇这样囊中羞涩的人才会跟我去看房。说起来惭愧,这一年里,我才做了三档生意,是整个地产公司成绩最差的一个。但我觉得这样的结果并不是不好,因为我压根就不喜欢这一个职业。我非常不喜欢那些有钱人,可是又很讨厌抠门而没钱的客户,所以我一直想早点离开这个行业。我这个人的性格不适合干这个,可也不知道究竟可以干什么。

好吧,我得集中精力开车了。去年的冬天雪下得少,天气不冷,很多动物早早就出来活动,路上隔一段就有被汽车轧死的小动物,散发着强烈的臭味,最多的是浣熊的尸体。我在车里放着鲍勃·迪伦的唱片,这段时间反复听的是他吼的这首歌:MAGGIE'S FARM(《玛姬的农场》)

I ain't gonna work on Maggie's farm no more 我不想再在玛姬的农场干活了

I ain't gonna work on Maggie's farm no more 我不打算再在玛姬的农场干活

Well, I wake up in the morning 好吧,我在早上醒来时

Fold my hands and pray for rain 合上双手,祈求下雨

I got a head full of ideas 我满脑子的想法

That are drivin' me insane 这让我快要疯了

我是上午十一点钟到达丹河谷大桥的,远远看到有很多人举着加拿大国旗在那里。有好几个警察在桥边的位置指挥交通,路边还摆着几个临时的移动厕所。我在路边的免费停车位上把车停下,向桥头走去。桥上聚集了不少人,虽然是春天了,天还冷得很,所以这里的组织者放了几个空油桶,点着木柴火供桥上的人取暖。有人给我递来一杯 TIM HORTONS 热咖啡。聚在这里的主要是白人,有几个黑人和印巴人,中国人只有我一个。桥上的人们除了拿着加拿大枫叶国旗,还有的捧着鲜花。所有在桥上的人都面对着北面的方向,

97

等待着车队的到来。

桥的位置不是很宽,不是每个人都能靠到桥栏杆上去。一个白人妇女让开一点位置让我站进去。桥下十六条车道的高速路上的车子风驰电掣,尤其是那些五十四英尺长的大货车,卷起的气流能撼得大桥震颤。如果你眼睛一直盯着桥下飞驶的车流,会有一种幻觉,仿佛底下是乌云翻滚阴气森森的另一个世界,它正要把你吸引进去。这种感觉让我使劲抓住了桥栏杆,怕自己掉下来。这座桥本身像个吊在空中的花篮,人们在这里迎接亡灵真是很合适。

桥上的人们等待着一个在阿富汗战场上牺牲的加拿大士兵遗体回到家乡,运送士兵遗体的车队会从桥下的高速路上通过。今天迎接的是第八十七个阵亡的士兵。昨天夜里,一架大型的空军K-78型运输机从德国汉堡的北约联军基地飞到了多伦多东面的TRENTON军用机场。举行了一个简单的仪式后,装载着士兵遗体的棺木被礼仪士兵抬下了飞机。这个在坎大哈被路边炸弹炸死的纽芬兰省籍的年轻人才二十二岁,名字叫威廉姆·道格拉斯。他的棺木在空军基地过了一夜,早上被装上了灵车,沿着401公路下来,转运到他的家乡埋葬。许多在海外阵亡的加国士兵都是从这条路回归到家乡的,市民们会聚集在桥上迎接他们,而401公路也获得了一个"英雄路"的别名。

好了,我得说说自己为什么会到这里来。我来迎接牺牲者不是出于对英雄的崇拜,也不是作为外来移民对所在国士兵做出的牺牲表示感恩。话虽然很难说出口可还得要说,我正在申请加入加拿大军队。是的,我没胡说八道,我正在申请当一名加拿大海军,并已经开始试训。毫无疑问,这是一个古怪的念头。在我快要到四十岁的年龄,去参加一个外国人的部队,简直是一个荒诞故事,简直是难以启齿。我一直还把加拿大当成外国,虽然在这里生活了八年,早可以入籍(我妻子和女儿几年前就用加拿大国籍护照了),但我一直还保留着中国国籍,不想做外国人。可我现在要申请加入加拿大的军队,要为了这个国家去战斗,内心可矛盾得很。所以我才会在这个早春的上午,来到这个桥上迎接阵亡士兵遗体回到家乡,在心理上做一些适应性调整。

桥上风特别大,热量很容易消散,人们轮流聚在油桶边烤火取暖。风中等待着一个死者,可能会让我产生顿悟,因为这一刻会看到生命中一扇阴沉沉的门打开来。等了一个小时,前方发来报告,车队将在十分钟内通过。我们都挤到桥边,挥舞鲜花和枫叶国旗,终于看到车队来了。大家对着快速通过的车队挥着国旗,我也一样挥了几下旗子,很快车队就过去了。接着我就离开了这个地方,下午六点前,我得回到便利店去换班。

二

我于八年前移民到了加拿大,最初落脚在美丽的温哥华。移民之前我在深圳一家金融公司做精算师。到了温哥华之后,我想继续做金融行业,到一家银行面试。可是这里的银行不认可我在国内的学历和工作经历,只能从柜台收银员干起,接着得一步步考取这里的证书。这次面试让我恨透了银行,就断了做金融工作的念想。我妻子倒是个有主张的人。她觉得上班打工发不了财,只能维生,只有做自己的Business才有机会富裕起来。她和我一样都是上海人,都是大学毕业后到广东工作的。她心灵手巧,有开拓精神,富于算计。她先去了仙尼亚的一家美容院去做工,学了一点美容的技术,又去考了个按摩师证书,之后就用我们国内的部分积蓄买了一家美容理疗按摩院。

联想到国内的按摩院经常有小姐做性服务,我一开始反对这个生意,坚持了一阵子,没找到别的办法,只好同意妻子的方案,总不能坐吃山空啊。生意早期很不错,客人大多是大陆来的新移民,他们有一些公司的保险福利,其中有几千加元是可以用于保健按摩推拿的。我妻子买这个按摩店就是冲着这一部分客人来的。他们到我们店里开了按摩的发票,事实上没做什么,只是从我们这里拿走一些实物。起初我们只提供一些和运动保健有关联的东西,比如鱼肝油、维生素之类可以带回国内的礼品,后来渐渐放宽,豆油大米都出来了,最后干脆就是现金返还。也就是说,他们把所有账记在我们这里,都说成是按摩保健,保险公司付我们钱。我们按照百分之五十到六十比例把现金给他们,自己挣个一半左右。这种生意有一段时间像雨后森林的蘑菇一样出现在温哥华,都是华人新移民开的。保险公司很快注意到了,开始审查。有几家真被查到,老板被罚款吃官司,要坐牢。妻子吓得不敢乱动,最后低价把按摩店转卖了,一家人转移到了加拿大的东边城市多伦多来了。

到多伦多之后，我们观望了一阵子，找不到什么好的营生。后来就听从一个外号"老阿哥"的上海老乡的建议，先买个便利店做做。比起早年那些口袋里带几十美金到北美的留学生来说，我们的情况已经好多了，手里有十几万美金可以转动，我们就在多伦多的市中心最热闹的一个地段央街买了家便利店，是在两个热闹的街口之间相对安静的地段。起初的时候，我们两人全力以赴，每天早上六点开门，十二点关门，三百六十五天全年无休假，很快人都瘦了十几斤。我们算了一下工作的时间和挣到的钱的比例，每个小时的收入才十加元，和最低的打工工资差不多。这一下可让我泄了气。我给这个便利店起了个名字，叫"橡皮监狱"。坐在店里面，一块钱一块钱地卖货，我和妻子越来越没好气。我发现她经常会找理由外出，让我在店里干活，慢慢地我也尽量想溜出来。极度的疲劳让我们的关系急剧恶化，不断争吵，生意也随之受到影响。我们都认为这个生意没有意义，应该解脱出来。在找到解决方法之前，我和妻子轮流在店里值守。我坐夜班，她坐白班。我在白天做兼职的房地产经纪人，她则在晚上做化妆品销售。这样的状况下竟然也过了三年多时间，我和妻子的关系也慢慢起了变化，就像济慈的诗歌里写的一只花瓶，表面看起来还是一只花瓶，但是内部四壁被水和风侵蚀得布满了裂纹，轻轻一碰就可能破碎成一堆碎片。这段时间我变得消沉，喝上了酒，人变得懒洋洋的，提不起劲。

往常这个时候妻子已经在化妆，在黑板上写下要交代的事情。

等我到了店里的时候,她会迅速离开,然后在夜色中开始销售生活。当我跨进店门时,她抬手看了一下手表,好像我迟到了一样,其实我还提早了一分钟。她什么都没说就走了。我以为她会说几句在波士顿读私立高中的女儿的事情,她通常和女儿联系比较多。但是她一眼不看我就走了。我在小黑板上没有看到关于女儿的留言,上面写的只是一张要补充货物的清单。我们交接时不说话,严肃得像莫斯科红场列宁墓前交班的哨兵。

这个时候正是客人最少的时候,外面的大街车流不断,有离开市中心的下班族,也有从城外赶到这里找娱乐的人。我的房东是隔壁裁缝铺的老板,一个香港老华人。他是在三十年前买的这座大街边的楼房,那时价格已经很高,现在的市值则飙升至几千万加元。这么多钱让这老头几辈子都花不完,可我每次经过时都能从玻璃窗里看到他还在躬着腰缝衣服。旁边的是一个马路跑步俱乐部,经常有很多穿着鲜艳运动服的人在这里集合出发去马路上跑步。离这里不远处是教堂街,是一条同性恋街,常有像女人的男人,和像男人的女人,后街还有很多吸毒的男女。

约八点钟,那个叫弗兰科的先生带着他的狗来了。他穿着很有意思,像国内网络走红的那个犀利哥的样子,还有一脸长得不错的胡子,看起来像个艺术家。他在央街和登打士街交叉口第一个红绿灯那边的拐角上固定的地方坐着,前面摆着个小盒子。在这个红绿灯街口有几个擦车玻璃的,也有挨着车子伸帽子要钱的,弗兰科什么也不做,就坐在那边,也不知他每天能收到多少钱。晚上时他会来我这里买一包香烟,两瓶水,给我十块钱。烟钱六块,瓶装水两块一瓶。要知道,一瓶水我进货的价格才一毛五分钱,这里卖两加元,赚这个流浪汉的钱我实在不愿意。可是我不可以少算他钱,要不可会大大冒犯他呢。因为他没少给我一分钱,他在买我的烟和水的时候可以像带优越感的顾客一样和我谈上几句。天哪,这个家伙真是个肚子里有货的人。他六十出头了,是读过名牌大学的。他住的地方是街的拐角处,那个地方刚好有个暖气出口可以取暖。零下三十度的时候,市政府会动员街头无家可归人士进庇护所。弗兰科去了一次,马上跑了出来,责怪那里没有尊严,说庇护所有臭虫。那种天气我担心他会冻死。每次来买烟时,便会和他多说几句,怕明天他可能再也来不了。他带着的狗是一条十来岁的牧羊犬,两瓶水中一瓶是给狗喝的。他没在我店里买狗粮,可能嫌我这里的质量不好。

"弗兰科,昨晚怎么样?"

"还不坏,暖气坏了,有点冷。"

有时他心情好,会说点什么。他有一回说梦见家乡萨斯卡通的山区,梦见了死去的妻子。有时则阴郁着脸,一句话不说。他是个越战老兵,加拿大人,当年本来轮不到他参加越战,是他自己自愿参加的。按道理像他这样的老兵福利都很好的,不知为何他却变得无家可归。他很少透露故事的细节。今天他却讲了一个他家乡印第安男孩和黑熊的故事。故事很短,很快说完,即使外面再冷,风雪再大,他还是开了门带了狗离开。我看到那条狗回头留恋地看着我,想多待几分钟,它怕外面的冷。

我突然觉得自己很羡慕这些流浪者,如果能真正做到像他们一样,什么也不想,什么也不担忧的话,那该多好。可并不是每个人都能达到他们的境界,那些传说里的托钵僧、悉达多是这样生活的吗?很久以前我读新概念英语时,有一篇叫 *Nothing to sell nothing to buy*(《不卖也不买》),说的就是流浪汉的事情。这篇课文写道:

> 每个人都靠出售某种东西来维持生活。根据这种说法,教师靠卖知识为生,哲学家靠卖智慧为生,牧师靠卖精神安慰为生。在这条普遍的规律前面,好像只有流浪汉是个例外,他们既不出售任何东西,也不需要从别人那儿得到任何东西,在追求独立自由的同时,他们并不牺牲为人的尊严。游浪汉可能会向你讨钱,但他从来不要你可怜他。他是故意在选择过那种生活,并完全清楚以这种方式生活的后果。他可能从不知道下顿饭有无着落,但他不像有人那样被千万桩愁事所折磨。他几乎没有什么财产,这使他能够轻松自如地在各地奔波。由于被迫在露天睡觉,他比我们中许多人都离大自然近得多。说起流浪汉,我们常常带有轻蔑感并把他们与乞丐归为一类。但是,我们中有多少人能够坦率地说,我们对流浪汉的简朴生活与无忧无虑的境况不感到有些羡慕呢?

第一次读这篇课文时,我还是大一学生,就对这种生活产生了巨大好奇。隔了这么多年我一直没忘记这篇课文,而且还接触到了课文里所写的这一类人。我知道我梦想深处就是做一个弗兰科那样的人,不卖也不买,什么也不想,什么也不担忧,自由自在。但是,我知道我是做不到的,这个梦想比要成为一个富人要难上很多倍,简直就是没有希望。我看到央街上的流浪汉都是白人,没有黑人,没有印度人,没有墨西哥人,更别说华人了,似乎在街头生活是白色人种的一种特权。其他人种只能做做乞丐,可做不了课文里说的那种 tramps(流浪汉)。

夜色深了,外面生活好精彩。街边的酒吧夜总会内闪出钻石般的亮光,五百米之外的四季歌剧院在上演《蝴蝶夫人》,汤普生音乐厅里今天的节目是拉赫玛尼诺夫的钢琴第三协奏曲,体育馆内猛龙队和来打客场的洛杉矶湖人队对阵,篮球巨星科比也来了,散场后不少人会经过门口,会有一阵好生意。可我的心情越加不好。我就盼着快点到十二点,过了十二点,就是一个新的日子。我盼着零点来临不是为了新的日子而欢欣,而是到了这个点我就关门,可以开始喝酒了。事实上在十一点四十五分我就开始喝了第一口酒。在开喝之前我得好好看一下黑板上的妻子交代的事情,做些安排。到了十二点我什么工作都放下了,然后认认真真关起门来喝酒。

我迫不及待地大口大口吞下去,只想让自己心头堵着的那块东西快点被酒驱散。我心里其实很不开心。和我差不多时间移民加拿大的人大部分都已经度过了最初的艰难时期,日子在好起来。而我却一事无成,借酒浇愁,天天沉沦下去。喝醉了就睡在店里的厕所里。自从女儿去美国波士顿读私立中学之后,我基本晚上都在店里住了。从这个意义上讲,这真是我的解忧杂货店。何以解忧?唯有杜康。喝过酒之后,我心里原来那种混乱模糊的状态好像是被一道很舒服的亮光照明,对事情看得清清楚楚了。这个时候最能接近我的内心,看清自己是什么样的一个人。

近些日子我想得最多的问题就是去当兵。这个念头是看了推特一篇文章后产生的,文章对加拿大军人待遇和条件做了数据分析。我起初是出于好奇看了这篇文章,可看了之后这个念头就像一颗种子埋在了我心里,几天后就疯狂长大,占满了我的思绪。这上面说的加拿大军人参军后的福利待遇和社会对你的一生照顾都太好了。

加拿大军人的参军要求里并没有规定必须是加拿大国籍的人才可参军,像我这样的永久居民是符合参军条件的。在加拿大,参军很像是一份工作。吸引我的除了它的福利,还有就是当兵之后,你不必像在职场里一样要用心处理关系,不必日日面临挑战,军队里一切都给你安排好了,这一点对我是最好的事情。我正处于家庭危机之中,喝酒沉沦,我很怕自己最后会成为一个酒鬼。如果我进了军队,每天会早起早睡,过上有规律的生活。当你的军人职业结束之后,还有一份很好的终身福利,可以申请一份政府的工作,以我的技能应该是不难的。按照我目前的处境,这是一条可以拯救我的路,一条不需要挣扎不需要奋斗的捷径。

然而,对我来说这又是一个艰难的选择,因为我背负着很多东西。如果我是一个海地难民,我就可以轻松选择。我父母政治觉悟很高。我是名牌大学毕业生,同学们个个事业有成,在国内有的做到了部级干部,他们都很有政治头脑,如果得知我加入了归属北约的加拿大军队当兵,会怎么想呢?会不会说我这是叛国呢?还有这边的朋友们,虽然刚来时很辛苦,可现在都已经稳定下来,过起了幸福的好日子,而我却年纪一大把的时候去当兵。这一切都让我难以下定决心。我目前只是参加试训,还有很多个关口要过。如果都通过了,最后才会拿到 Offer。但是,我得先做出决定。我已经用了一个月的时间来思索这个问题:去,还是不去?最后都没有定局。今晚,我发誓,我要做出决定来。

我今天放开来喝了,对自己说这是为了做出决定的最后一次痛饮。可是脑子的思路就像是打滑的黑胶唱片一样转在同样的轨道。有一个念头是清晰的,就是我是在逃离现实。是啊,一切都是关于逃离。我就着威士忌酒瓶喝着酒,想起了自己十五岁时的一次离家出走。那是一次处心积虑的行动,事先就想着要出走一次,所以就故意和父母闹别扭,终于制造出了事端,母亲失控责骂我,我则离开家在外面流浪了一夜。我心里有一种获得自由的感觉。那个晚上我转到了郊区那一边,那边有农田,湖,边上有个学校。我买了香烟火柴。在这之前,我讨厌抽烟的人,可这个学期被一个同学教会了抽烟。抽烟成了我的反抗行为。我转到了学校的门口,想到里面过夜。学校传达室里有老师值班,但我进去时没人管。我转到了一个教室里面,把两张桌子拼起来当床,可是睡不着,就把所有的烟抽完了。我很想做点坏事情,把一个桌子搬倒了,往抽屉里解了一堆大便,之后更睡不着,看到教室后面贴着一些厚厚的大字报,就用火柴把纸张给点着了,看着火焰烧起来。好在不是木板壁,火自己很快就熄了。我想着少年时期的事情,现在那种逃离的欲望又来了,我突然很想到外面当一下流浪汉。我想体验一下弗兰科在街头的感觉。我发誓,今夜一定要把我的问题想明白。

于是我穿起了防寒大衣,带着酒瓶就出了门,往央街的南面走去。夜深了,风很大。人已经很少,我走过一座座建筑的门前,那些建筑都显得和平时不一样,像梦境里的房子。我在一个银行大楼门口的花园里的一条长椅上坐了下来,拿起酒瓶喝酒,抬头看天上有没有凡·高的星空,结果什么都看不到。

这时有一辆警车停了下来,警察慢慢走过来,拿走我的酒瓶,说:

"在露天公共场合,过了十二点不可以喝酒,知道不知道?"警察说。

"对不起。我烦。"我说。

"身份证明。"警察要看我证件。这让我吃了一惊,千万不要在警察这边出一点事情,因为接下来的当兵手续要看警察这边记录,有不好的记录就通不过。我赶紧把驾驶证拿出来。

"你干吗半夜里还不回家?在这里?"

"我烦。"我重复着说。

"烦?我比你还烦呢。快点回家吧。你醉了,要不要给你叫个出租车?"

"不需要了,我在不远处有住处。"我说。

"赶紧走,我到前面转一圈就回来。别让我回来时再看到你。"警察说。

我乖乖地起身走了。我想起欧·亨利那个小说《警察和小偷》。当小偷在认真思考人生问题时,被警察抓了进去。我想在外国街头当一回流浪汉,警察马上过来把我赶走了。那么在外国当兵也一样吗?能不能当得成呢?我这夜白白喝了那么多酒,什么也没决定下来。

三

因为喝了很多酒,第二天醒来时头很痛。我振作了精神,今天要带几个顾客看房子。在当兵的事情还没落实之前,我还得继续做经纪人和便利店老板。我想起昨天奚百岭的交代,就先去唐人街买了两条木蛇,之后往他的家里去。我对他比较尊重,某些方面他和我有点气味相投,和他说话很有意思。

我到了他家门口,把车停在路边,远远一看,就觉得他这个房子和当时买下来时有点不一样了。虽然表面上看并没有大的变化,但我作为一个经纪人会看出一些变化。原屋主希腊人住的时候房子每个细节都很整洁,有一种优雅。草地割过之后还修了边,门口看不到杂物。可现在这种优雅和整洁不见了。前面一个花坛上原来是种着一丛黄色的香水玫瑰的,现在玫瑰还在那里,可边上长出一条奇怪的藤蔓,有着巨大的毛茸茸的叶子,顺着草地爬过去,让人不安。我走到门前,看到门上贴着一个倒过来的福字,让我皱了一下眉头。我一按门铃,门立即就开了,两个老人几乎同时出现,好像他们早就躲在门口等待着,吓了我一跳。然后是奚百岭从地下室走上来,我看到他穿着两只不同颜色的袜子。屋里的空气很浑浊,充满了家庭垃圾的味道。我知道他们家的空调没有开,一些华人家庭为了省钱,都不开空调。这里的窗户都是封闭的,靠空调的换气扇换空气。空调一关,屋里的空气就排不出了。奚百岭问我木蛇带来没有,我说带来了。站边上的两个老人顿时脸上露出兴奋神情,接过木蛇马上转身去后边的花园了。

"我看到你们家门口长着一种奇怪的大叶子,那是什么东西?"

"冬瓜。从中国偷偷带来的种子。"他说。

"哎,有没有搞错,这里对着街路的正门是不可以种蔬菜类的植物的,邻居一告发,政府的人马上会过来拔掉,还会罚你款。"

"这我知道,可是我说了没用,他们不听。"

奚百岭带我走到后面的花园。让我吃惊的是后面的花园彻底没了,变成了菜地。原来一片绿草地中央开了好几行菜垄,种着好些品种的菜苗,我认得的有辣椒、黄瓜、西红柿。靠后面的搭了好几个架子,种了四季豆,丝瓜,南瓜。花园几乎完全变样了,我想要是原来那个希腊屋主看到这个样子,非要气得发疯不可,他精心营造的花园氛围荡然无存。只有那一株优美的无花果树孤零零地立在那,上面还吊了好几根铁丝用于晾晒衣物,看起来很丑陋。两个老人正在兴奋地把木蛇布置到他们觉得合适的地方。老人是奚百岭老婆的父母,相貌特征和女儿很像。他们年纪很大了,仍然精力充沛地在花园里开掘菜地,我觉得他们好像是卡夫卡小说《城堡》里走出来的人物。

奚百岭带我看了房子内部,他搬进来后我还没来过。房子小,转一圈就看完了。房间的装饰没品位,没几样好家具,墙上挂着一张奚百岭夫妇的婚纱照,很老土。他带我到了他的书房,这里倒让我觉得挺舒服,因为书架上有不少的书。两个书架是简陋的,一部分是他的专业书籍,其中有几本中文和英文哲学专著。我在大学时代也粗略听过几场哲学讲座,知道一些西方哲学家的名字,这些藏书从柏拉图开始,苏格拉底、斯宾诺莎、萨特、海德格尔、维特根斯坦都有。他还有一本八十年代的朦胧诗集。他的书房是半地下的,光线不好,阳光从高处的窗口斜射进来,透过窗子能看见那棵无花果树一部分,因为这一束阳光,屋里充满了古希腊的智慧光辉。

谈话就是从这些哲学书开始的,一听到我对他的哲学书有兴趣,他就来了劲。他这个人生来大概就是要钻牛角尖的,核物理那么难还嫌不过瘾,还要玩最艰深的西方现代哲学。他眉飞色舞对我说着维特根斯坦的事情。他说维特根斯坦出身于富有的工厂主家庭,可他对家里财产不屑一顾,甘愿在一所偏僻的学校里教那些什么也不懂的小孩子学哲学,还特别崇尚劳动阶级。维特根斯坦还曾经到苏联驻德国大使馆,要求去那里的工厂当一个普通工人,结果被拒绝。

毛姆的《刀锋》是根据维特根斯坦的事情写成的,所以我略微知道一些维特根斯坦的生平。我知道奚百岭说这些话的意思。前一段时间,他去一个地方做过油漆工人,工资不高,那个公司是专门为市中心金融街银行摩天大楼做外部油漆维护的。但他做这件事情和维特根斯坦自愿去做体力工不是一回事。那个大哲学家的家族经营大企业,骨子里是个有钱人,而奚百岭一直是缺钱的。他刚移民加拿大时,想在自己的核物理专业方面找工作。可是在加拿大,核物理研究的职位非常少,他找了差不多一年时间,一个面试都没有。他也找过其他方面的工作,人家一看他普林斯顿大学的学历,都觉得他是Over Qualified(资历过高),不敢收他。走投无路之下,他一咬牙又去了多伦多大学读博士后,在进博士后站前这段时间,他去做了油漆工。我知道奚百岭目前的境况不是很好。在博士后站工作每年他大约有几万加元收入,勉强可以维持家用。他妻子的工作是文秘,收入比他高一点。他们的积蓄买房付了首付之后所剩无几。桌上有一张照片,是他在普林斯顿时和中国同学的合照,如今这照片上的人应该都是精英了。我认得其中一个,是杨松年,他创建了PLATFORM公司,被IBM买走,市值上亿美金,他还是加拿大科学院院士,多伦多大学终身教授。我很奇怪,为何同样普林斯顿留学的境遇会那么不一样?这命运的轨迹真是有趣。这个现象也同样发生在我身上,我的同学一个个都那么成功,而我则一事无成。某种程度上说,我和奚百岭都是不成功人士,同病相怜,所以我会乐意过来看他。奚百岭研究哲学让我有点意外,我听说那些最伟大的物理学家研究到最后,都要从哲学方面寻找答案,或者就相信上帝在操纵一切。但我相信他没到这个高度,他研究哲学可能是想解决自己内心的问题。

　　今天的天气很好,奚百岭建议我们到外边的丹河峡谷处走一走,他说自己在这个峡谷里发现了许多条特别漂亮的小径。在他出门之前,他穿上了一条黄色的反光背心,他告诉我这种黄背心里装了好些传感器,和GPS联网,会在电脑上显出所有走过的足迹。我们离开他家,沿着街路向前走了一段,就转入了小道向峡谷的底部走去。丹河峡谷里有一条从北向南流淌的河,半年的时间是排泄积雪融水,半年的时间是排泄雨水,时间一长,在地表切开了一条深沟,形成了独特的景色。在谷底行走,我觉得眼前风景很像是罗马的山丘,有许多棵松树特别有意大利风情。以往我从上面的公路开车过去,欣赏到丹河谷底下郁郁葱葱的树梢,秋天的枫叶红遍整个峡谷,春夏时节有不同的景色,就像打翻了画家的颜料桶一样色彩斑斓。而现在,走在谷底,细节呈现出来,居然看到峡谷里面有一些小丘,上面盖着一些古罗马式的亭子和房子,还有磨坊和教堂。我们继续向前,小径突然一转,前方竟然是401公路上方横跨过峡谷的那座桥。

"我看着这座桥的拱顶,就会想起顾城一首名为《弧线》的诗歌:'鸟儿在疾风中/迅速转向/少年去捡拾/一枚分币/葡萄藤因幻想/而延伸的触丝/海浪因退缩/而耸起的背脊。'"奚百岭说着。

"我也记得几句顾城写的诗:'你/一会儿看我/一会儿看云/我觉得/你看我时很远/看云时很近。'"我也来了兴致,附和着他。奚百岭年青时正是朦胧诗年代,而我则因为顾城杀妻自杀后才知道他的诗。

"你知道吗?我喜欢在这一带走路,是因为它很像我家乡的山谷。"他这话让我愕然,我眼中像古罗马山丘的庄严而美丽的峡谷,他竟然会觉得像湖北陕西交界的一个穷山沟,"我的生命和401有关系,没想到现在就住到了401公路的旁边。说起来就像是做了一场梦一样。"

"我们老家那地方是在神农架山里,外边传说的野人故事就在我们那一带,以前那可是一个交通特别闭塞的地方呢。我老家虽然偏僻落后,可奇怪的是那山里千百年来就有一股读书的风气,破村落里古代出过许多有名的读书人,有状元碑。我读初中时是'文化大革命'时期,学校照样都很重视教育。那时读书没有什么前途可言,但每家都会送孩子来读书。我初中毕业时,高考恢复了,这下子就好了,我们都觉得有前途,读书就更不遗余力了。高中时,我那个年级的学生按成绩编成了一个快班两个普通班,我在快班里,共有五十四名学生。大家都在拼着老命去读书,知道只有读书考大学才有机会到大的城市里去。我们那地方夏天蚊子多,一到晚上灯一亮,蚊子就围着你转。我当时发明了一个防蚊子的办法,就是身上穿上长袖衣服,把脚伸到高脚水桶里,这样蚊子就咬不到腿了。在政治、语文、数学、物理、化学五门学科中,我每一门都是优秀的,尤以物理学得最好。那年我参加物理竞赛,获得了全地区第一名,归来的那一刻,整个马湾沸腾了,学校全体师生从公路到学校排成队迎接,敲锣打鼓好不热闹。

"终于到了七九年高中毕业了。我们花五角钱报名参加了当年的高考,全班五十四名同学全部过线,成功跳出了农门。而我更是以401的高考总分引起轰动,尤其是物理考试获得了满分。当时我还不知道自己是全省的理科状元,只知道被清华大学核物理专业录取。后来查了地区的高考档案资料,才晓得全地区当年上清华的仅我一人。我的成绩轰动了方圆几百里,我的名字一时家喻户晓,妇孺皆知。401成了地方上的骄傲。天使送给我一对编号为401的翅膀,二十七年前我因此而飞进理想的天堂。所以当我来到了多伦多,看到了401公路,我的心头一惊,怎么又是一个401?"

交谈中,我了解到奚百岭在普林斯顿大学读完博士时,曾经雄心万丈地要回国发展,但这时国内已有大量的海归。他没有带来实用的科技成果,也没获过国际科技大奖,所以没有受到特别的重视。他拿不到科研项目,工资也平平。他太太不喜欢国内,为子女的教育担忧,一心要到国外去。最后他一家再次选择出国,移民到了加拿大。

"我到了这里才知道自己所学的本事无用。到这边两年了还找不到一份像样的工作。无奈之下,只好决定再入大学去攻读核物理博士后。我在学校里用去好几年的时间,等熬到毕业,年龄已经偏大,手中赫然拿着高高在上的博士、博士后学位却没有任何业界的工作经验,找工作岂能容易?每次求职失败都是对我人生价值的否定,双博士的资历本是我最好的资本,而此刻却成为求职路上不可逾越的障碍。学识成了生活的累赘,刻苦学习精神一钱不值,一生信奉的学而优则仕的价值被职场否定,我的人生从移民悬崖上坠下了深渊。"

"想开一点吧,老奚,天生我才必有用。非要做自己的专业不可吗?我认识的老张就读于瑞典乌普萨拉大学,在世界有名的植物研究所专攻草原生态,移民到加拿大虽说也曾被卑诗省政府聘用到高山森林地区野外调查,但风餐露宿,还是临时性的工作;另一位老刘,多才多艺,在工学院建筑系研究海洋工程中盐的化学过程,移民后才发现这种学问最多用于海堤建设,而一条海堤建成一用就是上百年,现在北美还有多少需要新建的海堤等着他去施展身手呢?不过他们即使是临时的工作也到处做,咬着牙还是坚持下来了。还有一个家伙更绝,北京的爷们,也是博士。不找工作,开了个钓鱼的生意,买了一条船,带人去钓鱼,日子过得和神仙一样。"

"可我不是一个犬儒主义者,我不想就那么折叠起401给我的那对翅膀。要是我是单身该有多好,我就可以躲到思想的碉堡里面去。也许我有一个哲学家的头脑。我现在觉得精力无处投放,就放到了哲学研究上去。我终于明白,命运为了驱使哲学家去思考,都把他们逼到了绝境,就像尼采。前些日子我看到一个视频,那是对尼采最好的解读。一个北风呼啸的小屋子里,他不断地去吃一个个热烤的土豆,把皮吹掉。他吃了一个,又从火里取出第二个,吹着皮,慢慢吃。这就是哲学家。"

"你研究那么高深的核物理还不够,还要去钻到那些说不清的哲学里面去?"

"是啊,我要高高举起尼采的那根鞭子,抽向命运的马车。"

"等等,我听说过尼采的鞭子的事,好像原文是当你去见女人,别忘了带上你的鞭子。怎么变成抽打命运?"我毕竟也是读过大学的,大学时代听过一些基本的命题。

"那只是一个象征的说法,他这个话是对古希腊苏格拉底的一种否定。苏格拉底过于听任命运安排,时刻乐呵呵。他喝下毒药后快死了,人家问他还有什么想说的事情,他说的居然是自己曾向克雷皮乌斯借过一只公鸡,请学生不要忘记替他付清鸡钱。苏格拉底当众被老婆臭骂一顿,还被她浇了一身冷水,冻得哆哆嗦嗦但绝不失风度,说就知道雷声过后必有大雨。"

"我听说过一句据说是苏格拉底说的话,倒是很有意思。说如果你有一个贤惠的妻子,祝贺你,你会幸福一生;如果你遇上了一个恶妻,那也不错,你会成为哲学家。是这样的吗?"

"话是这么说。不过他最终对妻子倒是很不错。临刑前,他对儿子说:对妈妈要和气。他把妻子披散下来的一小缕头发放回了原处。"

我们像古代的柏拉图和孔子一样在野地里散步讨论。在这个我觉得像古罗马山丘一样的峡谷里,和他说话是愉快的。《论语》里有段话:"莫春者,春服既成,冠者五六人,童子六七人,浴乎沂,风乎舞雩,咏而归。"说的就是我们今天散步讨论的快意吧。之前对他的了解不深,今天的谈话让我知道了他不少事情。我没和他讨论自己要去当海军的事情,我一直记着一句话:他人即地狱。我基本不从别人那里得到答案,只听从自己内心的声音做出选择。

四

星期三要去 BOOT CAMP 军训。BOOT CAMP 是专门招收试训新兵的军营,我穿上军用皮靴和迷彩服之后对着镜子左看右看,很合身,不难看。但是,要我穿着这套衣服出门上街,就觉得非常不好意思,万一碰上个熟人怎么办?要解释个半天。我便带着所有军服一直开车去到离军营不远的一家咖啡店里,进了洗手间,找一个带抽水马桶的隔间闩上门,脱下平常服装换上了迷彩军服,然后就像电影里的蜘蛛侠变身走了出来。

今天是第一次穿着军用训练服正式训练。上午科目第一节两个小时是队列基本操练。队列训练在中国从小学就开始练了,一直到大学里的军训也在学,所以我觉得不难,只是这里的口令用英文的,听起来好玩。天气有点热,在大太阳底下站着很不舒服,又不可以戴墨镜。在我的队伍里,有好几个黑人,他们显然从来没有受到过队列训练,走起步来同手同脚,像是木偶。白人没几个,有一个是大胖子。这样参差不齐的新兵让我有点沮丧,因为在多伦多这样的大城市里,年轻人不喜欢当兵,倒是很喜欢当警察和消防员。据说加拿大的主要军人来源是海洋省份拉布拉多、纽芬兰等地方的青年,因为那里的年轻人找工作机会少。我最初有了参军想法时,曾在网上搜索新移民参军的案例。多伦多的中文报纸和电视曾报道过一个四十多岁的东北大妈参军故事。从照片上看她胸脯大,个子也不小,脸上有些皱纹,画着眉毛,开口东北腔调,像赵本山演小品。她之前在大统华超市做收银员,会一些基本英语。因为她老是把青菜的价格当成萝卜卖,被老板训斥,结果一气之下跑到征兵站试训。征兵站的人问她可以做什么,她说自己可以做后勤,结果她还真的被招收了,成了一个战马场草料仓库保管员。这个职务大概和林冲风雪山神庙时的差事差不多,待遇可好了不少。加拿大的军队确实比较实在,让一个超市的收银员当一个草料保管员。而我的条件显然是好多了,先不说我的数学天分,光是我的身体还是很棒的,才三十八岁多一点,迈克尔·乔丹退役后复出就是这个年龄。但我的年龄显然是个不利因素,像我这个年龄的军人,有的都已经是上校将军级别了,可我还是选择了当一个士兵。因为我要是选择当军官,先得去军队院校读两年书。我等不了这么久,所以就选择了士兵,这样会马上开始服役,计算军龄。这就是为什么我会和一群二十来岁的年轻人在一起训练。

烈日下的队列训练是很无聊枯燥的。教官在做示范时,我老是跑神,看操场上别的队列里的人,还看天上飞过的很多野鹅。有一次看到一只野鹅飞得有点怪,过半天才弄明白这回飞来的是军用飞机。我注意到了场地另一个角落也有一批队伍在训练,那是陆军。有一个人脸孔像亚洲人,还可能是个女的。有一回两边队伍走得比较近,我看清确实是个女的,混合在男的中间。个子不高,特征也不明显。那天她在我面前出现了几次,有一次好像我们的目光还交接了一下。她是个年轻的姑娘,军帽下露出短发,没显得漂亮。

接下来的训练是海军结绳套初步练习。这是航海水手的最基本的技术。系缆绳、升船帆都离不开结绳套,所以当海军的都要学学。有一大本教材,上面有各种结绳方法,印第安人因纽特人的结绳术都有。结绳在数学上犹如拓扑学一样复杂。我的数学天赋好,绳子的结法马上会形成数学模式出现在脑中,所以学得很快。教官觉得我是天才,一下子就提升了我的自信。

上午的课程结束,大家都去用餐。要说明一下,训练营里餐厅不是免费的大锅饭,而是和商场里餐厅差不多,有一个个不同的铺面。大家自己掏钱买,训练费里面有餐费附加。可供选择的午餐不少,麦当劳、赛百味、肯德基都有,没有中餐。我买了一份希腊餐,端着托盘走到一张空的桌子上,开了一瓶可乐。

这个时候来了一个亚洲脸孔的男人,年纪和我差不了很多,但他是个军官,训练军服上有少校军官的标志。他看见我就用广东话和我打招呼,问我是不是华人。我在广东工作时学会了广东话,就用广东话和他交谈,听口音像是香港人。他说自己姓许,是个随军牙医。我之前在书里看见过外国军队有随军牧师,所以看到随军牙医不奇怪。

"你是不是大陆来的,你去过鼓浪屿吗?"

"去过啊,那是中国最漂亮的岛屿,最有文化的。"我说。

"我就是那里出生的,我还记得大海和海滩,漂亮的别墅,还有到处都能听到的钢琴声。还记得那时候解放军和金门的炮战,炮声隆隆,觉得解放军很勇敢。我很想念那里,不知现在变得怎么样了?"

"厦门现在变得很好,大陆和台湾生意做得好,以前打炮的地方变旅游景点,鼓浪屿非常优美。你什么时候离开厦门的?"

"我八岁时和妈妈去香港跟爸爸团聚。读大学的时候,我姐姐已经在加拿大,她带我到了温哥华让我读医学院学牙医。那时学医科学费比其他要高很多,学牙医因为要买材料用仪器,学费更高了。

我姐姐条件也不好,只能供我一年,我得一边读书一边打工,日子过得特别艰难。一九七八年,我知道军队要在学生中找毕业之后能在军队服役的牙医,就在一九七九年初申请了,一九八〇年初被批准。申请参军的学生一般有两种:一是喜欢军队,二是穷。我具备了这两个条件。当时参军的华人很少,牙医更少了。从那之后,得到军队的资助,帮我付学费,还付我生活费。我从一个穷学生忽然变富了,不用打工了,可以专心读书,还开起了汽车。"

许牙医说一九八一年毕业后,他被派到温哥华岛的 CFB Comox 空军基地服役两年,一九八四年夏天,他调到 CFB Esquimalt 海军基地工作一年。他觉得自己很幸运,没有被派到太偏远的地区。在空军基地,有假期的时候,可以坐飞机到温哥华过周末。在海军基地工作,离省会维多利亚市很近,有时可以去维多利亚吃中餐。

他接下来说的事情引起了我的高度兴趣。

他说一九八三年在海军基地工作时,海军要派舰队去太平洋沿岸国家访问,机缘巧合,他被选中出访亚太国家。他说,先去珍珠港、夏威夷,然后到北太平洋跟美军会合。舰队有三艘驱逐舰,一艘补给舰,他在补给舰上。去访问了日本的两个军港,韩国釜山、汉城,中国的上海、香港,以及菲律宾,然后回夏威夷珍珠港、三藩市,最后回到维多利亚基地。那时他刚毕业不到一年。航行途中如果有人牙痛得厉害,就为他们急诊。船靠岸时,做做补牙、拔牙。这段经历令他难忘,因为一九八三年中加关系在冰雪融化阶段,他参加舰队远航到上海是友好访问,新华社有报道,上海市长也来招待他们。那时上海给他的印象还停留在旧上海时期,城市旧、落后。在上海滩,有人见他穿加拿大海军服,戴着大盖帽,好奇地问:"你是中国人,怎么会当加拿大海军?"

"你是怎么回答的?"我急切地问许牙医。这就是我所面临的问题,也是我心里想要解决的问题。

"哈哈,这是个好问题,我已经忘了当时是怎么回答的。但还记得我受到了欢迎。我没觉得当了加拿大海军回到中国有不好的观感。"

"哦,是这样子啊。"我说。他说的到中国访问受到欢迎一事让我印象深刻,感到某种慰藉。

下午有体能训练测验,要到另一个野外训练场去训练,去湖边的沙滩长跑游泳。坐车时,我刚好和那个华裔女兵坐同一台车。我们就坐在一排。她说:"你好,上午看过你走队列,走得挺好的。不过,我以前看过国内的电影,像你这个年龄都是首长。如果是士兵,一定是炊事员,你不是来考炊事班的吧?"

"小妹子,你真是伶牙俐齿。有你这样说话的吗?"我说,对她的冒犯一点没觉得光火。因为她的样子有点真诚无辜。她剪着短发,个子略矮,脸有点宽,一双凤眼,没有化妆,肤色稍黑。我还觉得她有点似曾相识,一眼就看出是大陆过来的。她比我小个十几岁,我当她是小孩,不和她一般见识。

"我叫宋雨,扬州人,认识一下。为了我们的战友情。"她一点不怕生。我突然想起了上半年在温哥华拍的《非诚勿扰》节目，里面有个女生好像是她。

"前些时候我看过《非诚勿扰》，里面有个女生很像你。"我说。

"就是我。嘿嘿。"她说。

"你不是牵手了吗？怎么在这里？"我说。

"下来不久，我就溜了。受不了那人的酸气。哎，你大老爷们怎么会看这种节目？都是大妈才喜欢看的。"她怼我，我哑口无言。的确这类节目不是我应该看的。

"你之前干什么的？"

"开便利店。还做房地产经纪。"

"那你是老板了，有钱人。"

"便利店就是一个橡皮监狱知道吗？整天得坐在那里，哪里算得上老板。"我说。

"你的橡皮监狱在哪里啊？改天我过去瞻仰一下。"

"央街和学院街之间，边上有个麦当劳。"

"好的，会有机会的。"

由于在运送的军车上，路途不远，而且也不能谈得太多，我们就说了这几句话。我大概知道了她的情况，她其实是个正式的军人，在大学里用军队的钱读书，马上要毕业，即将编入正式军队。我们这个训练营里有各种不同的人。

接着我们到了金士顿的湖滨野外训练场地。上午的训练还算温和的，下午的不一样，开始了魔鬼式的训练。第一项就是持枪越野障碍跑五英里。男的有几十人,女的就几个,都编在一起练了。刚出来不久,就要爬越一堵障碍墙。我爬这个墙没问题,但是觉得宋雨个子不高,爬这墙有困难,我就故意放慢了速度,等她赶上来时,看她先爬。果然她怎么也上不去。我就说你踩着我肩膀上去吧。她一脚踩到我的身上,果然抓住了上面的支撑点,翻过了障碍。然后我也爬了过去。我起先跑得蛮快,可是慢慢就接不上体力了,大喘气,炊事班长年纪症状开始体现了。边上的教官对着我咆哮着:"Hurry up!"我看到前面的宋雨倒是跑得轻松了,她看我上不来,也慢了脚步,陪我跑,给我打气。今天是测试,如果成绩很差,就要被刷下来,所以我得咬紧牙关。

我们终于到达了五英里的终点。刚刚停下来,教官马上喊着要我们下到湖中。那个湖刚刚解冻,还有些冰碴儿浮上面。我打着哆嗦,但是没办法,只得硬着头皮和边上的人挽着手,组成人墙往湖里面走,水漫到了膝盖。

"妈呀,我今天有大姨妈,这下怎么办?"宋雨说。

"告诉教官吧,他会免了你的。"我说。这女孩对我说这事,看来很信任我。我停了下来,只见那个教官冲着我的脸咆哮着:"What are you doing!"他看起来像是动物世界里的猩猩。我甚至看得清他的喉咙,喉咙深处充血变形的小舌头,像猩猩一样尖利的牙齿。据说以前教官还可以抽你嘴巴,用皮靴踢你屁股。

"算了,我今天拼了。"她说着,就冲下了冰冷的湖水里,整个人都浸泡到了水里,脸色乌青,一脸坚强。水一直漫到胸口,我觉得快要窒息了,脑子里转着一个念头,明年的今天就是我蒙难一周年。大家都下水了,抬着巨木,一起大声喊着口号,唱着训练歌:"Must obey the rules. I must be tame and cool. No staring at the clouds. I must stay on the ground."

五

老阿哥打电话给我,让我到他家坐坐。他从上海回来,说带来一些上海的特产请我一起吃。

老阿哥是个有点年纪的人,大概五十多岁吧,个子比较高,是老三届生,去过黑龙江兵团支边。他妻子比他年轻很多,是他第二任妻子。他第一任妻子情况我不大清楚。他是投资移民,在上海有些地产出租,房价还能涨。他在这里开了一间酒吧,白天不用过去,夜间去收一下钱。他特别会算账,有办法,人不小气,大家认他做大哥,有事都找他商量摆平。

这一天他叫我过去吃饭,我觉得他有事情找我。之前我有一事托他。因为参军的事要我妻子签字,我怕自己和妻子谈僵了不好处理,所以请他来先做沟通。目前我和妻子的关系正处于冰点,希望以后会转暖。

老阿哥说了很多话,说了上海房价的事情,外滩的管理,南京路名牌商店,人的观念变化,富人阶层的生活方式。他说的上海房价大涨和我没有关系,我在上海没有房子。但是他说的上海繁荣昌盛还是让我感到鼓舞,心潮澎湃。不过他说得越多,我就感到今天他有什么难讲的话要讲出来。终于说到正题了。他转述妻子的意思,说想和我正式分手,也就是离婚,问我意见如何。

妻子的意思是我们到了加拿大这么多年了,关系越来越不好。别的家庭夫妻团结都发展得很好,只有我们越来越落后,趁还没老去的时候分开还可以有些机会。女儿已经大了,现在分手不会影响她的生活。她说的话句句在理,也许是经过了老阿哥的处理。我心里有点对妻子感到抱歉,还觉得有点难过,有点意外,也有点生气。我之前从没有想到离婚的问题。

"她是不是外边已经有人了?"我说。

"是啊,好像是有的。你都不知道吗?"

"我不知道,你知道是谁吗?"

"上半年有一次饭局,我遇到了你妻子,看到有个男人和她一起,那个男的腿有点不灵。看他们关系不大一般。"

"原来是这个人。"我说,我对这个人有印象。他是个广东人,做手表生意,手头有钱,是她们销售团队的一个头目。上半身还人模人样,只是有一条腿短了半截,可能是小儿麻痹症造成的,走起路来像踩跷跷板。我怎么也想不到我妻子会和一个残疾人发生了这种关系。我叫老阿哥给我再来点酒。

"那么她说会不会给我签字呢?"我说。

"会的,只要你同意离婚。"

"要是我不离婚她就不签字?"我说。

"那也会签字的,她不会用这个作为交换条件。"老阿哥说。

"好吧,你告诉她,我同意离婚。"我说。

我怒火中烧,怕自己失态,便提前离开了老阿哥的家。要是妻子找了个优秀的男人我可能会好受点,可是她找了一个瘸子,这太让我难以理解了。我妻子和我结婚之前是个心气特别高的人,对男朋友的要求特别高,身高矮一点她就说人家三等残废,脸宽一点说是电视机宽银幕,怎么会跟上一个瘸腿的人?难道我现在连一个瘸腿的人都不如了吗?

古人说只有在失去某个东西后才知道它的好,这话可一点不假。我今天倒是想起妻子的好处。我想起移民第一天飞机将要降落在温哥华机场时,在空中看到地面的城市灯火像钻石一样璀璨闪亮,她和女儿惊讶得眼睛发亮。那时她对移民生活充满了幻想和期望,几年一过,她居然委屈到连一个瘸腿的人都要了。毫无疑问,如果她还在国内光鲜的高管工作岗位上,绝对不会看上一个残疾人的。

我越想越气,主要还是生气自己没有本事。我曾经有个幸福的家,现在正在消失。我知道得接受这个结果,我得和女儿谈谈这件事。女儿是去年到波士顿读私立中学的。是妻子的安排,她的哥哥在那里,说到美国读私立高中升入美国常春藤大学才有机会。美国私立中学学费很高,她哥哥有钱,资助了她,并没要我们出很多钱。我最近给女儿打电话都接不通,只能留言,然后她打回来。我觉得电话里和女儿说这些事情难以开口,于是就发信息给她。说了自己将要去当兵的事情,讲了我和她母亲的关系,说我们准备要分手了。她已经长大,我们分开这件事应该不会影响到她的生活。当然,我没有提到那个瘸腿的人。一想到那个跷脚儿会成为我女儿继父,我就觉得自己快发疯了。

不过我现在是一个自由的人了。我现在已经没有家,孤独而自由。好吧,不管怎么样,我当兵的事已经没有什么顾虑和障碍了。

六

这个上午,我刚到地产公司办公室,手机响了,一看,是奚百岭打来的。

"李先生,百岭从树上掉下来,摔得很重,你能不能马上过来一下?"

"怎么回事?他现在情况怎么样?有没有出血,哪个部位伤了?"我说。

"站在梯子上锯树,梯子倒了,他摔下来。腰摔伤了,没有出血,人还清醒的,站不起来。"她说。

"他可以说话吗?让我和他说话吧。"我说,让她把电话给奚百岭。

"你现在情况怎么样?有危险的话我马上打911让救护车过来。"我说。

"很痛。还躺在园子里的树下面,你能过来送我去医院吗?"他说。

"好吧,我马上过来。只是现在车子很堵,至少需要二十分钟,我马上来。"我一边说一边冲向停车场。

车子在士嘉堡芬治路堵得死死的,我急得流汗,毫无办法。我想着奚百岭瘫在树下那种痛苦的样子,还担心万一他挂了怎么办?我有点生他老婆的气,这种情况下应该马上叫911救护车,他们一定是怕要付钱,其实如果你真的是受伤了,只需要付五十加元,很小的数目。我过了一个红灯花了十几分钟,又给他拨了电话,问情况怎么样,要不要叫救护车。回答说还可以坚持,问我还要多久,我说已经走了一半路。

车子开到了他家门口,我把车停在车道上,没看到人,就大声喊着问他在哪里。听到他老婆在后院回答,说在后院。我从房子一侧快步进去,看到了现场。

奚百岭躺在草地上,头顶上是那一株锯断了大枝杈的希腊无花果树。我一看他把这树锯成这样,心里就来气,这是干吗呢?这么漂亮的树!但我这时又不能表达出来。他脸色发黄,因为痛了很久显得虚脱,让我想起了那幅名画《马拉之死》。他看到我来了,睁开了眼睛。

"怎么样?你还能坚持?"我说。

"很痛,还能坚持。"他说。

"要我背你吗?"我说,我发愁怎么让他从后院到我停在前面车道的车子里去。

"我觉得还可以走路,我试试看,你把我扶起来。"他说。

"那好吧。"我说。我搭住他的一边肩膀,他妻子搭住另一边,把他扶了起来。然后搀扶着他从园子里走到院前车道,让他进入我的车。他非常痛,不能坐,只好让他躺倒在车后座位。这样做是违反交通规则的,警察查到会扣分罚款。但这个时候我也只能这样了,赶紧开车去了士嘉堡医院。

总算到了医院,我把车停了,找了个轮椅把他推到了急诊部。但是我一看傻眼了,急诊室里坐满了人。这么多人没有四个小时是等不到就诊的。这里的医生完全没有救死扶伤的精神,他们会在那里喝咖啡,让撞断腿的病人等候一整天。这里真有候诊等死过人的事发生。我们只好等着,奚百岭说每呼吸一下,都痛得要命。我听到他妻子用湖北话在和他说什么,情绪激动,好像在责怪他什么。湖北话我听不明白,看肢体语言能感觉到不是好话。奚百岭闭目不语,嘴唇在颤动,看得出他内心充满怒气。

我上午本来是有事的,但觉得这种情况下走开有点不厚道,他妻子的判断和沟通能力有限,我怕她会做一些不正确的决定,只好留下来陪他等候。我不能和他交谈,就自己看看手机,消磨时间。

我在谷歌上检索因为砍树而受伤的关键词,结果出来很多条帖子。有一个人说她朋友的老公,在一个早上独自上树,结果掉到了围栏对面的邻居家里,昏迷过去,后来找到他时已经死了。这让我想起有一回看到一个白人男子,爬上高高的梯子上树锯树枝。梯子在圆形的树干上靠不稳,我看到梯子倒下来,那人也从空中掉了下来,倒在地上起不来。我过去问他需要帮助吗？这家伙痛得歪嘴咧牙的，但说不需要帮助，神情和语气都不友善。我接着在手机上看到萧伯纳的故事，他晚年因为上树剪枝摔了下来，几天后去世。把奚百岭和萧伯纳来比真是有辱先贤。萧伯纳那么优雅地整治他心爱的小白桦，倒下来的姿态一定还是很高贵。而奚百岭则是为了让花园变成菜园，砍掉希腊人种的无花果树，真是气死人，他摔的样子也一定像狗啃泥一样丑陋。一想起奚百岭家那棵歪脖子无花果树，我意识里会连带出现穿着粗布长袍留着大胡子的古希腊哲学家，会联想起罗马的松树、牛顿的苹果树、释迦牟尼的菩提树，仿佛这件事都有了一点哲学意味。

他妻子说了事情经过。说这棵树有个大枝权挡住了南边的阳光，让菜地里的青豆架子日照不足，她父母亲老是念叨着要把树砍掉。本来想请专门锯树的人来做，问过价格要五百加元，简直天价，只好罢了。可前天她看到了有个洋人邻居使用电锯在锯树，那人同意把锯借给她使用，她就拿了锯回家，让奚百岭自己来锯这个树的大枝权。奚百岭把一把梯子搭在树干上，他在上面锯树，下面由她扶着梯子。可是因为梯子架在草地上，松软得摇摇晃晃。他举着十几公斤的电锯，快要锯断主要枝权时，身体摇晃失去平衡。梯子先倒下，紧接着他掉在梯子上面，腰部落在梯子上。电锯也砸了下来。

听她这么说，我觉得他太没有安全意识了。我猜想奚百岭其实是喜欢这棵树的，心里肯定不想锯，只是没办法反对。

这一天，我们等了四个小时，总算轮到了看医生。照过了X光，医生说断了两条肋骨,因为他掉下时腰部落在倒下的梯子上。医生让他卧床休息几周,开了一些止痛药就打发他回家了。不管怎么样,没有严重的内伤,我们都松了一口气,奚百岭似乎也有了精神。我送他回到了家里就离开了。

我后来几天有打电话给他,他说很痛,不过在慢慢恢复。一个礼拜之后,他还上了一次屋顶,因为屋顶的沥青瓦片被风吹破,他需要上去修理。

十多天之后,在安大略湖边的多伦多会议中心举行一场北大清华海外联谊会,这边的总理、省长、市长什么的都来了贺信,好些个国会议员到会捧场。清华北大校友联谊会影响力大,会引得国内重要单位人事部门过来招人挖角。本地的地产经纪保险经纪也会来参加,借机找客户。我以往参加过几次,这回觉得自己很可能要离开这个行业了,不想再参加了。但转念想参军的事还没最后定,保持一些人脉比较好,所以还是参加了。门口有箱子,随缘交活动费,我放了一百加元。登记处给我发了个胸牌,颜色和发给清华北大校友的不一样,是专门给来推销楼花、推销保险的经纪人的。我今天穿了西装,很有仪式感,这是一场为了告别的聚会。

当我在会场里面转悠时,里面有一些熟悉的面孔,比如杨松年。会场上有不少名媛气韵的美女,谁说学问高的女子不好看?不过事实上,会场里那些好看的女子都是和我一样来推销什么东西的,不是北大清华出来的。有个弹钢琴的也很漂亮,那是上海音乐学院的人。

就这个时候,我突然看到了奚百岭的身影,是在另一条通道上。他正坐在一个中国国内猎头公司的铺子前和一个人在交谈,手里拿着一个卷宗,看起来谈得很投入。我估计他还在考虑回国发展的事情。我转了一圈,给一个人介绍了湖边新开的地产楼盘项目,其实都是瞎扯淡,我知道他根本不会买。当我转回来时,迎面撞见了奚百岭。突然见到我,他的眼神里似乎有躲避的意味,好像自己养伤期间跑出来,我会责怪他一样。但这只是一瞬间的事,接下来的时间,我们基本都在一起了,因为我们在这里都没什么朋友。我不是北大清华的,没有朋友正常。可他是清华的高才生,也算有名的,没有朋友就有点奇怪。

他有点兴奋,告诉我那是一家国内的科学研究院,和他的专业很是对口。他说对方已经看了他的履历,有很高的意向招聘他。他给我看了一本厚厚的印刷精美的资料,那是介绍这家研究院的宣传册。他让我扫了一个二维码,手机屏幕出现这个单位的宣传片。我们坐下来一起喝咖啡,我看这个单位的宣传片,大部分的试验场是在戈壁滩上。

奚百岭整个下午都像听到天国美妙音叉响声一样,处于一种迷醉的状态中。他两颊泛红,像是在沙漠里骑着一匹骆驼,眼睛高高朝上,说话心不在焉,醉心于远方的海市蜃楼。到了四十多岁,他的才华一直没有用上,学得那么多,没地方发挥。而现在终于可以一展宏图。

那个瞬间深深触动了我。一个有理想有专业的人是幸福的。奚百岭学了那么尖端的本领,现在真要用到实处了。想想那些巨大的火箭,那些核爆装置,那些我只有在好莱坞科幻大片里看到的秘密基地。那是个科学迷宫,也是人生迷宫。我突然想起他在401公路下的丹河峡谷里行走的事,他穿的反光黄背心里有传感器,他所走的路径都会在电脑里留下痕迹,构筑成一个重复交织的网络。他是蜘蛛,吃了那么多知识,要吐丝去织一张网络,吐的丝越多越密,却把他自己裹得更紧,而现在,这一只蜘蛛将要戴上防射线的面具,像骆驼一样在沙漠上行走了。

活动最后一项是晚宴。我和奚百岭坐到了一起,同桌的有一个我认识的女士,上海人,以前也是我们地产公司的经纪人。她已经回国发展了,这里还留有几处地产物业。她老公是清华毕业的,现在就坐在她身边。她老公不是上海人,口音是河南一带,清华毕业后到斯坦福读了金融博士,之前在这里的TD银行当过房贷部副总裁,三年前被国内的一家民营银行挖走了,她也跟他回了国内。

晚宴的桌上有十个人,说话最多的是我这位前女同事。她总是会有话题,国内外大事小事她都知道。她暗示她老公回国后得到重用,负责比特币开发,说他手下的人有年薪拿到一千万的。她说了自己首创了上海女性投资的会所,在一个大家都知道的名贵大楼里。让我不快的是,同桌的其他人都对她很恭敬,没有人反感。她和她的老公成了主角,而且很享受。她和另一个成功人士一直在谈论上海的事情,他们知道得很多,互相斗宝一样在说着。

奚百岭坐在那里没说话,表情如一具覆盖着尘沙的底比斯石头神像。他打心底里看不起这些人,他遥想着荒漠之梦,像艾略特诗歌里所展现的一样宏伟神秘。

七

我通过了一系列测试考核,距签 Offer 的时间越来越近了。我很想和老弗兰科说说话,可是最近几天他都没有来买水买烟。昨天晚上便利店打烊之后,我到央街他可能待过的几个地方去寻找他。

我第一个去的地方是多伦多枫叶冰球队和猛龙队的主场体育馆 ACC 外边一个出口,我听他说起过他常在那一带。那里靠着联合车站,常有密集人流,流浪汉获钱机会多。我自己有过一次不错的经历,那次我看完 NBA 一场比赛离场时,在经过联合车站的长通道口上,有一个女小提琴手在拉着一段美妙的曲子。她的身姿也无比优美,虽然穿着御寒的呢大衣。我从口袋里掏出了一个两元的硬币,两元硬币带着一圈银色,看起来比铜色的一元硬币好看多了。我把钱扔进女提琴手前面的盒子时,只见她对扔钱的人深情地望了一眼,碧蓝的眼珠,闪着波光,那一眼简直能穿透人的心,好几年过去了我都没忘记,从来没有人这样看过我,所以我对联合车站外面的一段路特别有感觉。

我关了店门走出来。已是午夜,联合车站已经安静下来,大型体育比赛啦,演出啦,都已经结束,流浪者大部分已经睡觉。虽然是春天,入夜了还是感觉很冷。流浪者除了睡在墙角,最喜欢是睡在暖气排出地面的铁栏上面。那里有地下建筑层的暖气排出来,睡在上面会暖和,我曾看见下过雨后流浪者的毯子湿漉漉地冒着蒸汽。我非常好奇在极其寒冷的季节里流浪者是怎么度过的。政府在极寒天气会发布严寒警报,会开放多个庇护所让流浪者进来避寒。里面有吃的,有铺着床单的小床,可以洗热水澡。但是,流浪者却不领情,不愿意住进去,市政府得派出很多人去寻找流浪者,一个个说服他们到庇护所去。而流浪者总是在吐槽,说有臭虫,说没给他们尊严。对于那些坚决不进庇护所的流浪者,政府只能给他们送些东西,毛毯啦,食物啦。但是不能直接送给他们,而是要用尽脑筋想办法不让他们伤尊严。我曾看到有一棵树上挂着一些饱满的塑料袋子,里面装的就是毛毯食物。工作人员把它们挂在树上,然后要远远地躲开,用望远镜看着树,就像野生动物拍摄人员观察那些特别稀有又难以接近的动物一样。然后,流浪者会走过来,像是拿一件无人归属的东西一样,心安理得把东西拿走。那些持望远镜的观察者轻轻发出一声:"耶!"相互击掌庆祝。

并不是所有的流浪者都已入睡。能看到一些人像塑像一样坐着,有的还抽烟。对于这些流浪者,除了给钱,给他们香烟也是一个他们喜欢的方式,最好还给他们点上。

"见到过弗兰科吗?"我手里拿着一包烟,一根根递过去。

起初没有人理会我。后来有人说让我到后街去,有时候他会在那边。城市繁华的大街后边都会有一条后街。每个大街上的铺面都需要有一个后门,商店和餐馆用来进货和清除垃圾,剧院和夜总会的后门用途更复杂神秘,好莱坞电影里经常会看到夜总会的后门会有打斗等事情。我对后街并不熟悉,我的商店小,没有后门。这回还是第一次走进闹市中心地段的后街。我从一盏昏黄的路灯下,拐进了登打士和央街交界处的后街,狭窄的后街里放着一个个巨大的垃圾箱,腐败的臭气扑鼻而来,地上有老鼠,还有些小浣熊。其中有一扇后门开着,一个人站在半开的门里面,外面站着的是一个涂着鲜艳口红的人,头发很夸张,像是假发。当我走近时,这两个人都看着我,那是一种很让人不舒服的目光,我赶紧走过去,背后还能感到被那目光盯着。再往前走,看到路灯下有人靠在灯柱上,背面对着我,我问他:"有个叫弗兰科的先生在这里吗?"

"去见鬼吧!我才不知道什么弗兰科呢!"那人抬起头,眼睛血红,他正在往手臂扎针注射,很生气我打搅他。

我又往前走了一段,这里有个四方形的小空地,可能是供那些送货的货车掉头用的。我看到这里有一些帐篷,里面还点着灯,外面看起来五颜六色还很好看。还有个帐篷里发出乡村音乐的声音。我看到一个在帐篷外的人,他正对着墙在撒尿。等他撒尿结束,我问:"先生,请问你知道弗兰科吗?"

"弗兰科,哪个弗兰科?"那人倒是有耐心地回答我。

"我不知他姓什么。他老家在萨斯卡通。"

"他去别的地方了,听说去蒙特利尔了。去见他的相好的。罗曼蒂克的家伙。"那人说,也不知是真是假。

我半信半疑,要是真的这样倒是也不错。这个时候我听到有狗的叫声,有一只狗朝我走过来。我有点怕这些流浪狗,万一被咬一口怎么办?可这狗围着我转,不走开。我突然认出这就是弗兰科带到我店里的狗。这狗看着我,我也看着它,可是人和狗之间是无法交谈的。这狗在这里说明刚才那人没说假话,弗兰科的确来过这里。可是他怎么把狗留在这里?也许他根本没走,就在那些帐篷里面待着。也许真是去了蒙特利尔,把狗送人了。看到这狗我觉得心里很难过,可一点没办法给它一些帮助。

第二天的晚上我守在店里面,心情暗淡,心里还在想着弗兰科那条狗。我看着街上的人流,巴不得有个抢匪蒙着面过来抢一下,我可以和他打一架。就这时我看见了店外面的路上好像有个人伸头往里面看,是个女的。她走过去了,又折回来,好像开车刹车来不及过去了,再倒车回来。我一看,原来是当兵的宋雨,她走进来,笑盈盈地好奇地打量着我的商店。而我坐在收款机前,就像林家铺子的东家,就差了个瓜皮帽,好不尴尬。但不管怎么样,我和她在军营里训练时熟悉了,我们将来都是军人,已经有了所谓的战友情。我很开心看到她的到来,差不多想拥抱她一下,可惜被柜台挡着。她走过来和我握了一下手。

"真不错,你有家便利店,日本人叫杂货店就是这种吧?我看过东野圭吾的《解忧杂货店》,你有过那种奇遇或有艳遇吗?"宋雨嬉皮笑脸地说。

"我要是见了东野圭吾,差不多要杀了他。都是看了他的书我才买了这个店,把自己困死在这里。不过有一点倒是真的,开杂货店的人适合当作家,因为能看到各种各样的人和事情,很神奇。"

"天哪,你这里有卖649乐透的彩票啊。这一期的大赢家是多少?六十个Million?哇!合六千万加元啊!你能不能作个弊,把头等奖的彩票卖给我,我们对分?"

"不能要这个比例极低的好运气。中这个奖的概率比天上飞机掉下来砸到我们头的可能性还要低。要是中了这个其他运气全死掉了。"我说。

"怎么没看到香烟?便利店不是主要卖香烟的吗?"她问。

"香烟在这呢!"我说。我把背后那一排格子的活动挡板移开,能看到里面排着各种包装漂亮的香烟,"以前香烟是没有遮挡隔离的,去年开始政府说香烟公开摆着会引发顾客抽烟欲望,要遮挡起来,就像人类穿衣服遮住敏感部位会减少别人的欲望,原理一样。"我说。

"你真能说。嘻嘻,你还卖这个啊?"她说,她说的是柜台前面有一个盒子卖的是避孕套。

"捎带着,便利店嘛,什么都得卖。"我好不难为情。

"什么东西卖得最多?"她问。

"是瓶装水,普通的那种,卖得最多。利润也最好。"

"原来是这样。最普通的东西原来是最好卖的。"她若有所思,好像里面有什么哲学大道理一样。

这时候突然来了很多顾客,排起队来。买水的,买烟的,买巧克力牛奶的,买电池的,也有买避孕套的。我忙得昏了头。宋雨站在一边有点不自在。我巴不得顾客马上走光,可还有人不断进来。

"好了,你那么忙,我先走了。不影响你。"她说。

"等等就好,刚才是歌剧院里演出散场,一会儿就会好的。你走了我今晚会郁闷死了。"我说的是真话。她要是走了,今晚我会很难过的。

"那好吧,我等着。"她真是个善解人意的姑娘,走到了角落里自己去翻一些杂志。我突然想到,这都是一些非常露骨的色情杂志,是一家公司寄卖的,每隔一个月来算账。这下她可看不起我啦。

好不容易等这拨人都走了,我马上把门关了,翻过 CLOSE 的牌子。这个店开了二十多年,从来没有在十二点以前关门的,而现在才十点半。

"我们出去喝一杯吧!"我说着,把店里的钱收了起来,装进口袋。然后关上灯,和她一起走出去。外面还有人想进来买东西。我说关门了,不管他们愤怒抱怨,和宋雨一起离开了。我得尽快走,下一场的演唱会要结束了,马上会有一拨客人过来,被这一拨客人缠住就走不开了。

我们一起从央街走过,前往伊顿中心一带。这里相当于纽约的时代广场,最是繁华热闹。我真的希望弗兰科就在附近,看到我和一个姑娘一起在街上走,而不是一直猫在便利店里面。弗兰科,你在附近吗?到加拿大之后,我还是第一次和一个不熟悉的姑娘在市中心行走呢。

我们进了那家体育酒吧，里面外面挂满了冰球明星的头像。

我们坐了下来。跑堂的过来问喝什么。我说我想喝伏特加。她说那我喝黑麦威士忌吧。

"威士忌很凶，你能喝吗？"我问。我以为女人只能喝鸡尾酒。

"我能喝烈酒。我要么不喝酒，要喝就喝烈酒。"

"真不错，我喜欢会喝酒的人。"我说。真够意思，我高兴遇到一个会喝酒的姑娘。

"我已经正式参军了，今天已经签了 Offer。不过有一个情况，我要参加的机动营马上要去阿富汗执行任务。有三个机动营同时准备，上头随机选择了我们的部队上去。这是我事先没想到的，下周就要出发了。"酒吧里放着很响的音乐，她说话的声音很大。

"你父母知道这件事吗？"我问，我的心一沉，脑子里马上闪现出在 401 桥上迎接死者从阿富汗战场回来的场面。她这下可真的要去危险的地方了。我问自己如果我知道要去阿富汗战场我会参军吗？我害怕死亡，害怕真正的战争，我是不会去的。

"我还没告诉他们，要是事先征求他们意见，肯定是不会同意的。"她说。

"那你已经决定了吗？"我问。

"是的，我已经签了字。当时的感觉好像就是身不由己。事到如今，说不想上战场了，好像是一个逃兵一样。境况决定了我只能这样选择。"她说。

"你为什么要参军？从小喜欢军事吗？"我问。

"不,我一点不喜欢,不喜欢枪,不喜欢打仗的电影。我高中时学校就有军训,那时我长头发的,教官要我剪掉头发,我坚决不剪,结果被送回学校。你知道,对于一个高中女生,这是一个很大的打击,学校后来都把我当成一个坏学生了。"她说。

"那你为什么参军呢?"我问。

"我们家是五年前移民到加拿大的。我父母之前在国内是上班族,母亲是中学的英语老师,爸爸是三菱重工的工程师,都是拿工资的,在国内生活很好,可也没有很多钱。我忘不了我们到达多伦多之后住的第一个地方是一个比我们早来的大陆移民家的地下室,那个天花板部位有个窗子,就是说大部分是在地下,我抬着头看着窗子外边的天空。那个时候每天下大雪,雪把我们的窗子都埋住了。天冷,头顶上的暖气孔一直在吹暖风,很干燥,我很快就鼻孔出血不止。我们到达的第三天,人生地不熟,加上环境的巨大变化,我父亲就崩溃了,我看到他把自己关在屋里,头撞着墙在痛哭,说为什么要带着一家人到这样的地方来?

"可是不管怎么样,生活得继续下去啊。我开始去上中学,爸爸妈妈找了个临时的工作,是去一个食品加工厂切鸡腿。看到每天一早他们穿着厚厚的棉衣,带着饭盒去乘公共汽车去上班,晚上看到他们的手因为切冻鸡冻得肿胀变形,让我真难受。后来情况有点好转,我父亲去了一个安装空调的华人公司打工,要搬机器做安装,回到家腰都直不起来。母亲英文好,去了商场里的丹尼尔皮装店当售货员,那也是她之前看不起的工作。我已经开始读高中十二年级,看到父母亲这么辛苦,自己马上要上大学了,要花他们很多钱,心里真有一种很负疚的感觉。那个时候我真想自己去挣钱养活自己供自己上大学,你知道吗?我爱画动画,经常看日本人的书。我看了《挪威的森林》里女孩子的自杀,我也都想这样结束生命吧!有一回在网上看到日本有一些高中女生会去援交,能换到很多钱,我的内心都动了一下。什么叫援交你知道吗?"

"是的,我知道。"我说。援交就是女学生用身体换钱。她说这话让我心里难受,我和她碰了一下杯喝了一大口威士忌。

"当然没有这样去做,只是闪过一个念头,我当时很需要钱。就是在这样的情况下,我开始和军队接触,军队说从高中开始就可以给我提供经济援助,进大学之后会每月给我津贴,学费他们出。大学时期和普通的学生一样学习生活,毕业后再到军队去服役。我就决定参加了。我爸爸妈妈一直想不通,觉得亏欠我。我一直对他们说没有危险的,不会到参战的地方去,没想到这回真要去了。"

我没想到一个女孩子这么早就面临着一种艰难的选择,对于我这样一个有过一些经历的人来说没问题,对于她好像太严峻了一点。她说的参军理由其实和那个姓许的牙医官差不多。但是听许牙医说的时候我觉得他很投机,而宋雨的话却格外打动了我。

"说点快乐的事情吧。就在几个月之前,你参加了《非诚勿扰》的节目,后来被一个人牵手走了。说来听听好吗?"我说。

"之前就是觉得好玩,在电视上看到那些女生伶牙俐齿修理男生的,特过瘾。后来这档节目居然办到了温哥华,我就报了名,没想

143

到那么多人我一试就被选中了。反正那段时间很好玩的,后来时间长了,就不想再在台上待下去,想早点找个人下去了。后来就发生了你看到的那一幕,一个理科男看上了我,条件很好,当时也觉得和他很来电,就跟着他走了下来。"

"后来情况怎么样?"

"你知道,起初我只是玩玩的,不想跟人牵手成功,因为我已经用军队的钱读书,目前不可以谈婚嫁。可那次真的看上了他,就跟了他。下来后,我只得和他说了实情,说自己要当兵的,还要服役四年以上。他说四年也太久了,有点不高兴。这样我和他都不开心,很快和他分了手。其实那段时间我出了名,很多的人都在追我,好些富二代开着名车找我去兜风,钱多得能压死人。有一个知道了我的情况问我是不是可以和军队解除合约,他来赔违约金。我觉得这些有钱的年轻人很可笑,很浅薄。反正那段时间闹哄哄的,倒是让我看清了自己选择参军是正确的。"

"我也一直在思考选择在国外参军是不是正确。到现在还是没找到答案。"

"我在国内读中学时,最怕高考。我的成绩不是很好,高考肯定考不上太好的大学,而我要是考得很差,会难过得要死,会觉得很对不起父母。不过我运气还不错,父母把我带到了加拿大,让我避过了高考。但是接下来我要面对的是经济负担。我将来想画动画,知道要是凭自己力量我没有经济能力上美术的专科,也考不上。所以我选择了一条相对轻松的道路。我不想老是处于拼搏状态。我在加拿大这个国家看到,那些做体力劳动的人有尊严,倒垃圾的人有的模样像艺术家像教授,谁都不会看不起他们。让我最动心的是当了兵之后我会有很大的职业选择空间,我就可以去画动漫,也许可以实现我的梦想呢。"

我认真聆听着。宋雨虽然年轻,思想还蛮成熟的。她接下来说的话也很有意思:"在温哥华有不少华人加拿大军人老兵,第一次世界大战的时候就有了,二战时期数量更多。他们有的去了欧洲战场,有的到了东南亚和日本军队作战。看起来他们是为了加拿大国家而战。其实当时是加拿大歧视华人,不让中国人入加拿大国籍。只有去参军之后,才能获得加拿大国籍。许多华人子弟都是为了国籍的事而去的。是的,参军后他们的境况都改变了。有机会到大学读书,后来当律师,当工程师,还有的当上国会议员。如果他们不投身军队,只能一直做厨师开洗衣房。"

我们那天讨论得很多,最后结论是我们并不是什么理想主义的超人,都是为了自己的自由意志和今后容易的生活。我们一直喝下去,喝到店里的人都走光了,喝到酒吧的灯一盏盏关掉。到一点钟,酒吧强制关门,这里的法律禁止一点后酒吧营业。我们走了出来。外面风很大,她喝多了,走路不稳,靠着我走。

"我们不回家,找个地方住下过夜吧。"我说。

"好吧,听你的,炊事班长。我还想喝呢。"她抱着我右臂,迷迷糊糊地说着。

我张眼看看四周,在这市中心,都是高级的宾馆,我知道正对面那家是ROYAL YORK酒店,一千美金一夜,国际名人政要来了都住这里。我口袋里有信用卡,信用额度五万加元。平时出外旅游,我一百美金旅馆都舍不得住,今夜我要做一个骑士,带一个公主住在古堡里,一生就一次。我们过了马路,进了大酒店。我给了信用卡和驾照,就坐上了电梯上升到一个天堂一样美妙的地方。在那一个巨大的房间里,一盏水晶灯高挂着,屋里全是意大利风格的大理石、丝绸布幔和窗帘,还有一个放着各种好酒的酒柜。我们开了一瓶马蒂尼酒,干杯继续喝了一会儿。我本来是想今夜我睡沙发,让她睡床上的。

"抱我一下好吗?我心里有点难受。"她坐到我身边,头靠在我肩上。

"好的,好的。"我说。我一直显得拘谨腼腆,主要觉得自己比她大很多,觉得她把我当大叔,不敢和她亲密。但这个时候我是不能拒绝一个女孩的要求的。我右手揽住她肩膀,左手轻轻抱着她的头部,让她靠在自己身上。

"这样真好,我喜欢你的手放在我头发上,好有安全感。你知道吗?我其实好害怕,我怕自己会死在阿富汗。"她说,抬眼看着我。

"不会的不会的,加拿大军队在那里只做些维持和平工作。再说你是女的,不会让你去做危险的事。"我说。我虽这么说,心里却不可遏制地想起了在401公路丹河谷大桥上迎接死者从阿富汗战场归来的场景。我的眼泪突然涌了出来。

"不要哭,炊事班长。"她说着,紧紧抱住我。接下来,我情不自禁开始亲吻爱抚她。在璀璨的水晶灯下,在那张巨大而铺着最高级床单的床上,我们做爱了。我这个时候觉得自己参军的决定是多么伟大,要不是参军,我怎么可能会有这样和她在一起的销魂时刻呢?高涨的潮水慢慢退下,一切静默了下来,我们在酒精的麻醉下进入了安详而美好的沉睡中。

　　我不知睡了多久,突然醒了过来,完全不知道自己是在什么地方。我看着陌生的屋顶愣了半天,才明白昨夜是和宋雨在一起。她现在就在我身边熟睡,我能看见她安详的脸庞,鼻翼微微翕动,发出轻轻的呼吸声。我现在清醒了,明白昨夜她是因为要去阿富汗战场处于一种精神的震颤状态,她是以性欲抵抗对死亡的恐惧,是死神的影子唤醒她强烈的性欲。我想起小时候在《钢铁是怎样炼成的》里看到的一个情节。保尔被关在监狱的时候,有一个姑娘主动要求和他发生关系。姑娘因为觉得匪徒马上会强奸她,所以她决定把贞洁献给保尔。小时候看的书很少有性方面的描写,所以这个情节会留在记忆里。这个时候想起这件事真是让我不快,我尽量在脑子里抑制这个想象,可它还是顽固地对号入座不肯退去。过了好久,我才再一次睡着了。

　　太阳照常升起。我们在晨光里醒来。我看着她的脸,现在酒精作用已经退去,我们都很清醒。她说我们现在不说话,好好看看对方。她凝视着我,她的眼神里面有深不见底的光影,有难以言状的伤感情愫。我知道我们该起来了,分手的时间已经到来,她要回到军队里去。

我们离开 ROYAL YORK 酒店,走到了大街上,阳光扑面而来。在阳光下,我有点不好意思和她很亲近,因为我是大叔。但是她一点不怕,手握着我的手,手掌贴着手心,靠得很紧。我送她到了联合车站,在站台上分手。她坐上了 GO 火车到军队基地去,到了那边就换上军装,做出发阿富汗的准备。火车很快开走了,连招招手的机会都没有。我难过地想以后还能见到她吗?她回来的时候还会愿意见我吗?对她来说我是老炊事班长,也许就一夜情而已。她会有新的生活,会忘记我,这就是最让人难过的地方。

八

两个月后,我接到了通知,正式签订了参军合同。我和妻子经营多年的便利店卖掉了,我把属我的那部分钱留给女儿读书用。我和妻子正式分手,她已经和她的瘸腿男友公开住在一起。

这段时间里我和奚百岭见了一次,是一起去 401 公路东边 529K 出口 Trenton 湖钓鱼。

上回在联谊会上照亮他回国发展的希望之光还在燃烧,但起初像一团火球,现在变得像风中蜡烛一样摇摇曳曳。他和那家研究院人事部门的沟通还在进行中,但计划已经受到妻子强烈反对。她说我们千辛万苦走出了湖北的神农架大山,怎么可以又回到西北沙漠去呢?你要是真的人才,人家会给你在大城市安家的。儿子已经上五年级,如果回到沙漠上,会有好的教育吗?在加拿大能上到多伦多大学、滑铁卢大学等名牌大学,到西北的基地去上沙漠大学吗?好吧,就算再考上清华北大,还不是走你一样坎坷的路?奚百岭的理想是当一个科学家,待在大学里一直毕不了业,内心憋得难受。如果这家研究院对他求贤若渴的话,也许他会下决心的。但是,对方对他的兴趣并不是像火一样热烈,他们最需要的是人才,他们没有发现奚百岭有特别的成就,没有顶尖的论文,没有科技成果,难以给他顶尖级人才引进的高级待遇。但是这家研究院的领导认为他仍有可能在专业领域取得重大突破,力邀他回去。回国,还是留在国外?这是一个哈姆雷特式的抉择困境。我知道他精神状态不好,便约他出来钓一次鱼。我接下来要去军队了,也有很长时间不能逍遥自在泛舟湖上。

我们到达湖面时,还是黎明之前。这个时间湖面的景色只有早起的人才能享受到。东方微红,湖面上有天鹅游动的影子,时而有鱼儿蹦出水面的声音,芦苇叶子上和水草上带着露珠。我们租了一条摩托船,向着湖心开去。

"悬而不决的问题。我知道那等着我的工作正是我所学的对口专业,在这条路上我可以把自己的能力发挥出来。我需要有高能粒子加速器实验室。但是,我一旦选择了这一条路,就再也无法回头。我妻子不想回去,儿子也不想。我决定不下来,脑子都想裂了。很长时间睡不着觉。"

"其实有些事情当时想得很严重,回头看看不过如此。你总得做个决定。当然不做决定也是一个决定。甚至你掷硬币决定也是一种决定。"我说。

"我不能睡觉,去看过医生。吃安眠药一点没用,心神不宁。专科医生说我得去看心理医生,做心理治疗,是弗洛伊德精神分析类的。但这是要自费的,政府不 cover(负担)。这个非常贵,看一次得三百加币。我看不起这么贵的。"

"算了吧,私人诊所的精神治疗是很贵,但这不是最主要的。我觉得主要是你思维那么敏感,理论那么厉害,恐怕精神分析医生对你这样的聪明人是没辙的。"我以前和妻子办按摩院时略知精神治疗的情况,听说精神分析医生对于那些钻牛角尖的病人一点没办法。还有西人的精神分析师和华人很难产生心灵沟通,而大陆新移民中出的那几个精神分析师,基本是忽悠骗钱的。

"你还是快点做个决定,然后什么都不去想。事情总是有两个方面,有得必有失。"

"有好几次,我让自己到一个地方,专心去想,要自己做出正确的决定。想得头都裂了,最后还是没有结果。"

"这种事我也干过,没用的。主要还是要行动。"我说。我开着船,湖上没人,只管往前开,奚百岭坐在船头,说话很亢奋。他在说一件事情。

"还在我读大学的时候,有一回到老家村镇里,一个瞎子算命先生拦住了我,说要给我算命。他说了一段话,他说我要到天边去学本事,说我去学一种屠龙的手艺。他说屠猪的本事容易,到处可以学,到处可以用,屠龙的只好去天边去学,因为龙在天边,凡人看不见。

但是学了屠龙的本事,就要生活在有龙飞过的地方,否则你回到没有龙的地方,就会被屠猪的人取笑。当时我一笑了之,现在才知道我们家那个瞎子是个先知。他说得太对了,我学会了屠龙的本事,结果看不到天边龙的影子,变得连屠猪的也不如。现在我明白了,瞎子算命先生说的那龙就是高能粒子加速器,我终于遇见了龙,可是我却无法下决心。"

他滔滔说着,我听着他说话,他在船头挡着我的视线。突然之间,我发现自己的船正对着一条横过来的快艇,对方以为我是会看见的,只管正常地向前开,等我发现时,差不多马上要直接撞向对方快艇了,变线都已经来不及。一刹那我看到对方来船上有小男孩小女孩,看见了他们惊恐的脸孔。上帝保佑,船擦身而过,没有撞到,差点出了人命大事故。对方停住船大声咆哮,责骂我们。我道歉后赶紧开船跑。我吓坏了,我觉得奚百岭坐在船头应该发现有船,应该要告诉我,看来他的状态真有问题。

这天天气多云带雨,是钓鱼的好天气。湖上一会儿布满乌云,阳光在乌云间射出来,一会儿下一阵子雨。我们的船开进了一片水草区,我以前来过这里,记得水草没那么多。我没有在水草区钓鱼的经验,一直钓不到鱼。我准备转移地方,开了不久,觉得船越来越重,知道螺旋桨被水草缠住了。这本来是件小事情,可今天我却有一种不祥的感觉。因为前些日子我看到新闻,说一个华人在钓鱼时因为船的推进器被水草缠住,下水里要清除水草,结果被水草缠住淹死了。我不敢去清除缠住螺旋桨的草,就慢慢地开着。事后想想这一天的经历,会有一种噩梦一样的感觉。

钓鱼之后,我和他一段时间都没联系。他妻子给我打过一次电话,说加拿大央行加息了,她特别害怕,怕以后付不出房屋贷款。还问我万一付不出贷款,后果会怎么样?她说奚百岭的博士站工作已经结束,发出去很多求职信还是没有一个回复。因为没有工资了,他只好暂时出去打工了。他妻子一字没提他海归回国的事,看来这事她根本没认可。我问她奚百岭现在打的是什么工?她说是刷油漆的工作,之前在那个公司干过。我知道他以前干过的那家公司,是专门给市内一些高层建筑做维修保养清洁的。我想象着奚百岭站在一个从高空吊下来的铁笼子里,和一些中东难民一起在挥舞着油漆刷子。那工作的铁笼子在风中摇晃着。这风中的哲学家!吃烤土豆的尼采!

九

二〇一〇年的春天,在海军大西洋基地经过三个月的电台和舰艇训练之后,我终于分配到了海上的现役军舰 ALBERTA 号上,成为一名无线电密码员。我穿上了正式的上等兵海军军装,戴上没有飘带的圆形无檐帽。这艘军舰服役时间比较长,是五千吨级别的老爷驱逐舰,经过改建现在可以搭载直升机,配有高速火炮,导弹,鱼雷,有官兵一百多人,其中有五名女性。此次任务是执行北约一次联合行动,将和美国的尼米兹号航母组成编队前往印度洋。我在第三层舱位有个和别的水手轮换休息的铺位,餐厅在第二层,伙食供应非常棒。军舰出航时举行了隆重的仪式,有军乐队在码头上演奏。很多军官家属到码头欢送,气氛温馨。大部分军官的家都安在基地里。

我站在左舷,阳光照得大海金光闪耀。没有人给我送行,不过女儿从美国来过,和我一起吃了饭,给了我很大安慰。她在波士顿表现很好,大学准备申请斯坦福。我们的军港是在大西洋海边的哈利法克斯。这里向来是个重要军事港口。第一次世界大战期间美国加拿大从这里向英国法国输送大量战略物资。一九一七年十二月六日,一艘满载着五千吨炸药的法国军火船与一艘比利时运送救援粮食的船在海湾相撞起火后猛烈爆炸,哈利法克斯大片地区被摧毁,两千余人当场死亡,九千余人受伤。二战期间哈利法克斯港又发挥重要作用。德国封锁了英国的海域,有几百艘从这里出发的舰船被德军潜水艇击沉在中途。在战争所带来的残酷之外,这里还是一个重要事件的发生地。当年泰坦尼克号就沉没在不远处的大西洋海域,从这里开出的救援船在冰海上救起了坐逃生船的生还者,一千五百名遇难者中有十五名埋在了附近的墓地,包括那个大胡子的船长。在海滨的博物馆里,还陈列着一张泰坦尼克号沉船上的木制躺椅。

我从这一个有那么多动人故事的军港开始了我的海军生涯,看起来是那么有诗意。当军乐队吹奏着加拿大国歌和海军进行曲时,舰船劈开海波,迎着地平线刚刚升起的太阳驶去。在舰船附近的海域里,有成群的座头鲸在冰冷的海底游动,不时会优雅地跳出水面。我心里复杂得像万花筒一样转着各种奇怪的图像。我脑子里浮现出电影《甲午海战》画面，那个李默然饰演的邓世昌，弹着琵琶，最后英勇地冲向敌舰。我不会忘记小时候父亲带我去山东威海，坐船登上了北洋水师的基地司令部所在地刘公岛。在这个岛上我看到了中国海军的屈辱，甲午海战打败之后，日本军舰直接占领了胶东海湾，北洋水师基地落入了日本海军之手，他们把还没击沉的中国军舰拖回了日本去改为己用。小时候那一次看得我心潮澎湃，立志长大了要当一名海军，要为国雪耻。是啊，我终于在人家可以当将军的四十岁年龄当上了一个海军上等兵。但是，我的身份是加拿大皇家海军的士兵，一个北约组织的海军，这样一个身份可真是富有讽刺意义呢。我的心里有阵阵冷笑，等我这一次远航结束之后，我得找奚百岭好好讨论一下这个问题的复杂性。

就在我启航前往印度洋远航的上午六点左右，一个中国人从401公路的丹河峡谷大桥上飞身而下，跳入了由东向西的车道，当场被一辆庞大的五十八英尺大卡车碾压身亡。他就是奚百岭。我是在一周后才知道这个消息的。我心里第一个闪出的念头，便是几个月前在丹河峡谷里他对我念的那首诗歌《弧线》。"鸟儿在疾风中/迅速转向/少年去捡拾/一枚分币/葡萄藤因幻想/而延伸的触丝/海浪因退缩/而耸起的背脊。"当他从桥上飞身一跃时，在空中画出一段如诗歌所写的弧线。他选择的这一跳，在他所喜欢的这一段诗歌里已经呈现出来。生，或者死，这是一个问题！这个哈姆雷特式的问题一直困在他心间，即使在他纵身一跃飞向公路的那个凌晨他还在苦苦思索着。后来报纸上消息说，最早的目击者曾在清晨三点钟就发现一个穿黄色反光背心的人行走在丹河桥上,而最后一个目击者看到他站在桥边的时间是接近六点钟,天已蒙蒙亮。整整三个小时,他就在401公路上方的桥上周围徘徊。我相信这是一次预谋已久的行动。他在小道里不停行走,思考内心重要的问题。那件黄色背心,如同电脑里隐秘联结的大数据网络,编织出一张死亡之网。

按荣格的说法,人的一生可能在很早很早一个时间里都已经安排好了一切。这样一想,奚百岭交叉迷宫一样的人生路径里,贯穿着一个401符号。高考的成绩是401分,他住的学生宿舍是401号,出国读博士是4月1号。他最后站在401桥上面,望着渐露曙色的东方,一定会想起湖北大山里的家乡,想起自己的父母,想起自己的童年。他也许还会想起宿舍外面在放电影,他在屋里把脚泡在水桶里防蚊子读诗书的夜晚。那个算命的瞎子说的屠龙故事一定浮上他的心间。他的痛苦正是屠龙者的痛苦,他已经掌握了屠龙的本领,而在他的祖国,正有蛟龙升腾,需要他来驾驭龙,但是他被阻隔了。他的痛苦别人难以理解,是哥斯拉的痛苦,是希腊神话巨人的痛苦,是西西弗的痛苦。我只是隔着他的层层精神防护略微体验到一点。他绝对不是后来一些小报记者做的八卦猜测,说他是因为挣不到钱,说他是因为受家庭财务压力而选择逃避。他的痛苦和彷徨发自于内心的选择。回去,还是留下?他企图在西方现代哲学里寻找答案,可越是寻找越是缠得脱不开,永远面临着深不见底的深渊。最后,他终于做出选择,奋力一跳:"杜秋,跳吧,往前再走一步,你就融入了那蓝天了。"(这句日本电影《追捕》的台词我听他说过多次。)是的,沿着

401公路,他已经无限地融入了蓝天,融入了他的沙漠之城的屠龙梦想中。尽管这是那么糟糕的选择,毕竟是一种选择,他获得了解脱。总有一些人会记得,有一颗很亮很亮的星曾在多伦多的夜空中闪烁。在他飞起来时,上帝收回了他的401翅膀,在他跌落的瞬间,上帝一定心痛得闭上了眼,地球轻轻一声叹息。

而此时我一点不知道多伦多发生的事情。我站在军舰的左舷目送军港远去。启航仪式之后,我回到了电报室,开始执勤。我的身边挨着几十枚精准的导弹和鱼雷。在底舱,巨大的内燃机轰轰隆隆响着,推动军舰劈波斩浪。我在接收和发送一份份加密的文件电报,和远在太平洋的美国的航母编队密切交换信号,分布在地球各处的北约国几十条军舰正朝着印度洋某个坐标聚集。我想起邓世昌,北洋水师,许牙医的事情。我幻想着自己所在的军舰挂满旗在军乐队伴奏下缓缓靠上了黄浦江岸,码头上有成群的孩子们挥舞着鲜花迎接着客人。我好几年没回过上海了,此时思乡之情突然变得非常强烈。

碉　堡

一

那时候,地拉那的动乱过去有好多年了,夜里已经听不到零星的枪声。

在这条巷子深处的四德家里,一道生锈的铁皮大门虚掩着。门没上锁,如果有车子过来,敲敲门,里面会有人打开。一进门,院子显得比较逼仄。四德那辆二手的奔驰车占了一大块的地方,空余的地方最多只能再停两辆车。之前他住的地方大,前面有个宽敞的院子,后面还有个大果园,可现在生意难做,房子只得搬小一点了。房子虽不如以前宽敞,但一到下午来的人还是不少。在这的温州人大都是单身,这混乱的地方不宜带家眷,只有四德秀莲两夫妻带着八岁的女儿在这里住过。后来动乱时女儿送回了温州,可家庭格局还在那里。两口子好客爱热闹,这里成了一个小小的社交中心。最近几天,四德家还住了一男一女上海客人,他们是从越南转过来的,要和四德合作在这里搞传呼机的生意。

这一天,有一麻将牌局。打麻将的有四德、南昌公司的小李、上海人任总和阿春。阿春手里缠着白纱布,摸牌比较慢。牌座下坐着几个女眷在嗑瓜子,秀莲和黎培,还有和任总一起来的上海女子张雅萍。张雅萍脸上敷着白色面膜,嗑了一阵瓜子后,起身去几米开外的浴室洗澡。下一把牌四德手气很好,一立起来就有好几个搭子。上海女从浴室出来,身上弥漫香肥皂和女人天生的体香气味。她站在四德的后面,看他的牌。他们打的是江西麻将,江西人管那几张百搭牌叫金子。上海女在后面问四德:"你有没有金子?"

"他有很多精子,我卵子都没有。"阿春咕哝着,边上人听了都偷偷笑。张雅萍没有笑,装着没听懂阿春的话,一脸正经看着四德的牌。

"阿春,你能不能牌子出快点?"下家的南昌人小李不耐烦。阿春缠纱布的手略微发抖,出不了牌。因为这里的局输赢很大,阿春很想赢点钱,输不起,特别紧张。但表面还装得不在乎。

"你这手怎么回事?"小李问阿春。

"让狗咬的。"阿春说。说话间扫了一眼老婆黎培那边,好在老婆没有听见他的话。

此时黎培正在和秀莲说昨晚的事情。黎培不怕把家丑抖出来,可她不是个撒泼的女人。她童年就到了意大利,在那里长大,相貌体形都漂亮,才二十五岁。她接下来所述的行为和她的美丽很不相称。她说阿春用她母亲房子抵押的钱进货,可是钱都亏了进去,母亲的房子眼看着就要被银行扣留。她着急,责骂阿春的无能。阿春说下一个货柜到了就可以把钱卖出来,可是昨天半夜阿春回来,说货柜又被海关扣留了。

"他进门时,我还睡在床上。听他说货柜被扣了,我就拿起床边的玻璃水杯朝他砸去。他用手一挡,杯子碎了,玻璃在他手掌上划了一道口子,血喷了出来。我起先有点害怕,怕他会死掉。但我没理他,看他自己用纱布缠了伤口。我一直在骂他,骂他这回又进错货,进了高关税的电池又想逃税,不被查到才怪,人家进的货都好好的。我一边骂,一边看到他坐在我脚边用缠着纱布的手整理店里收入的零钱,一张才十个列克,不到人民币一块钱,他一张张数着,叠成一沓沓的,没出息的男人才去数这些零钱,数一辈子也值不了几个钱。我气得用脚踢他缠着纱布的手,抢过他叠好的列克往上呸呸吐痰,把它们全扔到地板上。我都气疯了,可我真佩服这个没用的人,居然又坐到地板上,把我吐过痰扔乱的钱一张张又整理起来。"黎培说得很大声,一点不怕别人笑话,她气还没消,继续说,"我嫁给这个没出息的男人真是倒了八辈子的霉!"

"那你嫁给八十岁有钱佬吧。他们裤裆里的玩意像蒸过的茄子软绵绵。"阿春不紧不慢回答她。

"就你厉害?你每次也就三分钟。"黎培不依不饶地损他。

黎培说话时,秀莲起身做饭菜。她出手很快,一会儿就有饭菜香气冒出来。但令人不舒服的是院子里隐隐有一股狗的臭气,那是四德从北方带回来的那条大狗身上溃烂处发出的。除了这条大狗,院子里还有一条狼犬是刘甘肃的。他出逃前的一天,把狗带过来给秀莲,说自己明天家里修房子,重建狗舍,想把狗寄放一两天。没想到这个家伙出逃一年多了一点消息都没有,这狗秀莲只好一直给他养着。现在院子小,有人来打麻将时,两条狗都关进了砖头砌的狗窝里。四德嫌狗的味道重,用一条毛毯子蒙住了狗窝。阿春小时候养过狗的,知道狗这样闷在里面有多难受。

　　就这时,家里的座机电铃声响了。这电话还是原来房东留下的,六十年代苏联制造,电铃如战斗警报一样刺耳,让人心惊胆战。

　　"哈罗。"秀莲接了电话。

　　"我是阿礼啊!你是秀莲吗?"电话里的声音很急迫与慌乱。

　　"什么?你是谁?你是阿礼?你没有死掉吗?"秀莲大吃一惊。

　　"没有啊,我回来了,我被关在飞机场了。"电话里的声音大得打麻将的人都能听到。

　　"你等等,我叫四德和你说话。"秀莲觉得这是大事,应该让四德和他说话,赶紧把听筒递给四德。

　　"阿礼,你现在什么地方?"四德把听筒夹在头颈之间,嘴角叼着烟,眼睛看着牌,伸手补进一张牌。

　　"我现在是在雷纳斯机场。机场海关不让我入关,说我感染萨斯已经去世,还说报纸都登过我病死的消息。"

"这倒是真的,我们都看过这份报纸。说你得萨斯死了。我们都以为是真的。报纸上登过你老婆把你用过的东西在街上烧掉的照片。"

"完全是造谣,我根本没有死,也没有得病。我在国内压根就没有染上萨斯。"

"那你告诉海关你没有死,让他们放你进来就是。"

"他们说就算我没死,也不能放我进来,说我身上有萨斯的病毒,会带来灾难。他们马上把我塞进原来的航班要送回中国去。我拼了命闹,飞机上人害怕了,我才留了下来。但明天一早他们还会强制把我送上飞机的。"

"那你老婆和她家里人没有来接你吗?她不会去做证吗?"

"哪里啊,我刚才给她打过电话,她一听我声音就开始骂我是鬼,把电话挂掉了。我知道说我病死了就是她一家造的谣。"

"那你现在要我怎么做?"四德说。

"我被关在一个屋子里。刚才我给了看守的警察一百美金,他才让我打两个电话。我给大使馆打过电话,张领事对我很同情,说会帮助我,明天一早会发外交照会到阿尔巴尼亚外交部去,要求他们放我入关。可是警察说过,明天一早就把我强制送回中国。我现在没有办法,只有求求你们帮助了,你们可以来机场保我一下吗?"阿礼的声音听起来挺可怜。

"阿礼啊,这个我们就没办法了。大使馆做不到的事情我们怎么能做到呢?你还是自己想想办法吧。"四德说,一边打出了一张麻将牌。

"四德,求求你帮忙,我真的走投无路了。"阿礼说着,电话突然就断了。

"也许可以试试。去机场给警察送点钱,他们会放阿礼进来的。"秀莲说,去年四德从国内带了几个人过来被机场扣住,也要送回去,四德给机场的熟人送了钱之后就放人了。

"妇道之见,要有点政治头脑好不好?"四德斥责秀莲,"这回阿礼是因为萨斯的原因,萨斯是个政治问题,外国人都想用这个理由把我们中国人赶走呢。我们自身难保,还要去机场引火烧身?"

四德这话说得众人都觉得有道理。的确,阿礼身上要真的有萨斯,谁也不敢去接触他,多一事不如少一事,于是大家就继续打麻将。不久,秀莲的饭菜做好了,大家开始吃饭。一边吃饭,一边就自然谈及了阿礼的事情,因为任总和张雅萍对阿礼的来历和遭遇一点都不知道。

事情的源头在刘甘肃身上。当初在地拉那做生意的一群中国人中间,刘甘肃做的生意是最大的,不是比其他人大一点儿,而是大很多。他有个两百多工人的缝衣厂、两个零售商店,还有大型的批发仓库,办公室里的阿尔巴尼亚雇员都有七八个。刘甘肃来地拉那比较早,他出国前是个外科医生,读过医药大学,脑子好使。他老婆起初跟他一起在地拉那,还带着一个六岁的女儿。挣到足够多钱后,刘甘肃开始考虑安排将来。他出国最初去的是苏黎世,在一个餐馆里当切菜手。他到阿尔巴尼亚后还一直给原来的那个切菜手工作缴纳税款,这样就保住了瑞士的居留身份。而到了这一年,他终于获得了带家属定居的身份,所以他和老婆商量,让她带着女儿住瑞士去。他自己一个人在地拉那顶着,每月去苏黎世团聚一次。

四德刚到地拉那时开了一个小铺子,刘甘肃的大超市就在他的对面。准确地说,是四德在刘甘肃的大超市对面开了个小铺子。他第一次去见刘甘肃,还是经国内的人介绍,要不刘甘肃还不见他。刘甘肃住在地拉那市中心的一条巷子里,高围墙,院墙上面有铁丝网。他在一个光线暗淡的屋子里见了四德,好像一个名人接待来访者一样防备着。后来不知怎么的他们到了院子里,一棵树下拴着一条灰白色的狼犬。刘甘肃说这只狗极其凶狠,邻居家的猫要是从树上爬下来,它都会生剥活吞地吃了它们。这狗前些日子生了一窝小狗,可几天后不见了踪影。他怀疑是这狗自己吃了小狗。刘甘肃这么仔细地说着这狗让四德觉得话外有音,暗示别碰他的生意地盘,要不这狗就对你不客气。

后来不知什么时候开始,大家熟了。刘甘肃不那么牛了,有时也会到四德家里吃饭。但他比别人都忙,经常人家都吃好了,他才匆匆赶来,肚子饿得不行,狼吞虎咽吃些残羹剩饭。后来的日子秀莲就悄悄给他留了些饭菜,不至于老是让他吃剩的。四德虽然心里一直视他为对手,但觉得刘甘肃这样的人都来这里蹭饭,自己脸上也有光。

这样的生活持续了一段时间,刘甘肃明显消瘦了下来。有太多的事情要干,现在少了妻子帮助,还得每个月飞一次苏黎世,他忙不过来了。虽然他有好些阿尔巴尼亚员工做管理工作,但他对他们总是不放心。在本地找华人当帮手肯定不行,他们进来之后,会把公司的客户和商品信息摸走,然后自己跳出来单干。刘甘肃脑子总是超前的,觉得一个有力又忠诚的帮手,只能在中国大陆才能找到。

六月,刘甘肃回了一趟中国,通常他来回就一个礼拜,但这回迟迟没回来。其他人倒是没什么,只有秀莲开始念叨,说有点奇怪,他怎么这么久没回来?四德插话说,他不是说过这回要找个帮手回来吗?帮手哪有那么容易能找到。

三个礼拜后,刘甘肃回到地拉那,果真带了一个帮手回来。回来的第二天,刘甘肃就带着新来的帮手阿礼前往四德家里亮相。刘甘肃热情地给大家介绍阿礼。秀莲对阿礼格外客气,连忙让他入座吃饭,其热情程度好比那些把煮熟的鸡蛋塞到客人兜里的农村大娘似的。这个叫阿礼的帮手三十岁出头,中等身材,发线已开始上升,脸比较大,人看起来比较老实,总是微笑着。那天秀莲烧了很多菜,阿礼显得很拘谨,叫他吃的时候才动动筷子。他也不主动说话,有人问他才回答。他大部分时间说普通话,但有时也说几句温州话,口音明显是泰顺山区一带的。

刘甘肃这回是在《温州日报》上登广告公开招聘。听说报名者很多,是百里挑一选到阿礼的。后来的几天大家轮流请客吃饭,为阿礼接风,几顿饭下来,对阿礼的来历大致了解了。他本来是温州冶金厂的工程师,毕业于华南理工大学,老家在泰顺。他在报纸上看到招聘广告,和刘甘肃仔细交谈之后,决定放弃国内的铁饭碗,到阿尔巴尼亚来闯荡一番。

就这样,阿礼成了刘甘肃帮手,整天跟着他,为他经营着公司的业务。刘甘肃本人可以自由来往苏黎世,休假时带妻儿周游世界。当四德他们还在为生意发愁的时候,刘甘肃已过上了人上人的生活。大家都羡慕得要死。

但是三十年河东,三十年河西,如今刘甘肃不光彩地跑了,留下阿礼吃尽苦头。萨斯之后大家以为他死了,可现在死人复活,又回到了地拉那。

二

从罗马转机起飞,不到两个小时,就到达了地拉那的上空。机场周围环绕着山岗,飞机得盘旋几圈降低高度,之后对准跑道,开始着陆。阿礼看着机窗外的地拉那城,内心阵阵激动。他回国看望病重的父亲,在国内待了一个月,每天都想念着地拉那的妻儿。他最近打电话回家妻子都不接,这让他忐忑不安。在他的行李箱里,装着好几样给儿子的电动车玩具。他给老婆玛尤拉买了几件衣服,给老婆的父母也买了礼物。虽然老婆一家最近对他很不好,但他总想改善关系。

八年前阿礼第一次抵达时,地拉那的机场像个乡村的汽车站。现在略有改观,但从停机坪到海关出口还得自己走着过去。阿礼对机场情况很熟悉,除了自己坐飞机回国,还经常为提取公司空运货物到机场来,时不时还送老板刘甘肃去中国或瑞士。这里的警察他多半都熟悉了,一路总会碰上几个面熟的。这天他排着队,慢慢走近海关盖印的地方。他第一次入境时,警察说他签证有问题,敲诈了他一百美金。如今他已经熟练地说阿尔巴尼亚语,护照上盖满了海关的大印,居留签证有效期还有半年多,因此他一点儿也不紧张,还准备和警察打打招呼。

他走到了警察工作亭前,看到是一个脸熟的警察。这个警察抬头看看他,拿起护照左看右看,知道他是居留在这里的人,不是敲竹杠的对象,正没好气地准备在护照上敲下图章。突然他的手停了下来,慢慢抬起头,像看着一个怪物一样看着阿礼。阿礼觉得特别不舒服,没好气地问他:"你看我干什么?"

只见这警察让阿礼站到边上,自己跑到里面办公室去。几分钟后有个领导模样的老警察走出来。这家伙大肚子,黑脸膛,阿礼认得他,在地拉那的中国人几乎都知道他的名字:法特米尔。雷纳斯机场的警察队长,一个很难对付的人。胖警察让阿礼走进一个房间,把门严严实实关好。整整过了半个小时,胖警察带了几个人进来,都戴着口罩,开始问阿礼。

"你叫什么名字?"

"潘崇礼。"阿礼说。

"出生年月?"

"一九六六年五月八日。"

"我知道你,你是菲尔玛长江的人。"胖警察说。阿尔巴尼亚语"菲尔玛长江"的意思是长江公司,刘甘肃的长江公司一度在地拉那知名度很高。

"是的,我过去是的,现在已经不是了。"阿礼说。

"你不是已经死掉了吗？怎么又回来了？"胖警察法特米尔隔着口罩说。

"请你不要乱说。"阿礼回答,他心里在骂:你才死掉呢！但他不敢得罪胖警察。

"你看,这上面说你死掉了。"警察把一张报纸摊开在阿礼面前。是地拉那的《每日邮报》。阿礼虽然能说阿尔巴尼亚语,但看不懂。报纸上面有一张他的照片,后面一大段文章,还看到有一张照片是他老婆玛尤拉在路上烧什么东西。

"上面说了些什么?"他问道。

"上面说你回到中国老家,得了萨斯病,死了。真的是你回来了吗？你会不会是鬼魂呢?"警察说,眼角在偷偷地笑。阿礼气得额头暴出青筋。

"报纸造谣,他们凭什么说我死掉了?"阿礼说。

"是你老婆玛尤拉对记者说的,他们家人也这么说。报纸上这么写着呢。你看,他们还怕你留下的病毒会传染,把你睡过的床和衣服、用过的东西在马路上用火烧掉了。这样,邻居和亲戚才不会把他们一家当成瘟疫家庭。看到没有,这报纸上往火堆里丢衣服的是你老婆吗?"

阿礼仔细盯着老婆的照片,刚才他看到报纸照片里玛尤拉在烧东西,还以为她是像中国人一样给他烧纸钱,现在才知是烧他用过的物品和衣物,送瘟神一样。他气得脸色发青。他对警察吼了起来,失去控制:"你们放我走,我一回到家里,妻子看到我回来,就会告诉记者真实情况。我的家乡在中国南方山区,根本没有发生过萨斯。我连感冒咳嗽都没得过呢。"

"不不,这个不可以的,菲尔玛长江。"法特米尔开始用菲尔玛长江来替代阿礼的名字,因为中国人名字发音实在拗口,倒是菲尔玛长江朗朗上口容易记。他接着说,"现在全世界都怕萨斯,我们海关和防疫站都在严格检查,不让有萨斯嫌疑的患者入境。你是个报纸里说已死于萨斯的人,怎么可以入境呢。"

"我没有死,不是死人,没有得过萨斯病,你看我好好的。"阿礼说。

"不行,上头的命令,你得坐原班飞机回去。"警察队长说。

"你说什么?开什么玩笑。我有签证和居留,我有房子、孩子和妻子在这里,你们怎么可以把我遣送回去?"阿礼简直暴跳如雷。但是,在身材壮实的阿尔巴尼亚警察面前,他像个猴子一样瘦小。

"没办法,你得走,因为你是萨斯病人。"警察队长说。

接着,马上来了两个身材高大的警察,架起了阿礼,像老鹰拖小鸡一样把阿礼从房间里拖出来,前往停机坪。阿礼被拖上机舱。飞机上已经坐满了旅客,引擎已经发动,就等着最后一个客人登机。

这个时候阿礼很冷静,他知道飞机一旦飞上天,他就毫无办法,只能乖乖被遣返。过去曾经有过很多次中国人入境被原机遣返的先例,他现在得自救。眼看着警察一走,机舱门就要关闭。阿礼平常是那么怕羞,本性像兔子,这下可狮子一样大声喊叫起来:"放我下去!要不我要把机舱窗户玻璃敲碎。"他脱下皮鞋用鞋底猛烈敲打着窗户,发出的声音把机上的旅客吓坏了。阿礼还大声用英语和阿语叫着:"我是萨斯病人,会把疾病传给所有人,快让我下去!"他用完全疯狂的声音叫喊着,口里吐着白沫,飞机机组人员都吓坏了。意大利机长马上过来安抚,说不会让他飞走,不会关闭舱门。机长向机场抗议,不放下这个发狂的旅客就不起飞。这样,又来了几个警察,带阿礼下了飞机。几分钟后,阿礼看到飞机冲向了天空,他才长长松了一口气,总算渡过了第一劫。

警察队长看到他回来,说:"菲尔玛长江,你不好,我不喜欢你。明天一早你还得走。"

阿礼这下可不管胖警察的评价,他总算暂时留住了。在接下来的时间里,他用一百美金买通看守他的警察,打了几个电话。他接通老婆的电话后,只听对方惊叫一声,说他是鬼,立即把电话关掉,再也无法打通。给使馆的电话很容易接通了,张领事对他很关心同情,说明天会发外交照会给阿尔巴尼亚外交部,要求他们妥善解决。阿礼知道远水解不了近渴,又给四德家打了电话,可得不到任何救助。阿礼开始发愁,他得想办法。危险还没过去,法特米尔说明天一早他还得走,警察明天会强制遣返他,给他戴上手铐脚镣,到时他可动弹不了了。今天所有离开地拉那的航班都已经飞走,他在明天上午之前暂时不会有被遣返的危险。他觉得累极了,想休息一下,坐在椅子上就睡着了。

他梦见了儿子东东,东东是小名。儿子的阿尔巴尼亚名字是斯堪德培,和他们的民族英雄一样。中文名字是潘安东,一个响亮的名字。阿礼在儿子名字里加了个"安"字,是为了调和妻子玛尤拉吉卜赛血统里到处流浪的天性,盼望儿子以后会有个好的命运和前途。儿子已经三岁了,模样不像他,基本是个外国人,亚麻色头发,淡蓝色的眼睛,但阿礼能确信儿子的基因是自己的,因为他的左脚小脚趾有点分叉,有一个很小的第六趾,儿子也有这个特征。儿子和他亲密无间,会说些普通话和几句泰顺土话。此时阿礼深陷险境,疲惫之极,他在睡梦中看见儿子在一个树林奔跑,身后有一个陌生的大胡子男人在追着打他,儿子在哭喊。阿礼惊醒过来,心里刀绞一样难受。

屋子里很静,因为最后的航班都飞走了,机场大部分人员都已下班。阿礼觉得警局里很安静,只有个把人员在值班。他拉了拉门,发现是紧锁的,铁门很结实。休息后阿礼的脑子特别清醒,他必须得在天亮之前逃离这里。

屋顶很高,有两扇窗,都有铁栅栏加固,无法掰断。天花板上有日光灯座,四条灯管的。阿礼是工程师,懂得电工,知道灯池可以松动。在半夜一点的时候,他确信值班警察已经睡着了,就把两张凳子叠在一起,爬了上去,灯池的有机玻璃发光板一推就推开了。他没有把灯关掉,连着灯座往上推,居然推动了。这个灯座安装的时候工人偷工减料,没有固定住,所以阿礼很容易把灯座移到了一边,上面露出的洞口足够一个人钻出来。他从灯座口爬了出来,在天花板上走了几步就看到有个通风口通到屋背上。他从通风口钻出,看到机场外边的停车场。他悄悄爬下了屋顶,沿着屋子的阴影向着树林溜过去,很快就消失在树林里。

天气微凉,月光如水,空气带着泥土和树木的清香。阿礼内心一阵喜悦。有一下子,他觉得自己似乎已经渡过了难关,松懈下来的他感到肚子饿。他很想吃一样东西:柿子。在雷纳斯机场附近有许多片柿子林,出产很好吃的柿子。去年阿礼曾经把这里的柿子烘干成柿饼,味道和老家泰顺的一样甜。他知道它就在田野上沿小河去的方向。谁能想得到,他往想象中的地方走了一段路,果然真有一片柿子林。在月光下,很容易就能看到一个个硕大的柿子。他摘了一个吃,柿子已经熟透了,很甜,一点都不涩口。他只觉得精神饱满,充满了无穷的力量。

他沿着公路往地拉那方向走。他不准备在路上拦车进城。他怕警察会设卡拦截,他决定在田野里走回地拉那。机场离地拉那只有二十来公里,对他这样一个山区里长大的人来说,这点路程不算困难。

越过沟垄,跨过小桥,穿过树林,迎着月光迎着风,他大步向地拉那走去。有一种特别亲切的感觉浮上心来,所有的路是那么熟悉,好像走在故乡泰顺山岭里。他很多年没走那些路了,但故乡山里每一条小径都么清晰地记在他脑际。从读小学开始,他一直在山间的小路行走,翻山越岭,最险的是要过一道悬崖,每一次他都怕自己会掉下深渊。他读中学时村里通了电灯,母亲告诉他,在她小时候这里不但没有电,连煤油灯蜡烛都没有,因为太穷,买不起。她家里和村里大部分人家用的是"火篾"。这是一种竹篾,点上后吹掉火焰,让竹篾慢慢地燃着,像点香一样,微弱的火光帮人们度过黑夜。阿礼就是在这样的条件下读完了初中,成绩在全县前列。高中的时候,他每个夜里读书到深夜,夏天蚊子多,他把膝盖以下的脚泡在水桶里,蚊子咬不到,还清凉提神。冬天大雪封山,雪窝里他继续读书,看到雪线慢慢上升,把窗户都埋住了。高考时他的成绩出色,进入有名的华南理工大学。在他所在的山区里,他是第一个大学生,是家族的荣耀,是地方的荣耀。但是谁能想得到,此刻他在距离家乡千万里的阿尔巴尼亚这样狼狈地在野地里潜行。阿礼心里涌上一阵委屈,泪水漫出眼睛。

大学毕业后,阿礼分配到了温州冶金厂,当时是温州唯一部属企业,专业和阿礼对口。阿礼很快当上了技术骨干,一切看起来都那么美好。但不久,国有企业改革开始,冶金厂要卖给私人,大部分职工要下岗。那段时间,工厂里人心惶惶,有门路的人都赶紧调走了。阿礼除了业务上有点长处,其他的门路全不懂,他就像一个看着洪水漫过来而不会游泳的人一样绝望。就在这个时候,他在报纸上看到了刘甘肃登的招聘广告。

他还很清楚记得第一次见刘甘肃时的情景,那是在华侨饭店的一个房间里。

"我邀请你出国,并不是让你去为我打工,而是邀请你共同创业。"刘甘肃看着阿礼的眼睛,真诚地说。正是共同创业这句话让阿礼最后做了去阿尔巴尼亚的决定。

"长江公司在阿尔巴尼亚发展很好,为军队做被服装备,为全民做衬衫和牛仔裤。我们下一步要在那里扩大工厂,已经得到当地政府的支持和优惠,我们计划三年之后成为上市的公司,经营的网络会覆盖巴尔干半岛。目前你到了那里马上会有房有车,每年有探亲有休假。你会爱上阿尔巴尼亚。这是一个美丽的国家,有漫长的海岸线,古老的石头山城,美丽的橄榄树林,特别是那里的姑娘,说不出的漂亮。"

阿礼想着当年刘甘肃说的话,他所描绘的公司前景已全部烟消云散。但是他说的阿尔巴尼亚是美丽的国家这句话一点都没错。尽管阿礼身陷险境,心里还是深深爱着阿尔巴尼亚的土地,这里已经是他第二故乡,他不愿意离开它。阿礼这样讲感情真是要命,如果没有爱上这一块土地,他的痛苦就能减轻好多。

走了五个小时,经过了那个以前的皇宫别墅小山,还有那密密的葡萄园和无花果园,慢慢接近了地拉那城边缘。过了海关停车场之后,就是地拉那市区了。清晨的雾气和光线遮挡了地拉那城的破败和肮脏,城市在晨光中显得那么安静美丽。阿礼走在新西比利亚大街上,迎着街心的斯堪德培骑马扬刀的塑像。

穿过了议会广场,再向前走半条街,他抄了一段近路,从地拉那邮电局左方的一条小弄堂里穿进去,经过几座公寓楼,拐角处有一段古老的围墙,里面露出带尖顶的楼阁,那是一个古代土耳其帕夏的房子。之后,往前直走十几分钟路,就看到了一片农田,种着一人高的向日葵。这里是城市东部边缘,农田正慢慢变成住房,阿礼的房子就在这里。

阿礼现在已经接近了自己的家,站在一棵大树边看着自家的房子。还是清晨,房子看起来有点模糊。这是一座小小的三层楼,外墙和当地其他房子一样,裸露着红砖。阿礼想着去年建这个房子的艰辛,手续是那么麻烦,卖地给他的地主是那么贪婪,妻子一家的要求又是那么多,什么都要最好的,要挤干他的血汗来建造这座房子。在三楼的东边,是他和妻子的卧室,妻子一家执意要他买了一套意大利家具,特别大的席梦思床,够五六个人睡。后面的房间是给儿子的,儿子还那么小,妻子家已经给他准备了结婚新房。二楼是书房,阿礼计划给自己用,但是房子建好之后,玛尤拉的父母就搬过来住了进去。一层是厨房餐厅,里面冰箱微波炉等设备齐全。阿礼长时间没进食,肚子饿,身上臭,真想马上进屋子洗澡吃饭休息。但是,事情复杂啊,从已经发生的情况看,阿礼知道这个房子里的人已经不欢迎他的到来,甚至已经把他当成死人。他迟疑不决,想最好等屋里的人睡醒之后再去敲门。

阿礼等了一个小时,现在屋里的人应该醒来了,平时玛尤拉都这个时候起床。他屏住呼吸,心跳不已,放轻脚步接近了房门。他准备按门铃,门铃是去年他亲手装的。他按了一下就停了,不想按太久让屋里人不高兴。他很快发现门上的猫眼里面有光线闪动,说明屋内有人向外面观察,他转过脸对着门镜,让屋内的人看到是他,而不是什么危险的陌生人。门镜的光变了一下,说明屋内观察的人离开了,但是一点开门的动静都没有。阿礼低下了头,挫败感十足,怒意滋生。他又按了一下门铃,还是没反应。焦躁占了上风,他失控了,按住门铃不放。就这时,门突然打开了,门框里同时出现了三个人头,妻子、丈母娘和丈人,都是怒气冲天的样子。妻子手里拿着一把扫把,她父母手里也各操着家伙,只是阿礼一下子没看清。妻子首先冲他喊:"你怎么回来了?你不是已经死掉了吗?你是鬼魂吗?你这个魔鬼,快走开。"玛尤拉眼睛里喷出了怒火,阿礼不明白她竟然会这样充满仇恨。紧接着,玛尤拉父母也冲了出来,这下阿礼看清了玛尤拉父亲手里拿的是那一杆破猎枪,母亲拿的是擀面杖。

她母亲在大声喊:"你快走开,你这肮脏的瘟疫病人。再不走,我们就用古老的方法,把你放在火堆上烧死。"玛尤拉在母亲说话之际,从她后面冲出来,拿起扫把就往阿礼头上打,阿礼拿手臂遮挡,节节后退。

"你们搞错了,我根本没有萨斯病,你看我不是好好的吗?"阿礼争辩着,头上又挨了两扫把。

"你是魔鬼,你快走开。"她们喊着,继续打他。这个时候阿礼看到邻居都出来了。这些邻居和玛尤拉一家都有亲戚关系,很粗野。他知道再闹下去一定吃亏,根本不可能进这个屋。就这个时候,他看到了儿子出现在门口。一瞬间他和儿子有了目光接触,他能看出儿子在看到他时眼睛里充满了高兴。儿子是爱他的,这是他的血脉,他的DNA。他不顾扫把雨点般打下,对着儿子做了一个表示胜利的V手势,他看到儿子的脸上出现一点笑容。在这一刹那,他想起意大利电影《美丽人生》,那个在集中营里的父亲事先知道自己将被德国纳粹处决,告诉儿子这是一个游戏,儿子信以为真。阿礼希望儿子此时看到母亲打父亲也会以为只是个游戏。他对儿子大声说:"东东,爸爸爱你,爸爸会回来的!"儿子对他点了点头,不敢说话。

阿礼知道好汉不吃眼前亏,再闹下去邻居越来越多,万一警察来了更麻烦。他也不想在儿子面前继续被人痛打。他开始后退,退到了树下,掉头就走。

三

秀莲在阿礼打电话过来的第二天早早就醒来。事实上夜里她没怎么睡着,迷迷糊糊一直惦记着阿礼的事情。四德也起得早,他要开车带任总和张雅萍到斯库台见一个合作方要人。

上海来的客人在她家里已经住了好几天。她一直搞不明白任总和张雅萍的关系,他们不是夫妻,好像也不是情人关系。这个姓任的号称老总,是个油滑好色的人,一有机会就对四德或者其他男人眉飞色舞谈越南西贡小姐如何如何。而这个张雅萍,看起来话不多,像任总的助手。秀莲注意到四德色眯眯盯着她的目光,他俩互送秋波。秀莲猜想这一次他们去斯库台,四德和她一定会有一腿。而那个任总,大概是有意用张雅萍来打通路子的。

但这只是一种猜想。她无法不让四德和他们合作。目前的进口生意一天不如一天,早晚都会做不下去。四德要找一条新的挣钱路子也没错。秀莲本来想和他说说阿礼的事怎么办,可她知道四德这人疑心重,她要是多说几句他就会以为她和阿礼有什么关系,所以就一声不响看着四德和上海人开车出门。

车子开出去后,她把关在狗窝里的两条狗放了出来。狗的身上发出强烈臭味。秀莲把昨天的剩饭剩菜煮过了,放在大盆里让狗吃。自家生烂疮的狗吃得很快,刘甘肃的大狼犬吃了几口就不吃了。

早知道会养成这样,秀莲根本不会让四德养这条狼狗。前年四德牵来这条狼狗时,家里住的房子宽敞,白天狗可放在后面的果园,夜里,狗在前院守夜。那时生意好,四德进了很多布料,还有冰箱稳压器、家用水泵,销量都挺好,家里放的货和钱都比现在多得多,所以家里有一条狼狗看门也需要。但后来生意不好了,搬到了这个房子,没有了后院,狗白天只能关在笼子里。本来这种大狼狗每天要带出来遛,可四德是个懒人,只知道喝酒,根本不带狗出去走走,狗整天在笼子里,不生病才怪呢。而刘甘肃把狼犬送过来则是她没有想到的,要是别人,她一定会拒绝。可是她对刘甘肃却另眼相待,要是说起其中的原因,大概就是因为刘甘肃是大学生吧。秀莲对于读书人特别尊敬,觉得读书人才了不起。四德初中没毕业,她自己也差不多。事情也明摆着,大学生刘甘肃做的生意就是不一样,有规划,有组织能力。

她吃了点泡饭,总觉得今天会发生些什么事情。阿礼现在还在机场吗?她得找人去打听一下。她离开了家,往自己的店铺走,一路上都在想着阿礼以前的事情。

看得出来,阿礼到来之后对刘甘肃的生意帮助是非常大的。阿礼上手很快,运用电脑对公司业务进行程序化管理,刘甘肃经常会在秀莲面前称赞他。

不知是什么时候起,刘甘肃向秀莲透露阿礼有点为个人问题着急,他已经三十二岁了,在国内一直没谈成过对象。刘甘肃表示,只要阿礼愿意长期留在阿尔巴尼亚为他工作,他会为他买好住房和汽车,他的家属可以到这里工作。秀莲说这事不难办,让他到国内找一个就是。一般来说,在国外做事就是华侨了,温州这个地方是有不少人愿意嫁给华侨的。

秀莲通过国内的亲友很快就给阿礼寻到一个在医院工作的护士。他们先是通过邮件交流了一阵子,后来女方有意向见一见本人,刘甘肃就买机票让阿礼回去了一趟。阿礼在国内待了半个月回来。起先秀莲听说这事进展还可以,后来就没了下文。以前只要是外国来的,就是个瘪三也有人感兴趣,现在的人长见识了,会查来查去挑来挑去。女方知道阿尔巴尼亚是个落后的国家。再说阿礼长相太老成,家在农村,条件很一般,事情就黄了。后来又说了好几个,都没成。

阿礼的婚事那段时间一直是秀莲家社交圈的话题,大家除了关心,也多少有点取乐的成分。新华社的老王都出面在巴尔干地区的华人中物色过。阿礼开始脱发,发线上升。他一听人家说他找对象的事,就傻傻地笑,眼睛色眯眯的,有点花痴的样子。刘甘肃在阿礼不在的时候和大家说这事得赶快解决,阿礼已经无心工作,茶饭不思。他担心阿礼会提出辞职回国。

后来的事情有点出乎秀莲的意料,阿礼找到了一个阿尔巴尼亚姑娘。秀莲起先还为他高兴,可很快觉得有点不对劲。这个女孩不是地拉那长大的,是乡下来的吉卜赛人,才十八岁。秀莲觉得阿礼是个大学生,这样一个吉卜赛女孩配不上他。她不久后看到了这个女孩,觉得她和那些受过高等教育的阿尔巴尼亚姑娘完全不同。但阿礼那个时候,脸上洋溢着幸福的样子。再后来他们就结婚了,阿礼带着妻子回了一次中国老家泰顺探亲,在村里摆了一个礼拜的酒席。听说县长都来参加了,阿礼讨了一个外国女人回家成了地方很风光的事情。秀莲参加过地拉那阿礼的婚礼仪式,长条桌子摆着酒肉食物,吉卜赛人爱跳舞,整个婚礼一直在跳舞。亲朋好友给新人送上祝福的方式是在一张比较大额的钞票上吐一口浓痰,然后贴到新娘新郎的脸上。秀莲怎么也吐不出那么黏的一口痰,只好把两张一百美金的钞票塞到了阿礼的口袋里。她真心希望阿礼能幸福,希望这对新人能白头偕老。谁能知道,阿礼的苦难生活才刚开始。

　　秀莲一边想,一边在店里面收拾着。到了八点半,店里的阿尔巴尼亚雇员伊利尔过来上班,一进门就大声对秀莲说:"马达木①,马达木,你的那个朋友今天回来了。他没有死,也许死了又活了,今天一早回家敲门了。"伊利尔是个话特别多的话痨,上回秀莲就是听他说阿礼的老婆把他的东西拿到街上烧掉了。他家和阿礼住的地方很近。

---

① 马达木:阿尔巴尼亚人对成年妇女的尊称。

"啊,他回家了?"秀莲惊呼一声,大大松了一口气,因为她怕他已经被机场遣送回去了,"家里人看到他没死又回来了一定很高兴吧?"

"哪里呢,他老婆玛尤拉用扫把打他,把他赶走了,说他是鬼,是传染病妖怪。我看到玛尤拉爸爸克利茨大叔手里都拿着猎枪呢。"

"那可怎么是好?他后来呢,去哪里了?"秀莲问。

"我在自家楼上被吵醒,在窗口看到他被玛尤拉一家人打得节节后退,后来就掉头走了。我只听到他对儿子大声说:我爱你,儿子。然后就不知他去哪里了。"

"玛尤拉为什么要说他死掉了?"秀莲问。

"听说是为了房子的事。玛尤拉一家想把房子的所有权写给玛尤拉的兄弟,律师说,只要声明阿礼死掉了,房契上的名字就可以写给马尤拉兄弟了。"伊利尔说。

"原来是这样。"秀莲想,觉得玛尤拉一家也太狠了。她知道阿礼已经在地拉那,有可能很快会见到他,也许他会需要帮助。秀莲把包里的钱整理了一下,用橡皮筋捆好。

上午十点左右,伊利尔走到她跟前在她耳边低语:"马达木,马达木,你的朋友来了,就在对面的街上。"

"在哪里?"秀莲一惊,抬起头问。

"在马路对面的树下,看到没有?"伊利尔说。秀莲看到了,阿礼就站在对面的马路上,眼望着这边。很明显,他是来找秀莲的,只是不敢主动找上门,等着被秀莲发现。在他看到秀莲发现他后,他举起手里一张纸,上面写着:**我没有萨斯病,需要你的帮助。**

秀莲赶紧走出去,她相信阿礼没有病,因为温州老家根本没有疫情。她走到了马路对面,看到阿礼一脸茫然,嘴巴嚅动,说不出话来。秀莲便主动说:"我都知道了,你回不了家了。现在你准备怎么样,要不先住几天旅馆吧?"

"恐怕不行,因为住旅馆要护照,我的身份警察会通报,说我是萨斯病人。再说我已经没有钱了。"

"那你找找熟人或者朋友先住一下?本来你可以住我们这边。可是四德听说过你有萨斯的嫌疑,我就不能留你了。你能找找其他人吗?"

"不能了。人家一听说萨斯,不会有人留我的。我去找过大使馆,他们也说没有办法帮我,说我家庭的事情他们不好插手,也不能给我提供暂时的住处。显然张领事也怕我带萨斯病毒,没让我进使馆,只隔着铁门和我说了几句话。"阿礼说。

"阿礼,别难过,你已经到了地拉那,没有被赶回去,总有办法的。不要再像'水泥蛇'①一样了,拿出男人的气魄来。这里是两万列克,你先拿着,我再帮你想想办法。"秀莲鼓励他说。

阿礼拿了钱,低着头赶紧走了。他知道再不走,自己会哭起来。

---

① 水泥蛇:温州话,蔫蔫奄奄打不起精神的样子。

四

阿礼见过秀莲,拿到她给的钱之后,想到要把自己隐蔽起来。他想起来地拉那大学后面的那座小山,上面有人工湖和公园,有大片的树林,有长椅子可以躺下来睡觉,不妨先躲到那里去。

他不走大路,从小巷子里穿过去。这里的街道他都很熟悉,途中他花了一点钱买了面包和水,要了一个塑料袋装进去。一大早被玛尤拉劈头打了十几下扫把,当时他只是生气,没有特别难受。人遇到重大的打击时,痛苦总是延缓一阵子后才会发作。而现在,他胸口开始作痛,透不过气来,难受极了。他难以想象,玛尤拉这样的女人,他们一起生活了四年,居然会这么冷酷和绝情。

他得想一想,自己为什么会这样每况愈下,走到今天这个地步。

找到玛尤拉,是在他到地拉那之后的第三年。那个时候,他已经两次回国找对象,但是没有人愿意跟他。他的内心有一种强烈的冲动,要找一个老婆,必须要找到一个老婆!这是他首要的任务。他的老家有修族谱,他注定会记载在上面,他得让族谱里他那一支有后裔延续下去。这是一件天经地义的事情,是他父母亲的愿望,更是发自他内心深处一种原始的呼喊。

那些时候他经常在这一带独自徜徉。傍晚时分地拉那人都会上街走路,人们在街上展现自己,也去观赏别人。阿礼喜欢走在地拉那大学背后那条街上,街边是一个个幽暗的酒吧,成群走过的年轻人里会多一些大学生,和自己的阶层比较近。姑娘们披着金色或灰色黑色的长发,穿着薄若蝉翼的裙装,走过时会在空气中留下一层气味的颤动。阿礼此时对气味的嗅觉能力变得敏锐无比,就像大森林里那些发情的公鹿,隔着树林能闻到空气中雌性的到来。阿礼夜色里和姑娘们擦肩而过时,能闻到她们腋下分泌出来的汗腺味,她们的乳房的香气,还有她们双腿之间的气味。他会奇想,这条街上有数不清的女性,她们每天都需要做爱,可是为什么没有一个会找他呢?有一个晚上,他在花园后街的一段矮墙上坐了下来,看着街上的人流走入了这个连接口到另一条街区,夜色里他盯着人家看不至于会被发现。突然他听到边上有姑娘哧哧的笑声,他转过头,确信无疑边上的两个女孩在看着他笑。女孩看他转过脸,并没有害羞,和他搭话,问他是中国人吗?阿礼回答说是的。她们又哧哧地笑着。她们又说了一句什么话,阿礼听不清楚,但又不好意思问她们。结果她们对着他又哧哧笑了几下。暗淡的灯光下她们看起来漂亮极了,就像是仙女天使一样美好。但是很快她们就站起来走了。这一个晚上阿礼回家后心里说不出的惆怅,人生多么残酷,一个美好形象看一眼就永远消失了。他再也不可能看到她们,也不知道她们是谁。他很后悔自己当时没有主动和她们说话,她们是很愿意跟他交谈的。她们后来说的那一句话他没听懂,也许是对他表示了好感,可是他错过了,他一直想念了她们好几个月。

有那么一次,阿礼花几百列克在那个"拉斯维加斯"咖啡店坐了下来。他不是为了喝咖啡,目光在飘来飘去,因为他听说这个酒吧有花钱可以买到的姑娘。他跟着刘甘肃去四德家时,如果秀莲不在,四德会说起拉斯维加斯咖啡店里姑娘的事。阿礼听他说这些事情的时候,老是觉得紧张,喉咙不停地吞咽。他记住四德经常说到一个黑头发胖胖的姑娘,还有一个金发的也不错。多少次,他在这个咖啡店门口走来走去,往里面打量,不敢进去。一个月的犹豫不决之后,阿礼这天终于走了进去。他在靠门边的一张桌子上坐下来,咖啡馆里人不少,有很多女孩子一桌桌坐着。他点了一杯便宜的咖啡,眼睛不敢到处看,生怕有那种女孩向他打招呼。这里有天堂的快乐,但他怕是一个地狱之门。他只是想来看看,妓女是什么样子的。

这个时候,有一个男子走了过来,坐到他对面,低声对他说:要姑娘吗?阿礼脸一下就红了,心狂跳。那男的继续说,坐里面有好几个,她们可以过来和你见。你请她们喝一杯,看上了哪一个,我可以让她跟你走,只需要一百美金。阿礼窘迫得口干舌燥。姑娘就在跟前,但他实在不敢来真的,何况一百美金也贵得惊人。他回绝了,落荒而逃。

但从这天之后,他的态度有了改观,开始考虑在阿尔巴尼亚人里找配偶的可能。在这之前,刘甘肃向他建议过找本地的姑娘,他坚决拒绝了。他觉得她们是老外,以后他迟早要回国,带着外国老婆回去和老父母都说不通话。经受过多次挫折之后,他知道在中国人中找到对象可能性极小,决定采取务实的态度。

"问题就出在这里。"阿礼对自己说。这个时候他在街头走着,回想着当时是怎么犯下错误的,眼下他可正饱尝找错对象的苦果呢。

刘甘肃一开始在公司内部管理层为他物色，刘甘肃自己是大学生，所以招雇员也都注重教育背景，有不少大学毕业的。然而大学毕业的女生比较有眼光，会挑选，知道阿礼不是老板，是和她们差不多的雇员。她们还偷笑阿礼那种猥琐男的样子。这样刘甘肃只得将选秀的范围扩大到了工厂的员工，百来号员工中有好些未婚的姑娘。很快就有几个人表示愿意和阿礼来往，其中一个是比阿礼大几岁的米莫莎。她不是毛遂自荐，是来推荐自己女儿玛尤拉的。她玩了一个花招，说自己女儿还在北部的山区里面，说阿礼要是愿意，玛尤拉会从山里到地拉那来。因山高路远，至少要等三天才可以到达。米莫莎这一番话，别说是阿礼，对任何一个男人都会激起想象，深山的幽兰碧玉啊！阿礼听了之后满心喜欢，恨不能马上骑白马到深山接玛尤拉出山。到后来他才知道，米莫莎说的全是假话，玛尤拉当时就在家里面，被她妈关到阁楼里几天不出门。米莫莎一家本是流浪的吉卜赛，前几年政府让他们在城市的边缘定居下来，住进了联合国援建的公寓楼。定居的吉卜赛不少家庭还养着牛羊，会赶着奶牛和山羊上九层高的楼房。

几天的等待终于过去。阿礼给了米莫莎一万列克的见面礼，在刘甘肃的办公室见到了玛尤拉。玛尤拉才十八岁，浑身透着青春野性气息，没有把婚姻当成很严肃的事情，只管吃刘甘肃从中国带来的巧克力糖果。这一次见面谈成了婚事，阿礼恨不能马上和玛尤拉见面，但米莫莎故技重施，又让玛尤拉回到深山里（这回没锁在阁楼，就在家里房间待着），要了阿礼很多彩礼。精于算计的米莫莎其实没搞明白,阿礼只是刘甘肃的一个员工,不是合伙人。要是真的说起来,应该是刘甘肃故意没对她说明白,这就在婚姻里埋下了危机。结婚一年之后,他有了个胖胖的儿子。只是在刘甘肃突然逃跑之后,他的幸福生活才轰然倒塌。

想这些事情的时候,阿礼已经在地拉那大学后面的山上了。他在能看到人工湖的北坡树林里躲着。太阳快要下山,附近有几个年轻人在练习东方格斗术。阿礼的心情渐渐平静下来,他经历过太多的挫折,幸福不常有,困难和不幸才是人生的常态。"既然麻烦已经来了,我得从容接受,得行动,慢慢改变局面。"他这样想着时,心里觉得宽松些。天黑了之后,开始刮风,冷得让人受不了。阿礼决定借着夜色,从正面的公园石级下到地拉那广场。他很快下到了地面,街上行走的人都兴高采烈,他的行动像一只鼹鼠。他肚子饿极了,低着头走进一个光线暗淡的店里吃肉丸子。

商店里的电视机正在播新闻,画面上是那个机场胖警察队长法特米尔,对着镜头说他从机场逃跑,警察在寻找他,因为他带着萨斯传染病毒。画面上出现了他的照片。阿礼立刻警觉起来,看到边上有人在看他,又对着电视屏幕比较,惊讶地张着嘴。阿礼赶紧转头就走,一头扎进黑暗的小巷子里。这时候他脑子里好像有个电脑程序一样的东西自动打开了,这是他为自己早就准备好的应急办法:他要去黛替山上那个废弃的军事碉堡。

五

刘甘肃在逃离地拉那六个月之前,就预感自己公司的衰败之势不可挽回。由于政权更替,他的军队服装订单大部分流失,欠银行的贷款根本无法偿还,还有新政府给他加了一笔很重的定额税款,逐月增加。他思量再三,决定先转移资产,之后逃跑。

这件事必须严格保密,起初的几个月他连妻子都没告诉。他最担心的是身边的阿礼会识破他的计划。同时,阿礼的去留问题也让他有道德压力。当初为了阿礼安心在地拉那工作,刘甘肃让他和玛尤拉结婚,现在看来完全是一种不负责任的安排。但刘甘肃很快就为自己找到理由,商海充满风险,谁能料到事情会变成这样?在某个早晨,他准备好了一切,偷偷离开了地拉那。

那一天早上阿礼开车到了公司,发现办公室里一片混乱,所有的人站在那里大声议论,当阿礼走进去,他们都安静了下来,眼睛都齐刷刷地瞪着他。阿礼问这是怎么回事?他们说刘甘肃跑了。会计伊利亚斯把一张纸递给了阿礼,阿礼一看,是刘甘肃留在办公室里的一封信,说因为阿尔巴尼亚的不公平税务,他破产了,他将永久离开阿尔巴尼亚。他感谢员工,抱歉没有付清工资。他说让员工把办公设备和库存的货物拿去分一下,当作他们的工资。

阿礼虽然知道公司越来越难,但觉得刘甘肃在这里,就有主心骨,就有办法渡过难关。他怎么也想不到刘甘肃会独自跑路,完全没有顾及他的死活。阿礼想起了那一天,自己好像是被遗弃在月球上。过了不多久,大家开始抢夺办公设备,仓库被打开,库存很快被哄抢一空,哭号,怒骂,公司里一片狼藉。之后,阿礼被责问、追打,因为公司的员工都认为阿礼是知情的。很快政府开始对长江公司进行清算,冻结了所有资产。阿礼住的房子和开的车都是长江公司名下的,都被没收,他只得搬到玛尤拉家的阁楼住。玛尤拉一家之前以为他是长江公司的股东老板,所以才会把玛尤拉嫁给他,现在才知他是个打工的,什么都没有,骂他是骗子。好在阿礼早有狡兔三窟的危机意识,偷偷藏了一笔钱。他把存款拿了一部分出来盖房子,另外一部分钱用作本钱,在露天市场里摆了个摊子,从中国人那里拿货物来做点零售和小批发生意。本来,阿礼做生意是可以维持得下去的,今后有可能慢慢做大一点。但玛尤拉一家自阿礼拿出一笔盖房子的大钱出来后,一直觉得他还藏有很多钱,每天都要搜刮他,把他卖货得来的钱悉数拿走。这样,阿礼的生意就只能勉强维持,而他的私房钱也几乎花光了。

黛替山上的碉堡他是在刘甘肃逃走之前发现的。那一次,刘甘肃和一群朋友在黛替山顶上野餐。他们一早就去了,阿礼因为公司里有事情,晚了一些时候才带着大狼狗上山。车子开到半山腰的时候,大狼狗出现了呕吐症状。阿礼知道这狗有晕车的毛病,得停车让它到地面活动一下,不然真会吐出来。他在路边停了车,打开车门让大狼狗下来。这狗跳下了车,喘了几口气,突然耳朵竖了起来,一副紧张的神情。之后,便离开了公路,独自跑进路边一条长满草的小路。阿礼拉着狗的绳子,让它回来。但它的劲很大,拉不住,他只得跟着它往前走。走了不到一百米,他就看见了隐藏在树林里的碉堡洞口了。狗钻了进去,阿礼也跟了进去。

一到里面,阿礼才发现这个碉堡是建在悬崖之上。从碉堡的几个枪眼望出去,正好面对着上山的公路,而在远处,则是整个地拉那城市。阿尔巴尼亚六七十年代一直处于战备之中,到处修碉堡防空洞。阿礼看到地拉那城里有数量众多的碉堡,全部废弃了,很多碉堡里面污浊,无法入内。但这个碉堡很干净,不潮湿,大小有二十来个平方米,角落处还有些床位一样的平台,是用来给军人休息用的。大狼狗平静地看着阿礼。阿礼不明白这狗为什么会知道这个地方,为什么要带他到这里。不过从那天开始,他就记住了这个碉堡,经常会想起它。今天,当他在电视机里看到自己成了追捕的对象时,脑子里一下子就浮现出碉堡,他得去那里躲避。

阿礼在夜色里穿过小巷,朝东边的黛替山转移。这一边的街巷行人稀少,他可以放开脚步往前走。他心里暖洋洋的,秀莲是地拉那唯一还乐意帮助他的人。很快就进入了电影厂所在的那条大街。这里曾经是让阿礼觉得愉快的地方,因为有个漂亮的电影厂大门,能看见里面园林化的建筑。但阿礼到来时这里已经不拍电影,铁门紧闭生锈,大院内杂草丛生。在电影厂的对门就是车辆管理所,阿礼每年要到这里换驾驶证。再向前走一阵子,就到了黛替山脚下。以前都是开车经过,只看到山下那些房屋带着大院子,种植着果树和花木,宽敞漂亮。阿礼看见有个屋子开着一个小窗,里面有灯光,是个小卖部。他敲敲窗门,窗内出现了一张老年妇女的脸,但愿她昏花老眼看不出他是中国人,或者她没看过电视的通缉令。阿礼赶紧买了一些面包、水,一个打火机,一把小刀。最后他看到货架上居然还有一辆小汽车玩具,也买了下来。老太太眯着眼睛一直看着他,大概看不清他的面容,总想看清楚些。阿礼拿到东西之后,赶紧离开。

从这里开始,路上没有路灯了。阿礼凭着感觉往黛替山方向前行,山里传来的树林和泉水气息能指引他。地形开始上升,公路上偶尔有汽车通过,阿礼在汽车灯光照来时就会躲到路肩下面。他不走盘山的公路,抄就近的小路往山上走。浓重的山林气息让他脑子非常清醒,他家乡山里也有这样的气息,也有这样的星光。之后他跨过了那座连接两座山体的桥,听到了底下山涧溪水奔流的声音。过了这里之后,就接近那座碉堡了。阿礼找到了那小路,进入了碉堡里面。在打火机的照亮下,碉堡内部还是那样干净又干燥,没有人或动物来过的痕迹。阿礼在角落处平台上侧卧下来,到地拉那一天多了,他时刻像被追踪的野兽,只有这一刻,他觉得自己有了庇护之所,一倒下来就进入到深度睡眠。

睡了约两小时,他被冻醒了。蓦然醒来,以为是在老家泰顺山区屋子里,老母亲就在身边。当他真正清醒了过来,老母亲的幻象碎片粉末一样消失,他明白了自己所处的地方和境况,内心又是一阵刀割似的难受。他坐了起来,从碉堡的枪眼看见天空上挂着一颗冰冷钻石一样的启明星,而其他的星光已经消退,黎明即将到来。他开始考虑下一步的行动。毫无疑问,他必须在地拉那待下去,不能被遣送回去。他若被遣送回去,或许和儿子就再也见不着了。"那么我能够在山上一直待下去吗?"阿礼问自己。他想着如果一直在野外生活,是不是头发会变成白色,像白毛女。白毛女是怎么活下去的?好像她除了自己打些小野兽,还到一个庙里偷菩萨像前的供品吃。可我到哪里找吃的呢?这里可没有土地庙。他唯一能想起来的是,在黛替山的顶上有一块平地,上面有一大群羊放牧在那里。也许可以去偷一只羊过来,或者跑到羊群里找母羊吸奶喝。可是他马上想起那群戴着铃铛的羊是由一条凶猛的牧羊犬看守的,他可是无法下手的。阿礼就这么胡思乱想着,心情又渐渐平缓下来。他觉得自己现在是蒙受冤屈,大使馆张领事已经答应发外交照会给当地政府,也许追捕令很快会取消,他可以自由回家了。这样想着他又睡了过去,睡得很香。

等他再次醒来时,碉堡内一片亮堂堂,天已大亮。他从枪眼里看到了整个地拉那城都在他的眼下,在晨光中闪闪发光。他搜寻着自己家的房子,在城市东部边缘和田野接合的部位,有一大片低矮的房子,他很快就找到自己家所在的位置,由于距离很远,阿礼看不清楚自己房子的样子,但他能确定就在那一个地方。他家周边一带,围绕着一丛丛树木,紧接着便是田野里一大片的向日葵,一直延伸到了黛替山的方向。一上午他就呆呆地看着自己家的方向寻思着。

傍晚的时候,他决定下山。他朝自己家的方向前进,下到山麓要穿过一个村庄,借着庄稼地的掩护他没有遇见任何人。之后,他便在一人高的向日葵地里行走了。他的方向感很好,当他走到向日葵地的尽头,伸出头来看,这里离自己家大概还有五百米距离,已经能听到人的说话声和狗的叫声。阿礼回到向日葵地里,向自己的房子接近。很快,他就从向日葵的叶丛间看见了自己家的一个屋角,有一座房子挡住了视线。这一回,阿礼不想从地面上去接近自己的家,因为他一出现,玛尤拉一家很可能会联手把他抓住交给警察。还在山上碉堡里时,阿礼就想好了,这一回他要爬到树上,因为他房子周围的无花果树橄榄树都特别高大,连成一片,他可以从树上去接近自己的屋子,然后在屋子的窗口可以看到儿子。说不定运气好,玛尤拉变得讲理了,还可以和她说说事情,告诉她自己还有能力做生意,将来会挣到很多钱。

阿礼爬上庄稼地边的一棵巨大的橄榄树上,山里人从小练就的爬树功夫依然还没荒废,很快就爬到顶上。从这里,他顺着树枝交叉的地方移动,有时是无花果树,有时是桑叶树,还有刺李子树,交叉在一起都无法辨认,因而手上给树刺扎得流了不少血。最后,他接近了自己家房子的一个窗口。这里是睡觉的房子,他和玛尤拉和儿子都睡在这里。这会儿窗户开着,没有亮灯,也不见有人。他坐在一根树枝上,安静得像一只猫头鹰一样看着房间里面。

他注意到屋顶瓦背上有两块瓦片裂开来,露出一条缝。阿礼睁大眼睛仔细看,觉得是被石头砸破的。这附近的孩子特别皮,经常会扔石头打树上的鸟,或者野猫,或者相互扔石头打仗,石头扔到屋顶是常有的事。可是屋顶这样破裂了下雨的时候就会漏水,应该马上修起来才对。

突然,他看见了窗户里的灯亮了。玛尤拉把儿子带上了楼上,让他睡在床上,盖上了毯子。之后,她关了灯,下楼了。

阿礼心里咚咚跳着,看到了儿子让他兴奋不已。但是儿子现在就要睡觉了,他多么想和儿子见一见。下山时,他把买来的小汽车装在口袋里,想送给儿子。他尽力爬到接近儿子窗口的树枝上,距离窗口只有六七米远。他看着窗户里面,几乎能闻到儿子身上的气味,听到他呼吸的声音了。他幸福得几乎流下了眼泪,但是儿子马上要睡着了,他得让儿子知道爸爸就在他几米远的地方。他决定做点什么,顺手摘了一个无花果的小青果子扔进了窗,当他扔第二个时,他看到屋里有了反应,儿子还没睡着,被惊醒了。他又扔了一个,看到儿子把灯开了,站到了窗边向外张望。他摘下一根树枝向他摇晃,低声喊着:"东东,东东,爸爸在这里!"

小孩子听到了声音,但还不知道声音哪里发出的,脸上有惊恐的神色。不过,他很快发现了树枝中间的父亲。他说:"爸爸,他们都说你死掉了,你现在是不是一个鬼魂啊?"

"爸爸没有死掉,还活着呢。"阿礼说。

"那你干吗不进屋子里面?为什么躲在树上?只有鬼魂才躲到树上,人不会这样。"

"爸爸现在给你一个电动汽车,会开动的,那你会相信爸爸还活着吗?"

"是的,爸爸,鬼魂是不会给我真的电动汽车的。"

"你等着。"阿礼拿出了小汽车,但是怎么送到儿子手里呢?但这事难不倒他,他用小刀削了一个长长的树枝条,用树皮将汽车绑在树枝上,像钓鱼竿一样伸到窗口,递给了儿子。他能感到儿子的手拿到了汽车。他听到儿子用普通话说:"爸爸,我爱你。"这一刻他心里充满了欢欣。

但就在这个时候,窗口出现了玛尤拉的身体。她望着屋外黑蒙蒙的树,知道阿礼在上面。她开始叫喊:"阿礼,你这个死掉的魔鬼撒旦,为什么又来这里?你还不快滚蛋!"玛尤拉一边喊着,一边又拿出扫把。这回阿礼可不怕了,因为扫把根本够不到他。

"我根本没有死掉,是你在撒谎造谣。我是你的丈夫,是孩子的父亲,是这座屋子的主人,我有权利回到这里。"

"你是个骗子,说自己是有钱的老板,其实就是个工人,穷光蛋!"玛尤拉喊着。

阿礼想争辩些什么,可也找不出话来,玛尤拉说的的确没错,这件事他是骗了她。他突然看见二楼的窗打开了,玛尤拉父亲端着那杆猎枪出现了。阿礼知道那杆破猎枪是没子弹的,但毕竟是枪,万一真有了子弹可不是好玩的。于是他赶紧往后退到另一条树枝上,让树叶挡住了自己。他转移到了一个树叶茂密的地方,像只豹子一样俯卧在树枝上。这个时候他已经接受了自己的困境,没有什么好害怕的。他在争取自己的权利,他必须要回到这个房子。他不是罪犯,也没有犯什么过错。他一直相信大使馆的外交照会很快会发生作用,然后他就可以光明正大回到家里。是啊,大使馆一定会出手帮助他。他想起八年前阿尔巴尼亚动乱时,大使馆让中国政府调来希腊的军舰,把所有的地拉那侨民撤走。那样大的事情大使馆都能做,那么他的问题大使馆一定也会关心的。再坚持一天两天,他就可以回家了。

"要是我回到家,第一件事情是要把屋顶的破瓦修起来。"阿礼对自己说。

六

四德和上海人去了北方斯库台几天了,到现在还没回来,秀莲一想起四德色眯眯盯着张雅萍看的模样,心里就来气。

这时候是早上八点多钟,秀莲还没去开店,在家里打扫院子。院子本来就不大,两条狗夜间在院子排泄了粪便,得用水冲洗掉。秀莲看到自己家那条狗瘦得已经只有骨架,后股上的烂疮鲜红,有巴掌那么大,散发着恶臭。她觉得这狗撑不了几天就要死了。刘甘肃的狼狗看起来还正常,一脸正经的样子,吃得很少,像一个沦落天涯的人,忧愁但保持着平静。

秀莲听到外面有警察汽车的声音。这有点奇怪,这小弄堂里平时很少有警车声音的。秀莲以为警车只是经过这里,没想到,警车停了,外面有人敲门。秀莲并没什么好怕的,就把门打开了,看到了外面有两辆警车,一条警犬和一群警察。领头的警察看起来很面熟,秀莲想起他是经常在雷纳斯机场见到的胖警察队长,他爱找麻烦,而且花钱也搞不定,中国人都怕他。

"马达木,有个中国人从机场跑了。他就是报纸上说他得萨斯病死去的人,很危险。我们得找到他。你有没有看见过他?他是菲尔玛长江的。"警察队长站在门口说。

"没有呢,谢弗,我可没有听说他回来呢。"秀莲叫他谢弗,意思是长官,这里人都这么叫警察。

"我们得进去看看,例行公事。"警察队长说着就进了院子。后面的警察带了警犬进来。可是警犬看到院子里两条发着恶臭的狼犬,吓得耷着耳朵夹着尾巴不敢动。

"长官,你们坐,我来给你煮杯咖啡。"

"不要了。"警察队长在院子里转了一圈,狗的臭味让他受不了,赶紧要走开。他说:"你肯定会见到菲尔玛长江的。告诉他,这回他是跑不了的,欧盟卫生组织地拉那办事处都知道这件事,一定要找到他。你们要报告他的去向,否则我们会给你们很多麻烦。"

"当然当然,我们会报告的。不过,你说他死了,怎么还会到这里呢?还会从机场逃走呢?说不定他根本没有得萨斯吧,你们会不会搞错了?"秀莲说。

"他的确不像个死人,像一只兔子从机场逃了出来。我们已经找到他家里,他妻子说他回来过,被赶走了。但他不会走远,就躲在家的附近。他妻子说都能闻到他的气味。我们得找到他,上头的命令。你有消息要马上报告。"警察队长说着,然后带着人走了。

警察走了之后,秀莲看看时间不早了,就准备出门去开店上班。她把煮过的一大盆狗食和一大盆水拿出来放在地上。自家的烂疮狗很快就挣扎着过来开始吃,刘甘肃的狼犬慢慢走过来,闻了闻,又走开了。

到了店里,远远见几个员工站在店门口和隔壁店里的人聊天,看她到来都回到自己的位置。伊利尔走到她边上低声说,事情搞大了,昨晚电视和报纸都在说染上萨斯的中国病人从机场跑掉的消息,说现在警察在缉拿他。卫生部发了警告,要求所有看见他的人要马上报告。

秀莲明白,伊利尔一定已经把阿礼到过店里和她见过面的事情说出来了。警察大概知道了这件事才找到她家里。这也怨不得他,他是一个一点小秘密都不能忍过夜的人。让他保守秘密比登天还难,因为他会连要他保守秘密的事也一块说出去。

中午地拉那的华商会打来电话,他们说下午要开个紧急的会,关于阿礼的事情,地点就在附近的一个咖啡店。

下午送走店里的客人,之后她去了那个咖啡店,晚了二十来分钟。平时这个时间咖啡店没什么人,今天坐满了,都是中国人。看到秀莲进来,大家眼睛都看着她,好像在她到来之前他们已经议论过她什么事情。她坐定之后,会继续开下去。正发言的人说阿礼的逃脱给这里的中国人带来严重后果。电视和报纸大量报道阿礼是萨斯患者,当地人觉得中国商品都有萨斯病毒,生意大幅度下降。有内部消息说海关接下来会对中国进口的货柜采取检疫,要收一大笔钱,货柜还得在检疫站放一个礼拜。还有人说以后机场会更加严格,对于持中国护照第一次入关的人员发现疑点可随时遣送回去。秀莲听得出来,发言的人责怪阿礼的逃脱行为。阿礼为了在地拉那中国人的集体利益,应该出来向警察自首。

但接下来一个人的发言完全持不同意见。他主张要全体中国人走上街头抗议机场警察对阿礼的遣送,应该声援阿礼。他并没有死掉,是他阿尔巴尼亚的老婆在造谣,中国男人不能受这样的欺负。发言的是做餐馆生意的许文勇,有一些人支持他。反对他的人不服,上去和他争夺麦克风。在咖啡店里开会有一个特殊情况,坐在这里的人可以买酒喝。这些人都已经喝得半醉了,所以一吵起来就失去控制,大打出手,啤酒瓶凳子拿起来就砸。上一次选举会长的时候,也曾经这样打过一次。

混乱中,有人问秀莲:"听说阿礼从机场逃出的第二天早上到店里找过你?"

"是的,有这么回事。"秀莲说。

"那他现在躲在哪里?你知道吗?"

"我怎么知道?你问我,我问谁去?"秀莲没好气地说。她觉得他们这些人都不靠谱,不想和他们多说,之后她就起身一走了之。

中午的雨势开始变大,持续下到傍晚。秀莲在回家的路上,街上已经漫起了大水。马路上车子半个轮子陷入水中,行驶起来溅起一人高的水花。有一段路水比较深,好些车子发动机进水熄火无法启动。客观而言,雨并不算太大,只是地拉那的排水系统太老旧了,大半堵塞在那里没人管,一下雨街上就严重积水。

秀莲踩着齐膝的积水一步步走回家。家里一片黑暗,四德还没回来。秀莲把铁门打开,院里都是水,没有听到狗叫。她觉得不大正常,把院子里的灯打开,看到刘甘肃的狗死了。它没死在水里,是在狗窝附近一块水漫不到的地方,睁着眼睛露着牙齿,非常狰狞。它活着的时候样子忍耐平静,死了之后,所有的恶气和愤怒都释放了出来,显得特别凶恶可怕。秀莲以为快要死去的烂疮狗倒是活过来了,眼睛发亮,显然已经有了元气,重新获得狗的灵魂,仿佛是它把刘甘肃的狗谋杀了,把对方能量都转移到自己身上了。死去的狗虽然不是她从小养大的,可寄养在这里也有一段时间了,秀莲觉得很难过,这狗在这里没过上好日子,她心里过意不去。而现在,更主要的是她感到害怕,夜里独自一人在院里面对一条样子凶恶的死狗,还有一条带着妖气的还魂病狗,她可受不了。得赶紧把这条死狗弄走!她想着,开始给四德打电话,电话通了,没人接。打了四次四德都没接。凭秀莲的女人直觉,四德这时候一定和上海女人张雅萍在一起,他一定是和张雅萍在床上!

秀莲气疯了,可又没办法,转而想着找谁可以得到帮助。这样一个发大水的夜里,想找个人来处理死狗还真不容易。她打了几个熟人的电话,都说只能明天早上过来。就这时,她听到有人轻轻敲着铁门,声音很轻,小心翼翼的。会是谁呢?秀莲悄悄走到了铁门边,手里拿着一段铁管子防身。她问:"是谁?"果然听到了阿礼的声音:"是我,阿礼。"

秀莲把门打开,看见阿礼全身湿透,脸色发青,像个鬼魂一样。起初她有点犹豫,是不是可以让被警察追捕的阿礼进入屋里,但她还是放他进来了,让他坐在厨房,拿毛巾给他擦干头发。电饭锅里有热饭,秀莲开起炉子热了几样菜,看阿礼狼吞虎咽吃下去。

"警察到处找你,报纸电视都在说你的事情。你这两天在哪里过的?"秀莲问他。

"我躲到黛替山了,那里很大,可以藏身。我在一个军事碉堡里面,好几年前我发现了那个地方。前天晚上我在街上看到电视新闻在播警察寻找我,我就上到黛替山了。那地方安全,警察找不到我。"

"你这样躲藏有什么用呢?早晚还得出来。"

"我只好先躲起来,要是被他们抓住了,一定会马上遣送我回去,那样再也见不到儿子了。我知道大使馆已经照会阿国外交部,我今天来找你,主要是想问你是不是大使馆的外交照会有结果了?"

"好像还没有,今天中国商会在开会讨论你的事情。他们和使馆有联系。如果外交照会已经有结果他们应该会说到。目前警察还在找你,今天一早机场的胖警察来过这里打听你的下落。"

"他叫法特米尔,正是他扣留了我的。"

"阿礼,你来得正好,先帮我办件事,你看,刘甘肃留下的狗今天死了。你能帮我把死狗扔到什么地方去吗?"

"怎么会这样?"阿礼一惊,只觉浑身起鸡皮疙瘩。昨天还想到这狗,正是它带着他找到那个碉堡的。在他躲进碉堡后,这狗就死了,真是太离奇了。他想起刘甘肃发达的时候,这条狗吃最好的牛肉,神气活现,他的一个任务是经常带着狗去溜达。现在狗死了,接下来会不会轮到他死呢？在地拉那的报纸上，他都死过一次了。

"这么大的狗扔哪里呢？总不能扔到路边上的垃圾堆吧？"阿礼说。

"是啊，要扔远一点。让这个苦命的狗能够安息。狗也是有灵魂的，它安静不下来，我们也不会踏实。"秀莲说。

"我有个主意，把它送到黛替山吧。我知道这狗最喜欢黛替山，以前我带它上过几次黛替山，它在山顶的草场上跑得可兴奋了。我觉得把它送到黛替山是最好的。"

"那好的。你可以开车走，我家里还有辆运货的旧车，你就把狗送到黛替山上，找个清静的沟壑。还有，你不是住在黛替山上的碉堡里吗？我这里多给你些吃的，再带些生活用品和换洗衣服上去。有车子你可以多带些东西。"

阿礼不怕死狗，农村里的人不会怕死的动物。他拿了一条麻袋把死狗装了进去，放到后备厢里。秀莲给他一些面包香肠榨菜、一打矿泉水、几件四德的旧衣服，还有牙膏牙刷肥皂毛巾之类（阿礼说碉堡边上有个泉水潭，可以洗刷），一条被子，整整一大纸箱子。本来秀莲是想让阿礼自己开车上山，之后再开车回来。她看天上还下着雨，阿礼上山再回来，又冒雨回黛替山，得折腾到天亮。再说让受警察追捕的阿礼独自开车行动，她也放心不下。所以她改了主意，对阿礼说自己和他一起去，送他到碉堡然后她开车回来。秀莲是会开车的，只是平时不喜欢开。

铁门打开，车子开出院子，在大雨中上了大街。街上的积水稍退,车子不会有进水熄火的危险。阿礼熟悉路况,挑人迹稀少的路线往黛替山开去,很快就进入了电影厂大路,到达了黛替山脚下。

车子在盘山道缓行时,雨暂时停了。秀莲把车窗放了下来,清新的山林空气扑面而来,远方的天空还有闪电划破黑暗,看起来美丽极了。

阿礼把车停在一个转弯处,说这里有一个很深的沟壑,把狗扔在这里比较好。于是他们下来,从这里看得见山脚下灯火阑珊的城市,还有远方闪着微暗亮光的平原。秀莲觉得从风水的角度来看这里真是个好地方,死去的狗在这里安顿下来应该还不错。秀莲说就这里吧。他看到阿礼打开后备厢,拎出麻袋,一甩手,麻袋掉到了沟底,发出沉闷的声音。秀莲在幻觉中好像隐约听到狗叫了一下。

之后,车子继续上升。到了一条布满青草的岔道处,车子拐进来之后就看不见主路了。小路上方被树木盖住,车停下来时,秀莲闻到有花的香气,借着星光,看到头顶上是一棵石榴树,上面还开着很多花,要是白天的话,一定很好看。接下来的路不能开车,要步行。阿礼在前面走,一开始还看得见路的影子,后来就看不见了。秀莲拉着阿礼的手往里面走,走了一段路,就看到了碉堡混凝土圆顶在夜空衬托下显现出来,有点像童话里的古堡。弓下身低着头走进了碉堡,秀莲拿出备好的一包蜡烛,阿礼点燃了一根。秀莲在烛光中打量着碉堡内部,看到这个水泥建筑里没有一点枯枝败叶,一切都是干干净净的。她看到角落里有一把树枝做成的扫把,阿礼自己做的,把临时庇护所搞得挺整洁。她已经送阿礼回来,本来要马上回去,但她看到了碉堡枪眼外的地拉那城的景色,被吸引住了。

"地拉那白天看起来很破烂,夜景倒是很漂亮呢!"秀莲站在枪眼前说。

"是啊,这个地方是看地拉那夜景最佳的位置。"阿礼站在她的身边说。

"你是不是很后悔当初跟着刘甘肃到阿尔巴尼亚来?"秀莲说。

"怎么说呢?有时候会这样想。但有时候又会觉得一切都是命里注定吧。就像是坐一次轮船,船要是沉了谁也没有办法,我只是目前运气差一点吧。"阿礼说。

"你这样想很对,困难总会过去的,不要灰心。"秀莲说。这时她感觉到阿礼的身体靠近了,能感觉到他的手臂挨着了自己的皮肤,有一种痒痒的感觉。

"谢谢你对我这么好,以后我要是渡过难关,会报答你的。"阿礼说。这话让秀莲心里暖暖的,而同时,她觉得阿礼的手开始移动,悄悄地覆盖在她的后腰上部,动作像一张树叶那样轻。秀莲心里一惊,闪出一句话:老实人,满肚籽!这句是温州谚语,形容看起来老实的人肚子里面全是主意。秀莲没想到阿礼也会对她来这一手,之前她根本没有想过和他有性关系的可能,只是觉得他是一个需要照顾值得怜悯的人。如果这个时候秀莲稍稍有一点反对的意思,阿礼一定会马上收敛。但是,秀莲的内心有了一种新的想象。

"斯堪德培广场灯火真好看!"秀莲说着,感觉到阿礼搭在她后腰的手有了力度,开始慢慢顺着腰肢往上爬。她的心怦怦跳着,血液奔涌着,她感觉到阿礼的手已经摸到了自己的乳房。

"阿礼,你要干什么?"秀莲转过身对着他。

阿礼没回答,把头埋在她的脸侧,抱住她不放。

这个时候秀莲已经无法把握住自己,她迷醉了。她在心里这样告诉自己,四德和张雅萍在一起,我也要报复他。说起来,秀莲一生除了四德没有和别的男人有过接触,而四德近些年来对她很冷淡。此时,她可把握不住自己了。她任由阿礼把自己的衣服一件件脱下来。她没想到老实人阿礼会有那么多的花样。阿礼把刚带上来的被子铺在水泥台子上,让秀莲躺下来,然后吻她的嘴巴吻她耳根吻她的乳头……他带着秀莲变换着不同的姿势。

秀莲一边欢快地呻吟一边想:老实人,满肚籽!

七

警察队长法特米尔已大腹便便,走路重心得往后一点,所以不爱走路。他在街上已经第四天了,带着三个警察,大部分时间都坐在市内的咖啡店里喝咖啡,当然,有时也会喝点酒。他眯着眼睛,看着来往的人流,心想着这个"菲尔玛长江"究竟藏到哪里去了。上头一直在催他,可上头那些命令也不会吓到他。什么事情总有它的道理,到能找到中国人的时候自然就会找到的。

"我,法特米尔,可是个见过世面的老警察呢!"警察队长吞下一小杯葡萄做的"阿拉给"白酒,摸了一下唇须,这样想着。他在雷纳斯机场干了二十多年的活了。当初中国人来到地拉那的时候,都会受到英雄般的欢迎。那时阿尔巴尼亚年轻人最大的梦想是到中国去留学,法特米尔当年看到那些漂亮的姑娘提着皮箱走上飞机飞往中国时,心里羡慕得不得了。他还记得最厉害的一次是中国周总理来访问,那个盛大欢迎场面可不得了。机场处于最严的戒备状态,他三天三夜没有回家一步。世上的事情总是有起有落,后来一段时间中国人不来了,中阿两国不再是好朋友。过了几年,中国人又一批一批来了,这回来的可不一样,除了少数做生意的,大部分都是经过这里偷渡到意大利。这些人有钱,吓唬一下,就能拿到一两百元美金。法特米尔可不做这种事。他常把那些有问题的中国人塞回飞机让他再飞回。当然,他也和中国人交朋友,比如菲尔玛长江的老板刘甘肃,觉得他是个人物。可谁知道他欠了一屁股债逃跑了,真的是没种。眼下,这个在菲尔玛长江干过活的人可给他惹了大麻烦,四天四夜了,还没能找到他。

但他肯定这人还在什么地方藏着。问题是地拉那有一大帮中国人,他们要是藏了他,可不容易找。法特米尔怕他的传染病,不过中国人之间大概是不怕的。他又无法逐户搜查,要是什么谋杀的大案他倒是可以让警察局长下令大搜查,目前只是个不大不小的问题,让他伤透脑筋。

喝过咖啡,他带着手下又去了玛尤拉的家里。玛尤拉说:"昨晚他又来了,先是在屋后那一片向日葵地里,后来又爬到了树上。"玛尤拉说。

"他爬到树上干什么呢?"法特米尔摇着头问。

"他待在上面,想靠近这个房子。我昨天夜里被惊醒,发现窗外有响动,打开窗,发现他爬到了窗外的树枝上,向屋里张望呢。他发现了我,不慌不忙地躲开了。他在树上就像松鼠一样灵活。"

"他真能干!"法特米尔和手下的警察对视一眼说。

"我现在害怕了,是不是他的鬼魂回来了?"玛尤拉说。

"他要是鬼魂的话,就不要爬树,直接爬到你床上了。"法特米尔说。

法特米尔想,要是埋伏在这里,兴许能抓到菲尔玛长江。但这个活儿太辛苦,谁知他什么时候过来呢?就算来了,在树上也没办法抓到他,我法特米尔可不会爬树呢!再说,又不能对他开枪。

第二天早上,法特米尔又在那个爱尔巴桑咖啡店里坐着,懒洋洋地喝了一杯酒。他想到一个主意,在他的老家山区,每年有大量的候鸟飞过,山里人用一种树胶粘在树上,或者在地上布下丝网,总会捕捉到很多的鸟。他记得小时候看着那些中招的鸟有的已经死了,有的还活着,活着的比死的可怜。法特米尔琢磨着去找一个捕鸟人来,在玛尤拉窗口的树上布下丝网或者刷上树胶,也许就能抓住菲尔玛长江了。这个主意真不错,他想着菲尔玛长江被树胶粘住后像鸟儿扑腾的样子,高兴得嘴角挂着微笑,心情好了起来,现在,一天要正式开始了。

法特米尔看到有个中国人进来了,高高的,黑瘦,好像经常在雷纳斯机场出入。法特米尔看着他径直走了过来。

"早上好,谢弗。"法特米尔听到中国人用阿尔巴尼亚话打招呼,眼下地拉那的中国人都会说阿国话了。这个人是四德。

"你好,中国人。坐下聊聊天,看你的样子有什么事情要说吧。"法特米尔说。

"我认识你,你是机场的警察队长。"四德盯着他说。他记得法特米尔是因为有一回在机场戒严时期,门口放着坦克,不许入内接人。他要进去,和警察争执,对着警察做了一个手枪的手势,结果被警察扣留了一天。

"对,我是机场的警长法特米尔。你知道我为什么一大早坐在这里吗?"法特米尔说。

"知道啊,你在找一个中国人。"

"对,找菲尔玛长江。你能告诉我他在哪里吗?"

"我知道,不知道不会来找你。"四德说。

"那你说吧。有什么条件一起说。"法特米尔来了精神。

"没什么条件,唯一条件,你不要把我说出去。"四德说。

"好吧,这个没问题。"法特米尔说。

"他在黛替山上的碉堡里。"四德说。

四德是昨天夜里发现这个秘密的。他前天回到了家里。他已经给上海来的人租了一个房子,先把任总和张雅萍送到那里,然后回到家里。到家后,他总觉得有什么异样。刘甘肃的狗没了,自己的那条狗却还魂一般精神起来。但还不只是这些,还有些别的。他发现家里那台旧车移动过,和之前差了一个轮子的位置。他问秀莲谁动过车,她支支吾吾地说没人动过。接着他又发现自己的衣服少了一件上衣和一条裤子,仔细一点还少了几条内衣裤。这四德是个疑心很重的人,对于家里的事情变化有特别高的敏感。他发现秀莲有什么事情瞒着他,她显得慌乱而故作镇静。夜里,她睡在床上背对着他,平时几天没有搞她,她就会转过身来要。四德其实这几天掏得很空,为了测试,他去碰碰老婆的肩膀,却发现她像刺猬一样蜷缩着,不让他触摸。四德第二天到了店里,伊利尔就悄悄告诉菲尔玛长江的那个人来过店里找过马达木。四德心里有点数了,他没有打草惊蛇。他回家再次查看了那辆车子,平时座椅上都是灰尘,现在前面座位灰尘没有了,玻璃也刷过。

四德这天下午使了个计策,说要去都拉斯和客人谈业务。平时秀莲都会追根问底,今天可一句没问。四德开着奔驰车出去,转了一圈,就回到自家巷子对面街上一个酒吧。他坐的地方可以看见自家巷子的巷口,这是一条死胡同,车子必须从这里出来的。他叫了威士忌。在地拉那,酒后开车只要不撞人家或者自己不被撞死是没人管你的。他喝了一杯又一杯,酒劲上来,眼睛都发酸了,没有发现情况。到半夜一点时,他看到自家的那辆车出来了,是秀莲开车。之前他没想到秀莲会开车出去(她已经很久没开过车了)。他赶紧把钱扔给酒吧老板,跑了出来,发动汽车尾随着。

说起来,跟踪这活四德是熟门熟道的。最早是十六七岁时在街头跟踪搭讪女孩子,到地拉那后,他也跟踪过刘甘肃,调查他的业务客户渠道。所以他跟着秀莲的车子一点不难。他奇怪秀莲的车子究竟要开到哪里？要开很远的地方吗？他直觉不会太远。当他看到车子离开了地拉那中轴大道，转入东边电影厂路时，他确信秀莲的车子是开往黛替山的。

"好啊，真有两下子！"四德想，给自己点上了一根烟。他看着前面车的尾灯在夜路里闪亮。四德的车里有一把五四手枪，动乱时买的，一直藏在车里没有用过，这个时候为了壮胆，他把枪挂到了腰头。

一忽儿车子就上山了。上山只有一条路，丢不了目标。但转过了一个大弯，突然看不见车了。好在四德眼快，发现车子钻进了一条小岔路。四德把车灯熄了，慢慢开着车，在后面跟踪。他看到秀莲的车子停了，他也赶紧停下，相距约七八十米。这个时候月亮照了过来，没有树挡住的地方很明亮，夜空的背景下突出了一个碉堡的轮廓。他看到秀莲从车里走出来，从碉堡里也出来一个鬼魂一样的影子，毫无疑问，这是阿礼。他们两个人走到了一起，从车里拿出了一包包东西后，传来关车门的声音，之后，两个人消失在碉堡下面那一片浓重的黑暗里。

上面说到四德本性就是个秘密跟踪偷窥者，此时他的这个本能得到了最好的施展。四德下了车，学电影里的样子手按在腰头的手枪上，慢慢地走了过去。脚下的杂草被多次踏过，已经像一条路。他看清了碉堡的入口，很小的长方形，里面有微弱的光线发出来。他在光线的阴影下接近了入口，探着头往里看，但不能直接看到里面，有一堵墙挡着。于是他就轻轻地潜入了进来，发现亮光是比他低的位置发出的。他所处位置是阴暗处,有枪眼,下面的人不能看到他,但他从一个枪眼能看到下面人的行动和碉堡内部的情况。

里面点着一支蜡烛,假冒的光明牌矿烛。这个微弱烛光也足以照亮了圆形的空间。烛光照耀着两个虚幻的人影,秀莲把两个袋子的东西放在地上,四德看见这里居然还有铺着被子的床。这被子可是他从温州带来的。秀莲一边整理东西,一边在说话。

"四德回来了。我不容易走开了,我给你带了够吃一个星期的东西。"

"使馆有没有消息,外交照会起作用了吗?"

"还没听说呢。"

阿礼之前站在烛光的阴影处,这会儿转过来,对着蜡烛,四德看到了阿礼穿的衣服都是自己的。阿礼从后面抱着秀莲,把她衣服一件件脱掉,在一闪一闪的烛光中,她的身体全裸着,白得刺眼,像是一种海鱼,一动不动任他摆布。四德偷看过很多次人家做爱,小时候就偷看过邻居的,但是没有想到会偷看到自己老婆和别人偷欢。他怒火中烧,他有手枪,完全可以马上杀了阿礼。

但四德是一个极其会算计的人,即使在生气时都会算计利益,最大程度利用机会。如果现在就闹起来,他会身败名裂。地拉那的华人要是知道了秀莲和阿礼通奸,他的名声就完了。还不只这些,四德之前在法国打工,挣的钱喝酒都不够。到了地拉那折腾了好多年,还是挣不到大钱。他现在做生意的资金全是秀莲家族提供的,一旦这个资金链断了,他就死定了。因此他不敢对秀莲太狠。他得从这件事情里得到最大的好处,用这件事来压住秀莲呢。至于怎么惩罚她他自有处理方法,慢慢报复她吧。但现在还不能让秀莲知道他发现了碉堡,要不然阿礼会跑掉。

因此,四德从黑暗中退出了碉堡,开车回到地拉那城里。第二天一早,他就去见了警察队长法特米尔。

八

那个夜里秀莲走了之后,阿礼开始心绪不定。之前他刚到碉堡时那种自信的心情荡然无存了。他靠在那个角落里,让心情平静下来,迷迷糊糊睡了过去。他做了一个梦,梦见跟着一个狗头人身的使者往前走,像是在古埃及的神庙里,越往前走越恐怖。后来就醒来,再也睡不着。

和秀莲发生关系之后,阿礼的精神状态陷入巨大恐慌,他觉得自己正在向深渊坠落。他不知道这一切是怎么发生的。他没有预料会发生这样的事,他一直感激秀莲善待自己,是个好心人,但他可从来没喜欢过她,从没有从性的方面对她有过想法。一切都是突然发生的。当时他无法控制自己的手,而她居然顺从接受了。阿礼一根火柴点起了火,一旦火着了,他就控制不了火势,秀莲燃烧得很猛烈,让他心里发慌。他一面害怕,一面还继续了下去。第一次之后,又有第二次,第三次。今夜在得知四德回到地拉那的消息之后,阿礼心里有大大的恐惧。他知道四德这个人,阴险毒辣多疑,什么事情都做得出。要是被他知道自己和他老婆发生关系,那他可死定了。

一切都得立刻结束。你已经死到临头,还在做着荒唐的事!阿礼责怪着自己,猛地揪着自己已经不多的头发。他想着要离开这个碉堡,转移到别的地方去。事实上,他已经想到几个方案,如果不下雨的话,他其实可以在向日葵地里待着。就在离向日葵地一公里地之外,他发现那里有一大片玻璃温室暖棚,是以前中国政府无偿援助地拉那人民种植蔬菜和花卉的,现在已经荒废在那里,里面还有大量的生锈的机械农具,下雨时他可以躲在那里。另外,他对自己家屋子周围的树木也越来越有心得,可以在上面待上很久,从各种角度去观看自己家人的生活,主要是儿子,当然有时不可避免要看到玛尤拉等别的成员。

阿礼这天心烦,黎明之前就背上一个自己改装的双肩包,里面放着秀莲送来的吃的东西,还有一盘自己用被单做成的绳索,就出发下山去。他决定从今天起就不回到碉堡来了。

今天他下山那么早还有一个原因,因为他想动手修理自己房子屋顶那两块破碎的瓦片。他家屋顶那种瓦片是罗马式的,红色的陶土,一片有十来公斤重,通常的人家都舍不得用这样好的瓦片。阿礼盖房子的时候,玛尤拉家人什么东西都要最好的,他没办法才用了这样的瓦片。从发现屋顶瓦片破碎那天起,阿礼心里一直在琢磨着怎么修理的问题。他不指望玛尤拉一家会把屋顶修好。如果屋顶漏水了,她大概会拿一个脸盆把水接住。脸盆里的水满了,她最多把水倒掉再去接,甚至干脆就不接。虽然他不在屋里面住,但是屋子漏水让他浑身不自在,一心想把它修理好。前几天他在山下活动时,到处留神去找和家里同样的瓦片。他看到有些人家屋背的瓦片和他家一样,但是他不会去揭人家屋背的瓦给自己用。后来他发现了一处在翻盖的房子,和他家一样的瓦片已经拆下堆在地上,准备重新铺上去。阿礼偷偷拿了两片,夜里头也没人看到。他把瓦片藏到了向日葵地里,做了记号。

阿礼借着星光下了山,在地里找到了那两块藏好的瓦片。瓦片面积大,又很重,他得走好几公里路呢。他早有准备,用了布绳子(绳子是用被单撕成条子做的)把两块瓦片一前一后捆在身上,像是笨重的防弹背心一样,更像是古代的铠甲。

背着两块瓦片之后,阿礼的行动就显得不便了。到了家的附近,他开始上树,现在他几乎闭着眼睛都能在树上攀援着到达自己家附近。这个时候天还没亮,正是黎明前黑暗的那个时辰,阿礼可无法到屋顶上去换瓦片,他得等到朝霞出现。他靠在一根大树枝上,坐得很稳,即使打了瞌睡也掉不下来。事实上他真的有点睡着了。他觉得自己已经回到了家里面,正稳稳睡在床上。玛尤拉睡在他身边,不知怎么的,他一直对玛尤拉恨不起来,总觉得是自己的错,没有挣到钱让她过上好日子。他挣扎着让自己清醒,想着这个时候要是在屋子里面该有多幸福。他可以坐在抽水马桶痛痛快快拉一泡屎,然后去洗手,用毛巾把手擦干净。然后他去刷牙,用高露洁牙膏。他已经有很久没有刷过牙了。他很想喝杯咖啡,土耳其式的,咖啡磨成粉直接煮,带着渣子的。然后他就去煎两片咸肉,一个鸡蛋,倒一杯牛奶,把儿子东东叫起来吃早餐。阿礼打着盹,他揉揉眼睛,发现东方已经发白,很快霞光会出现了。

他现在可以看见树上情况,决定开始行动。他得攀援树枝绕一圈,到另一侧的那棵老橡树上,那树有一个树枝伸到他家屋顶上面。由于他身上两片瓦片的重量,加上早晨树上都是露水,带着苔藓的树枝会很滑,阿礼得格外小心。现在他所到的橡树顶枝高度比三层楼屋顶还高很多米。阿礼早准备好了绳索,秀莲给的被单编织过后很结实,足够承受他的体重。他把绳索挂到了高处的顶枝上,然后两手攀着绳索使劲一荡,如秋千一样荡到了自己屋顶上,站稳了。朝霞正好出来,他能清楚看见屋顶破碎瓦片的地方,他把捆在身上的两片瓦片取下来。就这个时候,有一台摄像机的长焦镜头把他在橡树顶上空中一跃的镜头拍了下来。地拉那电视台一个摄影记者听说阿礼经常在自己屋子附近的树上出没,就守候在地面附近一个院子里,等着阿礼出现。这天阿礼在树上的活动被他观察到,他赶紧调好了焦距,偷偷对着阿礼拍摄。只是因为早上光线还很弱,拍得不是很清楚。阿礼在老橡树上借助绳索荡到屋顶的情景,后来在电视上播出来时看起来和一头婆罗洲的红毛猩猩没什么区别。

阿礼把两片瓦片铺好,后退一步,左右打量着两边的位置是否对齐了。之后,他把那些破碎的瓦片捆到身上,他可不想让垃圾留在屋顶。做完这些,他轻轻一踮,又荡回到了橡树上面。天已经开始亮了。现在他在树上的位置不会离屋子太近,他不想惊动玛尤拉被她驱赶辱骂,尤其是当着儿子面。所以他就远远地看着儿子的窗口,感觉到和儿子是有心灵感应的,儿子应该知道他来了。是的,他看到了儿子,儿子的脸出现在窗口,神色迷茫向他这边的茂密树丛张望。儿子发现了他,脸上出现了微笑,还用小手对他做了一个心的手势。这是阿礼到树上之后和儿子最清楚的一次交流。阿礼也做了一个心的手势。玛尤拉出现在儿子后面,把他抱走了。

这一天,阿礼的心情又开始好起来。他在向日葵和玉米地里度过了一天,晚上准备就宿在玻璃暖房里。到了夜里十一点钟左右,阿礼突然有点不安,总觉得秀莲会到碉堡看他。他之前可是下了决心不再回到山上去的。但是他睡不着,心乱如麻,总觉得秀莲已经往山上走,冒着危险去看他,而他却躲避了。是啊,我这样多不好,我总得和她说一下,说不再躲在碉堡了。阿礼决定再回到碉堡去。一旦他决定了这样,对秀莲的性渴望就从心底生起,他急忙想赶回到黛替山去。

一个多小时后,他走近了碉堡。突然之间周围亮如白昼。他还没来得及反应,一群守候在这里多时的警察把他围住制服了。他看到了胖警察法特米尔。法特米尔说:"菲尔玛长江,游戏结束了。你能在外面游荡好几天,已经很有本事了。现在可不要再跑了。"

守候在这里的除了警车还有防疫站的医用救护车。几个穿白大褂蒙着面罩的防疫人员,给阿礼喷了药水,戴上隔离头罩,放在救护车里拉到了地拉那郊外的肺病医院隔离了起来。

地拉那中国使馆得到了通知阿礼已经被找到,行使领事权去探望阿礼,并和地拉那当局磋商,建议检查一下阿礼到底有没有感染萨斯病毒,没有的话应该让他留下来。当局说阿尔巴尼亚没有检测萨斯病毒的能力和设备,只能让阿礼回中国去,以免引起全民惊慌。使馆相信阿方的说法是有道理和说服力的。领事探望了阿礼,对他进行安慰。同时劝他不要再逃跑,先回国去待一段时间,等萨斯过了之后再做计议。

阿礼已经安静下来,对使馆的关心表示了感谢。

秀莲是在电视上播出阿礼的消息之后才知道阿礼被抓住隔离在肺病医院的。她心急如焚,想见见阿礼。她和四德商量,但四德说话阴阳怪气,暗示自己知道很多事情。秀莲胆战心惊,明白了四德已知道几分隐情,就不敢多说什么了。

当天晚上的电视新闻播出阿礼上了飞机被送回中国的新闻。秀莲难过地在心里落泪,觉得阿礼这个老实人这下可完蛋了。

九

转眼过了十年,现在是二〇一三年。

秀莲总共在阿尔巴尼亚待了十年。后来几年生意一直不好,四德拈花惹草让她心烦。在阿礼被遣送回国之后的第二年,她觉得头昏,起先以为是甲状腺复发,回国检查之后,发现乳腺有局部肿块。她家族有乳腺癌病史,母亲死于这个病,大姐姐三年前也因乳腺癌而死。她到上海做了手术,肿块经生物活检显示不是恶性肿瘤,但不保证以后是否会癌变。所以从这开始,她想得开了,知道多活一天就是赚一天,而去赚钱无非是给四德多留点钱喝酒找女人。她回到了老家,让四德在黑山和塞尔维亚一带独自去混,听说他生了一个私生子。秀莲在温州严格饮食,喝中药调理,去公园跳广场舞,做运动。好多年过去了,乳腺始终没有发现癌变。她虽然有点消瘦,但精神还不错。

在温州,她还能知道地拉那的一些消息。那里生意越来越难做,温州人差不多都走了,青田人适应力强,留了下来。青田人当年在上海北京等地买了很多房子,现在房价涨了十几倍,都变得很富有。而各奔东西的温州人则在世界各地找到新的生存空间,想来活得也还不错。秀莲前几年得知刘甘肃的下落,他在萨拉热窝开日用品连锁店,生意做得很大,常来温州和义乌,但都没有来联系她,让她略有怨恨。没有想到上月,刘甘肃来到温州约她见面。

刘甘肃没有老,还是原来的样子。他经常独自飞义乌进货,每个月底飞一趟苏黎世和家人团聚,钱都扔路上了。秀莲说你都快六十了,还独自在异乡奔波,真是辛苦。刘甘肃说这大概就是命吧!我挣过很多钱,也糟蹋过很多钱,现在还是这样循环往复,我就这个奔波的命。说了一阵话之后,话题转到了阿礼身上。刘甘肃说阿礼现在义乌,生意做得挺好的。他在义乌开了个货运代理生意,给外国客人采购和运输货物,从中拿一定比例的佣金,已经在阿尔巴尼亚人中有了名声,马其顿、科索沃的阿尔巴尼亚人也开始找他,生意规模已经不小。秀莲听了表面若无其事,内心却有激流涌动。

现在我们来说说阿礼吧。

那天阿礼被送上飞机,飞到了罗马,在警察的监督下被送上了飞上海的航班。到达浦东机场前,他在飞机上一直想着接下来去哪里的问题。回老家这条路根本不行,那可丢人丢大了,老父母在乡亲面前太没面子了。那么先回温州去?他有些工友同事在温州都找到了新的工作,但他现在对温州这个地方已经没有好感,虽然地拉那是个小城市,但毕竟是个国际城市,是个首都,他见过了世面,温州已经不放在眼里。想来想去他想到的还是义乌。之前他跟着刘甘肃去过两次义乌,知道这个地方的厉害,商品物流大得惊人,全世界的商家都往这里跑。在他手里还有一个 UPS 插件,里面有刘甘肃在义乌所有联系人信息,他偷偷拷贝下来的。他做了决定,到浦东机场后,当晚坐火车到了义乌。

第二天,他到了福田二区张国珍商铺。阿礼之前和她见过一次,通过电话。刘甘肃一直在她那里进货,数量不大,但是一直在走。这店里都是山货,有大量的毛竹制品,竹编的各种规格形状的篮子和桌垫子、背后抓痒的竹扒、木制拐杖、擀面杖、切菜板。他在店外面转了一圈,不好意思进来。后来张国珍看见了他,向他打招呼:"老板,好久不见你了,今天什么风把你吹来了?"

"一言难尽。"阿礼说。张国珍这天刚开店门,还没客人来,所以有空和阿礼坐下来,听阿礼一五一十把自己的遭遇道来。阿礼说到伤心处,竟然忍不住稀里哗啦哭了起来。张国珍开导他,说义乌这个地方机会很多,像她这样乡下出来的农民都能做生意,他这样走南闯北有文化的人还能饿死?

正说着话,外面有客人过来。是两个黑人,脸黑得像锅底的灰一样,一进门就冲着张国珍喊:"最低最低!"他们来自津巴布韦的部落。在义乌的非洲人把最低最低这个发音告诉他们,说一进店门这样喊就可以得到最低的价格。

"嚷什么呀!你想买什么?"张国珍迎接着,回头对阿礼说,来这边的老外大部分只会说"最低最低"这句话,说别的就傻眼了,通常就是用计算器按着数字,用手和身体比画着,经常是鸡同鸭讲,做不成生意。

"你们想买什么?"阿礼用英语问。黑人愣了一下,没想到店里会有人说英文的。黑人英文会说一点,知道这回可以交流了,高兴得手舞足蹈。有了阿礼的翻译,黑人买了很多东西,张国珍做成了一笔不错的生意。张国珍说,按照这里的规矩,翻译的中间人可以拿到百分之二的利市费。张国珍说,要不你就先开始做做翻译的事情吧,来这里的阿拉伯人非洲黑人大部分是小生意,请不起翻译。如果你免费给他们做翻译,从店家那里拿利市钱,应该会很多人找你的。你就在我的店里挂个翻译服务的牌子,我去仓库时你偶尔帮我照看一下店,我不会收你钱。

从这天开始,阿礼在张国珍的店铺里挂起了一个英文牌子:ZUI-DI ZUIDI free translation service(最低最低免费翻译服务),开始了义乌的创业生涯。最初一年挣到的钱除了付房租生活费,他都寄到了阿尔巴尼亚玛尤拉那里,作为儿子和家庭的赡养费。从翻译开始,他慢慢了解到义乌的物流程序和运作，开始给客人组货发货。这个业务用不到很多资金，厂家会垫付，关键是他得有熟悉的客人和良好的信用。他慢慢在来义乌的第三世界小生意商人中有了名声，尤其是巴尔干半岛的阿尔巴尼亚人特别愿意找他做代理采购、报关、运输一条龙服务。义乌市场有巨大无比的气场，连接到地球上许多国家的村寨角落，每天有成千上万货柜从这里出发到世界各地。阿礼回想起地拉那的市场，那简直小得像一粒尘埃。

秀莲自从见到刘甘肃，从他那里拿到阿礼一张名片之后，连续几天都睡不着觉。她之前常常想起阿礼，想到的都是阿礼在艰难度日郁郁寡欢，就是想不到阿礼有生意成功意气风发的结局。她真的为他高兴，可是潜意识里却有一阵阵难受。如果听到阿礼在哪里当保安的消息的话，秀莲心里可能不会这么难受呢！这可真是一种矛盾。她想来想去，决定到义乌去见一下阿礼。她的内心有一个结要打开，因为阿礼在黛替山被捕，那个地方只有她知道，她觉得阿礼一定会认为是她把他出卖了。为此她内心不安。她得去见阿礼，向他说明不是她告诉警察的。"是的，我必须去，我乳房可是存在癌变危险，没准哪天真会发病，趁我现在还能见人，赶紧去见他一次吧。"

秀莲坐火车到了义乌，按照名片上的地址找到阿礼的公司。阿礼的公司是在一个办公楼里，一个大房间隔成了许多卡座，和电影里的写字间一样。她找外面接待的秘书说找阿礼。然后听到她用电话通知潘总，说有客人来见。一会儿，秀莲就看到阿礼了。他的头发和先前差不多，地中海面积还不大，也没发福。阿礼很热情迎接了秀莲,但并没有秀莲预想中那样激动的场面。阿礼带她参观了公司,有二十来个员工坐在电脑前干活。阿礼显得很忙,刚和秀莲说几句话,就有电话来了,还不时有人送来文件要他签字。

晚上吃饭也是那么忙。阿礼在春江路口温州菜馆专门为秀莲订了桌,但是阿礼有好几个外国客户刚到来,就一起来吃饭了。有阿尔巴尼亚的、迪拜的、几内亚的、埃及的。阿尔巴尼亚话秀莲还能说几句,英语她一点不懂。虽然是温州菜,她吃得没有一点胃口。义乌的温州菜不正宗,主要还是她觉得有点受冷落。

席散之后,阿礼让秀莲坐上自己的车。

"秀莲,我带你去看一个地方。"阿礼说。

"什么地方?"秀莲问。

"去了你就会知道。"阿礼说着,开着车沿江边路直驰而去。

秀莲不语,看着车子两边的道路飞闪而过。渐渐地觉得已经离开了义乌城市,向郊外开去。"他想带我去哪里啊?"她心里犯着嘀咕,心底有愉快荡漾开来。

车子冒雨沿着巧溪河向东开去,然后越过了一座桥,往乡村方向开去。公路已经没有路灯,地势在升高。秀莲看见前面是一座山,车子开始进入山地,沿着盘山公路上升了。这时开始下雷阵雨,闪电像一道鞭子抽过夜空,随后传来炸裂的雷声。那是一种多么熟悉的场景,好像是梦里出现过的,秀莲想着。

车子又开了一段山路,地势已经很高了,雨后空气新鲜极了。这时阿礼放慢车速,拐进了一条小路。开了一段路之后,他把车停下,打开车门,让秀莲下来,说接下来要走几步路。

秀莲下了车,只觉得头顶上都是树木,看不见星光,也看不见路。阿礼向她伸过手,牵着她往前走。前面有模模糊糊的光线。秀莲想起了第一次跟着阿礼走进黛替山军事碉堡时的情景就是这样的。接下来她所看见的场景差点让她吓坏了,她看到了前方夜空背景上出现了一个圆顶的建筑轮廓,和黛替山的碉堡是一模一样的。她停住脚步,死死抓住阿礼的手,问:"阿礼,这是怎么回事?"

"没有,都是真的。我按照黛替山碉堡原样和周围环境复制了一个。"阿礼说。

"天呐!怎么那么像!"秀莲说。

"我们进来吧!到里面再说话。"阿礼说。

秀莲于是向前走去。那个低矮的洞口和黛替山碉堡一样尺寸。不同的是那洞口是开着的,这一个却有一扇不锈钢门,阿礼按了一下控制器,钢门无声平稳地打开来。他们弯下腰进去了。

秀莲看到了洞内的一切也和黛替山的一样。在那个水泥的铺位上,放着一床棉被,仿佛就是那次她送阿礼的那一床。阿礼在洞内点亮了几根蜡烛,也是用义乌那种假冒的光明牌白色矿烛。那闪动的烛光让秀莲很想哭。

"三年前,我向这座山的村委会买了这一块山地。我根据回忆画了设计图纸,交给上海一个英国别墅公司建筑了这一个碉堡。他们有瑞士的技术,专门建造高级别墅,造得非常好。你知道,在黛替山上碉堡的几天是我人生中最重要的时刻,在那里我想通了生活是怎么回事。现在我在义乌生存了下去,人家都说我成功了,可是我一直还会做噩梦,梦到现在的一切又会重新失去。对我来说,生活中好的事情我总怀疑不是真的,灾难和挫折才是我命运里真实的东西。我建造了这个碉堡后,没有让别人知道,只有自己会秘密到这里待上一阵子,让自己的心平静下来,让自己成为碉堡,不再做噩梦。"

"阿礼,你地拉那的家怎么样?儿子现在长大了,都还好吗?"

"我已经没有家了。"阿礼说,"我到义乌之后的第三年,我得到消息说玛尤拉跟了一个吉卜赛的男人,是个酋长,开始流浪了。听说是沿着亚得里亚海往北边走,那是一条吉卜赛传统的迁徙线路。她把儿子带上了,这真是让我心碎的消息。从那之后,我一直想着去找他们母子俩。从阿尔巴尼亚过来的客人偶尔会带来一点消息,说他们在北欧什么什么地方,但地点一直会变化的。三年前,我去找过他们,在瑞典的一个小镇上找到了他们。我看到了吉卜赛人的歌舞表演、塔罗牌算命等把戏。我看到了我儿子,长大了很多。他看着我的时候目光显得很陌生呆滞。我和玛尤拉说过话,她让我快点离去,她身边的男人带着武器,会攻击人的,我只好离开了。我现在不知道他们在哪里,之前还有一点消息,现在完全没有了他们的消息。我很想念我儿子,为他准备了读上海外国人子弟中学的钱,还有去美国读书的钱,但是他一直在流浪着。"

"还有希望让他回来吗?"秀莲问。

"不知道啊。这么多年来,我内心一直受煎熬。我已经想好了,等过了春节,我就把这边的事情交给别人管理,我要再次去找他们。

这一次也许要花很长的时间,也许几个月,也许半年,也许得几年。我相信是能找到他们的。问题是我儿子是否愿意跟我走?他已到青少年时期,再不回到正常社会,恐怕就无法读书了。我已经做好了准备,如果我儿子不跟我回来,那我就跟着他们流浪吧,这样我多少可以给他一些教育。再等几年,我儿子会有能力选择自己的未来,如果他决定继续做吉卜赛人流浪,那我就死心了。我无法阻挡,因为那是他自己的决定,也许那样的生活更符合他的天性。只要他生活得快乐,那我就没什么值得担忧了。"

秀莲真没想到,阿礼这个老实人会有这么丰富的内心世界。她站到了碉堡的枪眼前,看着义乌城的灯火,眼前仿佛是地拉那。这个时候,她很多年前看过的一部吉卜赛电影场面出现在脑子里。在尘土遍布的荒原道路上,一辆大篷车在烈日下慢慢地前行着。马蹄声响,赶马的人已经不是那个吉卜赛老人,而是戴着一顶草帽的阿礼。

寒冬停电夜

那天夜里，我从梦中醒来觉得房间里的温度降了很多，暖气机好像没在工作。我伸手去开灯，灯没有亮，我明白是停电了。在这样零下二十多度的严寒夜停电，真是一件要命的事情。

好不容易挨到了天亮，拉开窗帘一看，外面景色奇特，所有的树木都变得像水晶珊瑚一样。夜里一直在下一场冰雾，所有的树枝上都挂着沉甸甸的冰坠子，漂亮极了。沉重的冰挂使得许多树枝折断，有整棵树都被压倒。而可怕的是那些电线，每条电线下面都黏附着比电线重十几倍的冰坠子，导致很多电线都被压断了。停电看不到电视新闻，好在手机还通。我看到多伦多市政府发布了冰雪灾难消息，说整个安大略省南部都停电了，有几十万户家庭失去了电力供应，短时间内无法恢复供电。

我妻子上个礼拜回国看老母，家里只有我一个人。没有了电，炉子没办法生火,早餐做不了。我无事可做,穿着防高寒的"加拿大鹅"牌羽绒衣,坐在屋里发呆。没有热早餐和暖气还可以忍受,但没有了电就没有了互联网,这让我难以安宁。于是我决定到对面的Mall(大型室内商场)里面看看,顺便把手机和电脑带去充充电,也许还可以到苹果专卖店蹭点免费Wi-Fi。

我走出了室外,外面空气冷冽新鲜。出门后我看到了左手边的邻居泰勒夫人。她穿着一件大衣,头发凌乱,脸色苍白,缩着脖子在快速抽一根烟,她看起来被冻坏了。她是法国人,她丈夫是德国人。她的年纪并不很大,六十来岁,她有一个奇怪的习惯,下午五点就关门不见人,六点上床睡觉,早上四点起床,在屋里打扫卫生,擦地板。她大部分时间都在屋内,但是她抽烟的时候就会到室外去,就像海底的鲸鱼定时要浮出海面吸几口气。

"早上好!又回到冰河时代了。"我向她打招呼。

"大灾难,地球末日。"泰勒夫人恶狠狠地说。

"不知道什么时候才会有电。"我说。

"天知道。但愿会在我被冻死之前。"她说。

我转身向右边走去。经过隔壁台湾人戴姐家门口时,看到屋外车道上泊着戴姐的儿子阿强的白色本田车子。阿强的车子改装过,加了个炮筒一样的排气管,开起来放炮一样吵。戴姐家门口那棵北美海棠树上挂满了冰坠子,但是现在一点都不好看。这棵树被砍掉了许多,断胳膊断腿似的残缺。这屋子原来是白人斯沃尼夫人一家住的,前年才卖给了台湾人。我想要是斯沃尼一家今天还住这里的话,眼前这花园一定是一片美丽的冰雪世界,而不是像现在这样一片狼藉。

我很快就走到了 Mall 里面。这里有地铁通到市中心,有 Silver City 电影院,还有许多餐馆。当我写作写得心情烦躁,或者觉得无聊寂寞时就来这里喝杯咖啡,坐在高凳子上看各式各样的人:黑人、白人、额中点红砂的印度人、穿着长袍包着头巾的穆斯林。今天 Mall 里的人似乎比平时要多。这个 Mall 有大型发电机,停电后发电供应了内部所有商店和设施。我看到每个墙角和柱子底下都围着人群,那些地方有电插座,所以很多人来这里给手机电脑充电。我手机和 iPad 暂时还有点电,需要的是网络信号,所以就先到了苹果专卖店门口,一试果然有免费的 Wi-Fi 可用。我就在这里停下来,连上了网络上起网来。过了一会儿我也加入了围着柱子充电的人群中。每个柱子底下只有两个插座,所以等充电的人一个个都耐心等着前面的人。也有人自己带了接线板,上面有很多个插座,大家就分着用。后来人越来越多,接线板上再接上接线板,散开来很多人可以用。地面很干净,大家都席地而坐,看起来很友好快乐。

我把早上拍的冰凌树和结冰电线照片发在微博上,坐在地上和远在国内的妻子说了会儿话,还和几个朋友聊了天。之后我还在一家希腊快餐店吃了羊肉饭。到下午的时候,我就回家了。

远远地我就看到泰勒夫人还站在门口,她向我喊了起来:"斯蒂芬,你去哪里了?"

"我在 Mall 里,你们干吗站在外边,难道屋里已经比外面还要冷了吗?"

"你要是早个十分钟回来就好了,就能看见刚才的一幕了。"

"发生了什么事情?"

"刚才有一大队特种警察包围了你邻居的房子,把那个家伙抓走了。"

"哪个邻居?哪个家伙?"

"就是你右边那家那个整天在闹腾的坏小子。"

泰勒夫妇还在激动中,有声有色地向我复原了刚才特种警察包围隔壁台湾人房子的情形。他们说自己当时还在屋内,听到屋外传来轰轰隆隆的车辆马达声,起初他们以为是电力公司的工程队来修理电线。但拉开窗帘往外一看,看到马路上排满了闪着警灯的警车。他们赶紧打开了门,看到在一辆辆普通警察巡逻车之外,还有好几辆巨大的特别车辆,从里面下来十几个穿着重型防爆防弹衣具的警察,举着狙击枪把台湾人的家包围了。有一个行动小组举着盾牌,逼近了台湾人家的屋门。装甲车里面有警察对着屋子喊话,让里面的人马上开门并举手接受逮捕。屋里面的人一开始没有反应,警察便派出了一个持有巨大撞门装置的组合准备强行破门。这个时候门开了,屋里的年轻人阿强走出来,手抱在脑后,没有反抗。警察给他铐上了手铐,然后进屋搜查,足足搜查了两个小时,搬走了很多东西。

听泰勒夫人这么一说,我觉得问题很严重。警察出动了这么大的力量,说明这屋子里面一定会有什么重大威胁。泰勒夫妇很肯定地说,台湾人从搬进来之后一直在折腾,挖来挖去,原来是在掩护屋里的犯罪活动。泰勒夫妇早就对阿强很不爽,很高兴警察替他们出了这口恶气。

我回到了屋子,外面又下起了冰雨,天阴沉沉的,早早就黑了下去。屋内的气温继续下降,温度计显示已经接近了零度。我把蜡烛点亮,才发现蜡烛的光很柔和很温馨。我打开电脑准备写点东西了,但我的思想老是跑到隔壁阿强被警察逮捕的事情上。也许他们家里面真是一个犯罪的窝点?我想来想去觉得他们家确实有些奇怪的事情。

台湾人戴姐一家是两年前搬进这个屋子的。之前这里住着白人斯沃尼夫人一家。斯沃尼夫人在我搬进这屋子不久后因患西尼罗症去世了,她的家人继续在这里住了很多年,后来在前年挂出了售屋子的牌子。我十几年前搬到这条小街的时候,是斯沃尼夫人第一个送饼干到我家祝贺的。斯沃尼夫人死后,我一家和她的家人都一直友好相处。这些年来,从亚洲来的移民纷纷买下这条街的房子,把这条街的房价抬得很高。住在这里的白人隐隐感到了喧嚣和不安,陆陆续续卖掉了房子搬到北边安静的地方去住。当我看到斯沃尼的家人挂出了卖房子的牌子,我并不吃惊,只是心里有点伤感。

牌子挂出后的周末,就开始了 OPEN HOUSE。所谓 OPEN HOUSE 的意思就是"开门售屋",任何路过的人都可以进屋参观,而平时想来看这屋子的人则要经纪人陪同和预约。OPEN HOUSE 那天看屋的人络绎不绝,路边都停满了车。各种各样的人进进出出,大部分是华人,也有些棕色皮肤的印巴人,偶尔也有个把伊朗人。我看见了邻居泰勒夫人站在她自己家门口观察看房的人。泰勒夫人此时正在抽烟,平时她吸过烟之后,就会心满意足回屋子里。但我这回看到她有点心神不宁站在外面,连续抽了好几根烟。我正好去整理草地,和她打了招呼,开始说起隔壁卖屋的事。

"干吗要卖掉屋子呢?要是我就不会卖掉这屋子。"泰勒夫人说。

"是啊,这么漂亮的房子卖掉真可惜。不过听说他们家在北边买了很大的新房子。"我说。我想起当初我买下我的房子的一个重要原因,就是因为喜欢隔壁斯沃尼夫人家门口那棵开满紫色花朵的北美海棠树和树下的花园。

"我不去北边住,我不会卖掉房子。这里是我的家,我不会被赶走的。"泰勒夫人说。看得出来她情绪有点激动。

"不知道是谁会买这个房子。希望会有个好邻居。"我想尽量安慰她。我有点吃惊她说出了"不会被赶走"这样的话。

"买这屋子的人会不吉利,我觉得斯沃尼的鬼魂还在里面。这屋子是她母亲留给她的,她会不愿意离开这里。"泰勒夫人说。

"你怎么知道?"我说。

"前几天,我的垃圾桶里突然有一条很大的三文鱼。"

我不明白泰勒夫人为什么会说垃圾桶里的三文鱼和斯沃尼夫人的鬼魂有关系。我知道斯沃尼一家在北部的大湖边有别墅,他们一家都喜欢钓鱼。的确有一回,斯沃尼的大儿子让我看了一条他钓来的大西洋三文鱼，有三十磅重。毫无疑问，斯沃尼家是个好邻居。她家在每个节日都会把屋子打扮起来，尤其是万圣节，她家的花园会变成鬼怪世界，在屋里还会举行鬼怪派对，邀请邻里来参加。她家门前的花园是我们这条街的一个风景，那棵姿态优美亭亭如盖的北美海棠树开花的时候，很多人都会来这里拍照片留念。如今这些都要结束了。

在某个早上，我看到售屋的牌子上面又加上了一块写着 SOLD 的小牌子，意思是卖掉了。我很关心的是什么人买了这房子。我看到了斯沃尼的儿子，问他。他说买家是一个华人。

从这天开始我就对接下来的屋主充满期待。屋子卖成之后到交接还有一段时间，斯沃尼一家还继续住在这里，还在照料草地和花木。终于到了他们搬家的一天，他们很安静地走了。屋子空在那里，不是马上有人搬进来。过了好几天，新的屋主终于出现了。

那是在一个暮色已经降临的黄昏，我和妻子在窗内看到了一个亚洲女人走进了隔壁的屋子。黄昏时的光线似乎含有一种溶剂，把人的轮廓都溶化掉了，人会显得像是纸板做的一样虚幻。但我还是看到她的神色坚毅，脸上皮肤发黄带着油性，头发剪平，颧骨高眼睛微陷。任何事情的第一感觉都十分神奇，不知怎么的，我竟然把这个买了斯沃尼家房子的女人和一个先前住在这里的斯沃尼夫人亲戚联想起来，觉得她们很像。而且这个念头马上又转到了泰勒夫人提到的斯沃尼夫人鬼魂一说上，好像是斯沃尼夫人的鬼魂借着这个台湾女人的躯壳回到了她自己的家里。

在我还没缓过神来的时候,隔壁的女人从屋子里出来,径直朝我家走来。是我妻子去开了门。一开门,就听到她带笑的声音。她是那种自来熟的人,妻子很快就和她聊了起来,并邀她进屋坐。她说刚搬来,和新邻居先打个招呼。她说自己姓戴,是台湾花莲人。她送了一包从台湾带来的凤梨酥,是花莲的名产,手工做的。我妻子推辞了一下,她一定要留下,说完她就走了。我妻子把这包凤梨酥放在桌上,这让我想起当年我们搬进这屋子的时候,在信箱里看到隔壁的斯沃尼夫人放的一包饼干和一张祝贺我们搬入新居的贺卡。这里的习俗是新邻居搬进了,隔壁的人要送点礼物以示欢迎。但这回反了,新邻居一来就给我们送礼物了,这让我们有点不好意思。我还记得斯沃尼夫人那份饼干的乳酪味道,这就像《追忆逝水年华》书里玛德丽娜小点心的味道会留在记忆里一样。我把凤梨酥打开,这正宗的东西和超市买的不一样,入口即化,圆润甜美。这味道盖过了我记忆里的斯沃尼夫人的饼干味道,但是又把那个记忆改头换面延续了下去。

　　接下来的一天,我看到了戴姐的儿子阿强,这个年轻人显得很结实有力,脸部的皮肤像柑橘的皮,加上一对猪眼。我现在记忆里的他是和那部宝马车连在一起的。那部黑色的宝马跑车不知是开进来的还是拖进来的,反正我看它一直停在车道边,从来没有挪动过。然后那车的轮圈里面的刹车盘一天天变锈,还从里面长出草来。戴姐的儿子阿强没有车开,又租了一辆车。我妻子听戴姐抱怨过这件事。戴姐说这车是儿子不久前买的二手车,买来不久就开始有毛病。戴姐劝儿子把这车赶快卖掉。但是戴姐说儿子根本不听。儿子的意思是让她闭嘴,不要烦他。他就喜欢这辆宝马车,不管它能不能开动。

一开始,我还觉得戴姐的儿子阿强是个勤快的年轻人,因为他马上开始动手对房子进行维修改善。我记得他所做的第一件事情是把车道沥青挖掉,铺上砖块。在我们这边的房子,铺砖块的车道比铺沥青的档次要高一些。我妻子一直有个理想,想把我们家的沥青车道铺成砖块。因此当阿强开工时,我妻子是他的粉丝,有空就站一边看,好像想从他那里把技术学过来,当然,她得把学到的技术再传授给我才能有作用。阿强开工第二天,就买来了一台切割机切割砖块。切割机的声音非常凄厉,会产生超高频的次声波,让人非常难受。那些日子我整天在忍受着切割机的声音,盼望隔壁的小子早点完工。几天后那种切割的声音变了调子,还是切割的声音,但是不那么难受了。我出去一看,原来阿强把地面干了一半的活儿搁置了,开始用汽油锯锯树。他举着汽油锯,像孩子拿着玩具,对着树木随心所欲锯几下。他家的花园和我家花园之间有一排小松树,直径只有茶杯粗细,阿强几乎没花什么气力就把这排小松树放倒了。他锯了两天的树,把花园里大部分的灌木都锯掉了。这以后他完全忘了车道铺砖头的活儿,想起了地下室里漏水的事情。他不知从哪里拖来了一台小型怪手挖掘机,开始沿着地下室的窗户往下挖。这里正是前些日子他铺砖块车道的施工位置,他刚刚在窗边位置浇注了钢筋水泥保护圈,现在他用挖掘机把这个窗户的保护圈整个挖了出来。有一天我看到了那挖掘机还在突突响着,看不见阿强。走近一看,那窗边的土坑挖得很深很深,阿强钻到了一人多深的坑底下,独自在干活。我觉得要是那边上的土塌下来,他非被活埋了不可。几天后,阿强完工了,把土重新填了回去。我不知道地下室漏水有没有堵住,只是看到那些土填回去之后多出来很多,像个小山一样堆在车道上,一下雨,全变成了泥浆,流淌在车道上,殃及了我们家。这以后,阿强似乎失去了控制,变成一个随心所欲的破坏狂。之前斯沃尼夫人家风景树下面是个树荫花园,种植好些种时令花卉,陪衬着一种不开花的草。每年春天到来时,我看到斯沃尼夫人戴着遮阳帽子,在傍晚时种植着这些非常好看的花草。但是戴姐家接手这屋子花园之后,不知怎么去打理这花园,那些陪衬草就开始失控蔓延开来。戴姐有很多时间想把这些陪衬草控制住,用手工在拔除。但阿强让戴姐走开,他开始用挖掘机在花园里清除陪衬草。他用挖掘机的巨爪把花园的表土翻了一次,陪衬草被刨掉了,可斯沃尼家里原来埋在地下的电线和公用的电视电缆以及电话线全给翻到了地面,看起来非常怕人。我经过时都提心吊胆的,生怕不小心踩到有电的电线被电死。好在他还没挖到地下煤气管,要不然会引起大爆炸。

  阿强这些破坏性的行为让我隔壁的泰勒夫人非常愤怒。上面说过,泰勒老两口六点钟就要上床睡觉。而阿强经常会在下班之后开始切割砖头,那凄厉的切割声打乱了他们的生活习惯。我不止一次地听到泰勒夫人愤怒的抱怨,说自己的血压都升高了。我们家和泰勒一家相处很好,圣诞节都会互送礼物。但是我最终发现洋人的脾气是摸不透的。他们要是较起真来,会翻脸不认人的。前年我们家买了新冰箱,把旧冰箱放到了后院用来放园艺小工具。泰勒夫人在她家窗口能看到这个旧冰箱。大概过了一个礼拜,她就告诉我妻子她每天站在窗口看到我家花园里放着个旧冰箱心情就会变得很坏,花园又不是厨房,怎么可以放冰箱?她要求我们把旧冰箱搬走。我当时想冰箱是放在我家后院你怎么管得着?我磨蹭了几天,但最后自己觉得不自在,还是把旧冰箱搬到路边让专门的收集车收去了。

我搞不清为什么泰勒夫人老是爱管我家后院的闲事。我十几年前刚搬入这个房子的时候,后院长着一棵巨大的枫树。当时是秋天,枫树红得像一把火一样好看。几年后的一天,泰勒夫人对我说:看,你家的树生病了。我顺着她所指方向一看,果然看到枫树的北侧有好些树枝枯干了。她说你应该叫树医生过来看看,电话号码可以在电话黄页上找。我后院还真的找到树医生给他打了电话。他很客气地说可以出诊,出诊费为五百加元,治疗费得等诊断后才知道。我挂了电话没有理睬他。谁会出这么多钱给一棵树看病?难道它是一棵摇钱树吗?

又过了好多年,有一天我妻子告诉我后院的大枫树裂开了。我过去一看,两个大枝杈间真的裂开一条大缝,里面黑乎乎地蠕动着好些虫子。那几天风大,风一刮来,树一晃动,那裂缝就会变大。我知道这树有可能会被风刮倒,要是倒了就会压坏我家屋顶,需要马上砍掉。我查了市政府砍树的规定,凡砍掉二十厘米粗以上的树木必须向市政府申请许可证,需要三到五个工作日,还需要交两百加元的手续费。但是,如果在紧急情况下,可以先砍树后申请。我请一个华人开的砍树公司过来,忍痛支付给他们两千加元的砍树费用(比起白人的砍树公司他们的报价便宜了一半）。在砍树之前，我请泰勒夫妇一起过来察看我家的枫树随时会被风吹倒的状况，希望他们会做证我是在紧急情况下才未经审批就砍掉树的。泰勒夫人对我早前没有请树医生给树做治疗感到不满，此时看到树的内部的确已经朽烂，也只好同意立刻把树砍掉，但是她要我树砍了后必须补办手续。我在砍掉树之后那几天特别忙，有意无意地把去市政厅补办手续的事给忘了。可后来每次遇见泰勒夫人，她都投来质疑的眼神。这让我知道无法蒙混过关，只得又掏了两百加币去补办了许可证，并出示给泰勒夫人。这样我后来看见她才不会觉得欠了她什么。

话说远了，现在再说戴姐家的事。戴姐肯定知道儿子的行为是冒犯了邻居的，她也想尽力补救儿子对花园的破坏。她经常在黄昏时分戴着帽子在花园里劳动，坐在小凳子上用一把锥子挖杂草。但是相对于她儿子的破坏力，她所做的事完全是徒劳的。她经常会送一些东西给我们，除了每次从台湾回来必送凤梨酥，还会送来一些当地农场种植的有机玉米、蔬菜。她这些农场产品是她上班的时候顺便买来的。她搬来不久之后就开始上班了，干最基本的人力活，听说是在一个西洋参包装厂。这让我有点困惑，我觉得戴姐是个家里有钱的人，年纪也比我们大一些，怎么会去做这种基本人力工？她去上班是和别人拼车的，我经常看到早上有车接她走，晚上送她回来。戴姐和我妻子相处得不错，她比较主动些，有时会主动邀请我妻子一起去购物。她会说我妻子买衣服的眼光如何如何好，说得我妻子很高兴，因此对她儿子的行为变得很宽容。

有一天,我发现了隔壁的屋子有个矮矮的男人出没。我妻子告诉我这就是戴姐的老公,以前是做挖地基工程的。现在台湾经济不好,做地基没生意,他改为在花莲乡下种芭拉和柠果了。我和他只在车道上对面遇见过一次,他是个典型的热带海岛男人,个子矮,颧骨高,和他的儿子阿强一样长着猪眼。当时他在前面的花园里和儿子一起锯树,我不明白这家的男人为什么这样喜欢锯树,他们合力把那一棵很值钱的日本细叶红枫树拦腰锯了一半。我们并没有看到台湾邻居一家人团聚的欢喜,那几天戴姐都没有出现。阿强父亲只待了个把礼拜就走了,他走了之后戴姐才再次出现。不知是为什么,第二天戴姐和阿强吵了一次架,戴姐似乎很伤心,到我妻子这边哭诉。这天她透露了一个秘密,原来她和老公早就离婚了。她说老公很早就有了小三,和她分居了,从此后她带女儿生活,儿子跟着老公。老公一直带阿强上挖地基的工地,没有让他好好读书,各种机器成了他的玩具。他成了一个没有头脑的人,三十多岁了还像个孩子,全凭冲动。她说现在儿子平时都不和她说话,她要是说他几句他马上会和她吵架。她在家里非常烦闷所以会去外面打工。

戴姐的故事曾让我同情感动。但是没有几天,我就发现了戴姐的谎言。阿强现在对我妻子很信任,有什么事都愿意对她说。我妻子听阿强说,他母亲在他还上小学时和一个同事偷情私奔了,一段时间全不顾家。后来他父亲和她分居,父亲带他长大。小时候没有母爱,又不爱读书,跟着父亲在怪手挖掘机中成长。现在他长大成人,母亲才良心发现,想赎回内心的不安。所以他很反感母亲,叫她回台湾去,不要在这里影响他的生活。我妻子劝阿强不要这样想,他母亲对他很好,总是考虑给他做好吃的,回台湾之前都会给他做好很多食物放冰箱里。阿强说他不喜欢吃她做的东西,那些东西大部分他都会扔掉。

在这个停电的寒夜里,我想着这些事情,越想越觉得台湾人的家庭情况复杂。我总觉得阿强那些刺耳的切割声来自于他内心对于母亲的愤怒和嘶喊,但转念又想莫非这些凄厉的声音下面真的掩盖着什么犯罪活动?最可怕的联想是用电锯切人体。我从来没进过他们家的房子,不知这屋里会不会种大麻,或者是个毒品仓库?和这样一个危险家庭居然做了近两年的邻居,而且我太太还几次进入过他们的屋子,真的让我有点后怕。我这样想着,朝外边的窗户看了看,看到了一个人影从戴姐的屋前闪出来。这人手里拿着个包,看样子好像是租住戴姐家那个房客。他一定是受了惊,拿着包包到别的地方去住了。我不知道这屋里是不是还有人,也不知道戴姐是不是还在里面。这么冷的天气,她要是还在里面真会冻坏了,而且她一定是受到了严重惊吓。

外面的冰雨仍在继续,天气越来越冷。我应该开开水龙头,看看有没有结冰。可我打开水龙头,意外发现居然水龙头里还有热水,而且温度和停电前一样。我想了想,明白过来家里的热水炉是使用煤气的,停电了还能继续烧水。这一发现改变了我愁苦的境遇,我在浴缸里放满了热腾腾的水,把自己泡在里面,像是《野生动物》节目里日本雪猴子泡在雪天森林的温泉里一样。温热的水使我紧张的情绪慢慢舒展开来,我先是打着盹,后来在温泉般的热水里睡着。这时有一个美丽的女孩子形象出现在我松弛的意识里,我又醒了过来。

我刚才意识里出现的女孩子是真实存在的,几个月之前就住在隔壁台湾人家里。那是在一天的早晨,我看到了戴姐和这个女孩从外面回来。她们穿着宽松休闲的衣服,戴着遮阳帽,像是散步回来。下午的时候我又看见了这个女孩一次,当时我从外面回来,在车道上和她相遇。这女孩显得有礼貌,主动微笑打招呼。第二天我又看到了戴姐和这女孩一起外出购物,回来的时候看到了她们带来好多的蔬菜。傍晚的时候,我还看到女孩和戴姐在花园里一起拔杂草。我妻子当时一直猜测着这个女孩的身份,显然,她是住在戴姐的屋子里面的,很有可能是阿强的女朋友。可是我们没有看到阿强和她单独外出,所以又觉得有点不像。可是有一天,我妻子发现这个女孩的肚子在一天天变大,她已经怀孕了。所以我妻子就肯定这是阿强的女友。

这一回我的妻子猜错了。过了几个月之后,有一个相貌十分英俊的大男孩出现了,谜团就全部解开了。他才是女孩子的男友,是她肚子里面胎儿的父亲。大男孩来了之后,带着女孩进进出出,显得很放松,很快和我妻子也相熟了。原来他是阿强的小学中学时期最好的同学,他的女友是到加拿大生孩子来了。因为在加拿大生了孩子获得了当地出生证,以后就自动成为加拿大公民。但是这个大男孩却不是从台湾来,而是从巴拿马来的。他对我妻子说自己在那边做生意很多年了。

我妻子夸奖这个大男孩很勤快，一到这边就和阿强一起整理花园。但是我很快发现这家伙和阿强是一个类型的人，都喜欢拿电锯当玩具锯树，前后花园的树木再次被狠狠地锯了一次。但和以前不同的是，这男孩锯掉树木之后会把现场清理得干干净净。小一点的树已经没有可以锯的了，有一天我看见了阿强和他的帅哥朋友爬到后院那棵斜着长的大橡树上，想把一个巨大的枝杈锯掉。但那个枝杈非常大，斜着长，遮盖着他们家后院大半，一直到我家屋顶上方。他们整整锯了两天还没把树锯断。就这个时候，女孩的分娩期到了，开始了宫缩阵痛。大男孩从树上爬下来，送女孩到医院，生下了一个体重达五公斤的巨婴。一个礼拜之后，我从妻子口里听说这一对俊男靓女已经走了。他们是突然说走的，那女的产后还虚弱，所以是买了可以躺下来休息的商务舱机票回台湾了。

按我现在的想法，这一对俊美的年轻人的短期居住是这座房子被戴姐买下后所发生的最有意思的事情。他们住的时间很短，女孩大概住了三个多月，那个男孩则大概只有十几天。我现在都无法回忆起他们的真实面容，只是能感觉到这个大男孩就像古希腊大理石雕塑一样俊美。他的身材健壮高大，脸上的笑容动人，非常有礼貌。甚至他的声音也特别好听，如银铃一样，说的是马英九一样的标准国语。我还能感觉到，当女孩出现的时候，台湾人屋子开始出现了一种美好而动人的童话气氛，开始像个家园了。我虽然没有看到阿强和这个女孩有什么互动，但是看到那段时间这个家伙不显得狂躁了，没有开动那喧嚣的切割机，没有乱挖地，没有把车轮碾过我家的草地，还把那辆轮子长满了草的宝马车卖给了车行。我发现女孩出现在花园前的时候,那棵残缺的北美海棠树也变得好看了。那些停在树枝上的鸟,啃着松果的松鼠,还有路人牵着的小狗都朝她看。而最奇怪的是戴姐,那段时间她显出了真正幸福的表情。她和一个子宫里有膨胀胚胎的女孩子一起,像是一个保护者,一个熟悉生育之道的母亲。她大概是很想儿子很快也会有一个怀孕的女友,或者她有错觉这个女孩肚子里的婴儿就是她儿子的。她可能因为小时候抛弃了儿子对儿子怀有歉意,现在很想抚养儿子的子女来弥补以往的错失,所以会移情到了这个怀孕的女孩身上。她带着女孩在花园里拔草,那真是一幅其乐融融的画面。戴姐在这一段时光里才享受到了买下这个房子的价值和欢乐。而那个大男孩的突然而至到消失只有短暂的时光。由于他太像一个古希腊雕塑,所以我总觉得他是不真实的,是一个幻影。还有他所来自的国家巴拿马的背景,让我感到有一丝不祥之兆。

在大男孩女孩带了婴儿匆匆离开之后,发生了这么一件事。大男孩和阿强在女孩分娩那天锯了一半的树在大风到来时摇晃得很厉害。要是那个大枝杈倒下来,会压到他们家屋顶,甚至我家的屋顶也会连累到。阿强决定独自把这棵锯了一半的树锯下来。他的策略是这样,先从高处把大部分的小枝杈锯掉,然后再一段段锯掉树干部分。他从一家叫 HOME DEPOT 的大型建材连锁店里租到一个升降平台,这样他就可以坐在平台上,控制着操纵板上升到可以锯切树杈的高度。我看到了那天他把机器拖回来了,那上面有几套曲臂,顶上有一个可站人的平台。他灵巧地升了上去,像是电影《变形金刚》里那个机器巨灵一样神气。我看到他升到空中后发动了汽油锯,开始锯树。我把所有窗户关起来,不让那噪音干扰我的工作。大概是中午时分,我听到我妻子喊我,说阿强在空中下不来了,让我去看看。我到隔壁一看,看到烈日之下阿强在高空平台上,脸孔晒得像煮熟的龙虾。他说上午升到空中不久之后就控制不了机器了,摆弄了好几个小时都无法动弹。我说我能帮上什么忙吗?他让我在底下的机器操纵板上帮他按几个开关,这样曲臂平台就会降下来。我非常小心地检查了一次,确信按下按钮不会把他突然摔下来。可是按下按钮之后,平台却依然不动。我按照他的指示把所有的按钮都按遍了,还是无法移动平台。折腾了一个小时,都不管用。这时他就动了自己从平台上爬下来的想法。但是我告诉他这样做有生命危险,还是打电话请消防队的人来把他从高空弄下来为好。阿强不会英语,只得我来打电话。一会儿消防队的大车就来了,用高梯子把他弄了下来,还让他签了字。这样的事情消防队会给他寄一张五百加元的账单的。

这天阿强下了地之后,发现机器没有毛病,只是他把一个开关关死了。他把那开关打开后,马上就可以很轻捷地操纵机器了。租机器一天的费用要六百加元,所以他下午又开始把自己举到高空,拿着电锯准备锯树。但是这回他遇到了一个对手。隔壁的泰勒夫人一直在盯着他,从上午起就盯着他,只是上午他被困在上面,汽油锯都没有发动,泰勒夫人才没出击。据我后来所知,泰勒夫人早在阿强锯第一棵树的时候就已经监视他们。最初看到他们锯的都是二十厘米粗以下的树。虽然她很生气,可市政法律规定房主不经审批就可以锯除二十厘米粗以下的树,所以她只能看着着急,无法出手干涉。在她发现阿强和台湾大男孩一起开始锯那歪脖子橡树的大树杈时,她目测那树杈有五六十厘米粗,肯定是超过了要审批的尺寸。但是她遇到一个难题,因为他们要锯的是一个枝杈,不是整棵树。泰勒夫人为此拿不定主意,特地出门坐出租车到市政厅咨询,得到一个官员的回复说这么大的尺寸即使是锯掉一个树杈也要审批的。当她搞清楚了这件事,那个台湾大男孩因为妻子分娩,已经和阿强停止了锯树行为。泰勒夫人也就失去了敌手。

　　泰勒夫人这个早上在自家的院子看到阿强升到了空中,马上像一台雷达发现了目标一样警觉起来。她发现阿强升到空中之后,像是中了邪一样在树顶上手足无措,被毒日烤得大汗淋漓。她看着独自偷着乐,可惜后来消防队把这小子救下来,她心里只觉得还没过瘾呢。下午她听到电锯刺耳的声音又响了,看到阿强再次像变形金刚一样升空了。此时她觉得到了该出手的时候了。为了自己有足够的胆量和力量,她一口气喝了一大杯威士忌,这就应了我所知的一句中国谚语:酒壮屁人胆。然后她红着脸膛迈着大步冲到阿强的机器平台下,用一根木棍敲打着机器,大声命令他下来。她说根据多伦多市政府的法令,私自锯掉大树是非法的。要锯树必须获得市政府的许可证。如果阿强不马上停止,她就要打电话报警。泰勒夫人的气势压倒了阿强。虽然他不懂英语,但能明白大概的意思。他觉得好男不应该和老太婆斗,尤其是不能和一个喝过酒的白人老太婆斗。于是他认输,按下开关下到了地面。用自己的车拖着升降机器送回给HOME DEPOT 了。

我泡在热水里想着这些事情,开始的时候还蛮舒适,可水慢慢冷了,于是就赶紧起来穿上了衣服。停电夜时间好慢,我都以为是深夜了,看看还不到十点钟。我找到了一个烧火锅的小煤气炉,烧了点热水泡茶。又点上一根蜡烛,准备继续写点字。桌上的小温度计已经指向零下二度,窗玻璃上结了厚厚一层冰花,我冷得无法集中思想写作,所以就准备铺床睡觉。我把家里最厚的几床被子拿出来,这些被子还是刚移民加拿大的时候从中国带来的。到了这边之后因为屋里暖气充足,一直都用不上,想不到今天倒是用上了。就这个时候,我突然听到楼下门铃叮咚响了一声。在这个深夜,门铃的声音在屋里回荡着,特别响亮。不知怎么的,我对这一声深夜门铃并不是特别惊讶,好像我早意识到它会响起,或者我正在等待着它。我想起了大学时那个教写作的老师示范过的一个微型小说,全文只有十几个字:世界末日之后,地球上的最后一个人听到了敲门声。

我拿着手电筒从楼上的房间来到了楼下,透过门窗的玻璃看到是戴姐站在外面。我把门打开,戴姐此时脸色苍白像个女鬼,带着一种不自然的笑。她问我一定知道白天发生在她家的事情了吧?她说自己今天上班,家里发生事情的时候她不在家,但她对惊动了邻居感到很抱歉,所以特地来向我道歉。我以为她不知道警察带走她儿子的经过,就把我从泰勒夫妇嘴里听来的警察如何包围了屋子并准备强行破门的过程都向戴姐复述了一次。戴姐很认真地听着。但是我最后发现她对警察带走她儿子的细节经过都十分清楚,比我从泰勒夫妇那里听来的要清楚很多。戴姐向我说明了警察抓走她儿子的原因,是因为海关里有一批从台湾运她儿子的货物中夹带着一批手枪和子弹。警察根据记录查到之前有一批同样的货物已经送达他儿子手里,所以会派出重装备的分队来搜查武器。戴姐说这件事情的起因在于前些日子在这里带女伴来生孩子的那一个男孩。他在巴拿马做过武器生意,所以想让阿强快速发财。他对阿强说加拿大的台湾黑帮需要武器,可以用阿强这样没有案底的清白户头运点枪支过来。阿强并不知道这有多危险,还觉得很酷。那个男孩在得知第一批货物出运之后,立即就带着女伴和婴儿飞走了,生怕有了风声会走不掉。现在他已远走高飞,阿强将担起所有后果,事情显然非常麻烦。

戴姐说完这些事情,又说今晚屋子里冷得无法忍受,她要先去朋友家里住,让我在恢复供电的时候打电话告诉她一声。从现在起,她要和律师一起开始工作,第一步是先把儿子保释出来。我发觉戴姐现在已经显得冷静镇定了,她的笑容也自然了起来。我目送她走出我家车道,看到了路边有一辆车等着她,是一辆高级的好车。我知道台湾人在这里有强大的社会网络,而戴姐也是个能做事情的女人,经历丰富,朋友众多,任何事情都能对付。在这个极其寒冷的停电夜,她显得毫无冷意。我看到了她上了那辆停在路边的好车,车子开走了。在一片黑暗中,我的视线出现了错觉,好像看到戴姐不是坐车走的,而是飘了起来,在夜空中飞行而去。

夜在继续,屋内气温继续下降。我裹在厚羽绒被里,只听得外面有冰崩裂的细微声音。我后来入睡了,进入了深度睡眠。不知是过了多久,我在梦里被一个声音惊醒。我张开眼,发现窗外有云影,冰雨大概已经停了。但是我觉得有什么显得不正常。突然我看到窗户外面好像有个巨大的怪物的影子在朝窗内张望,这让我有点毛骨悚然。我盯着它看了几分钟,那影子是静止的。我起床过去看,原来是阿强家那棵锯了一半的大树杈被冰挂压断了,倒在他们家的屋顶,一个枝杈正压到我家窗口。

那灯塔的光芒

一

A从伦敦回到温州的第二天凌晨,就早早起身,要和小时候打球的伙伴去福建海边旅行。今天要去福建惠安的有十几个人,有男篮的队员,也有女篮的。男队伙伴以前回国时偶尔有聚,而和女队队员则一次都没有,这让他对这次旅行的兴趣增加了些许。他是从去年开始加入了"少年篮球队"微信群的,这回因为要去福建旅游,从原来的群里又分出来一个"去惠安看灯塔群"。他打开了看灯塔群的头像,把女的先看了一遍,想起来,对大部分女队员的印象还是一九七四年时留下的。他最熟悉的是柳小芸,她是群主,微信上叫柳柳,虽然四十来年过去,她的模样变化不大,肤色还和以前那样略显黝黑,眼神柔和,衣着打扮很好。第二个是阿菲,小时候的美女,她是球风勇猛的后卫,现在剪着男孩头,还是很漂亮。微信名叫蕾蕾的是刘蕾,当年大家背后叫她"飞机场",因为她的胸很平。还有个阿琳,她还像小时候一样肥。她少体校出来后当了护士,A当兵体检时她正好在那个检验科里。她平时在意大利,微信上名字是安娜。

一夜没睡好。五点不到,微信就开始叮叮叮响起来。说好是阿泰来接他,顺路要带上几个女同学。A下楼在约好的华侨饭店门口等,没多久就见阿泰的车子来了。车里已经坐着一个柳小芸,车内灯光不明,A隔着座位和几十年未见的她打了招呼。车子马上前行,在不远的马路对面接到了路雅,再拐到一条街接到了阿米,然后就一直开往动车站。一进车站候车室,远远看见队友们已经集中在大厅一个角上。因为个子都很高,看起来特别引人注目。女队员的衣服都穿得很亮眼,A发现她们比他在别的同学会上见到的女生要有活力得多,毕竟是打篮球出身的,身材和气质都好。大家的行李箱放在一起,亲热地交谈着。A突然回想起一九七四年去杭州比赛,那个早晨在汽车南站,男女少年篮球队就是这样在候车厅里集中的。那时候大家都还是小孩子,男女之间还不好意思说话,相互隔着一点距离分两堆站着。回忆是优美的,却又如锋刃划过,让A内心一阵痛楚。他知道是因为苏娅,今天的人群里面没有苏娅,独缺了她一个人。

他还没缓过神来,突然看见从门口处走来一个人,推着个行李箱子,步态显得疲惫。A认出他好像是小时候就移居苏北的罗青。A没有想到他会来,因为这个专门成立的灯塔微信群里没有他。果然是他,他是刚刚下了从南京来的那班动车,恰好接上了这一个车次。A发现罗青的变化是所有人中最大的,身形干瘦,腿脚细得像苏北的芦柴根,似乎一折就断,有点像个小老头。他戴着一副深色的变色眼镜,看不清他的眼睛。A感到他还不只是外形的变化,主要是精神上的变化。他变得很拘谨,脸上的笑意不自然。罗青曾经是他最好的朋友,他离开温州后的最初一年A非常难过,一心想去苏北看他。现在想想,他们已经有三十多年没见面了。但令A觉得奇怪的是,这突然重逢并没有让A很激动。他过去和罗青握手问候,还没说几句话,胖子魏胜虎匆匆过来了,似乎急于和罗青说话。A说回头再细聊,先走开了。

高铁列车开出,像飞机一样轻捷。A望着车窗外景色,正是初春,远近山野上开遍了映山红花。一九七四年那一回坐长途车去杭州,车子开出后不久,就看见了瓯江上游碧绿的江水、站着艄公的竹排和满山的映山红花,那飞闪而过的景色和现在是一样的。少体校女篮队员都坐在前面,之前A和她们并不很熟,因为男队的队员是从各处选来,和她们不是一个学校。那时流行的电影是《闪闪的红星》《春苗》《红雨》,一路上女篮队员不停地唱,一直唱到了杭州。那一年他十五岁,第一次出远门,在杭州的一切记忆是那么美好,充满了梦幻。春天的西湖总是雨意朦胧,柳浪闻莺里开遍了桃花。他们在西湖边徜徉着,在湖里泛着小舟。十四五岁的男女孩子,感情正蠢蠢欲动,把一群少男少女放在美丽湿润的西湖边,少不了会长出一些情感苗苗芽芽来。A想起那次有一句话反复地传送着:苏娅苏娅雨伞送去啦！这是郑建伟做梦时说的一句话,当时参赛各队都住在体育馆看台下面的大房间里,睡铺在地上的大铺,郑建伟的梦话大家都听到了。苏娅是女队的前锋,个子很高,脸色白皙。A现在已经想不起郑建伟为什么会在梦里说为苏娅送雨伞。这事大概和苏娅的妈妈有点关系,当时苏娅的妈妈正好在杭州。A后来脑子里经常会出现苏娅和雨伞的想象,好多年之后他看到戴望舒那首《雨巷》诗里写道:"撑着油纸伞,独自彷徨在悠长、悠长又寂寥的雨巷……她是有丁香一样的颜色,丁香一样的芬芳……在雨的哀曲里,消了她的颜色,散了她的芬芳……"A觉得这诗的画面气氛和"苏娅苏娅雨伞送去啦"倒是有某些接近。因为建伟这句梦话,大家给他和苏娅配了对子。当时配上对子的有杨栋和刘蕾,阿米和阿琳,孙卫国和丽萍。丽萍外号矮脚丽萍,她跑步频率很快,有点滑稽。他们后来唱《红河谷》最后一句都唱成:还有那热爱你的丽萍。A记得罗青当时倒是没有配上什么人的,他和柳小芸好上应该是后来的事。

列车开出不久,女队员开始坐不住了,不停地起来,把带来的零食发给大家。车上的座位换来换去,大家的交流活跃起来。杨栋不知什么时候坐到了柳小芸的旁边,抓着一把瓜子嗑着,眼睛在滴溜溜打转。他站起来喊几排之外和魏胜虎坐一起的罗青,让他过来坐到柳小芸身边。罗青显得很为难,脸孔发红,不知道该不该过去。最后他大概从柳小芸的眼神里看到了暗示,才走过去坐到她旁边,他身体姿势僵硬,神情很不自然。杨栋在一边给他引座,一边对着别的同学做鬼脸。在罗青坐定后,他走开了,见A边上有个空座位,就坐到了他边上。A回国时和杨栋一直有见面,不陌生。杨栋刚从交警支队的副支队长位置退下来。他在位的时候,权力不小,整天有各种应酬,身边拍马溜须的人不少。这下刚退位,一下子寂寞了,因此很热衷于和老同学聚会。A小时候在球队里和杨栋不是很合得来,相互钑对方刁钻,更早时他们还打过架。不过长大后,他觉得杨栋还挺讲义气的。几年前他回国时想了解永强那边的不锈钢市场,杨栋都自己开车陪他去找人。

"看到没有,罗青坐在柳柳边上的姿势很有意思,像不像一个木头人?"杨栋说。

"你有点过分吧。罗青好像有点不高兴。你还是那么促狭啊!"A说。

"哪里,他心里美的呢。"杨栋说。

"他们现在还好着吗?"

"柳小芸没什么了,但是罗青还热着呢。他去年死了老婆,现在独身,想法很多。去年我们聚会,罗青来过的。柳小芸很给他面子,为他接风洗尘,摆了好几次酒。但听说柳小芸的老公吃醋了,说以后柳柳再也不可以和罗青这么亲密。所以这一次到福建旅游,大家都觉得不要让罗青过来,怕给柳柳添麻烦。还有,听说他刚生过了一场带状疱疹,大家怕受传染。所以为了不让他知道我们这次的旅游,就专门建了一个看灯塔群,没让他进来,这样他就不知道我们出游的事了。但他不知怎么就来了,还刚好赶上了时间,听说到福建的票都是他自己买好的。我觉得一定是魏胜虎偷偷告诉他的。他来不是为了柳小芸吗？还装着不想坐她身边。柳小芸私下告诉过我，说她一开始劝过他不要来，说他刚生过病体虚，不宜远途旅行。他生气了，说：是你不想我来吧？这样柳小芸也就不好说了。"

A打量着罗青，看到他还是戴着变色眼镜，面无表情。现在他知道为何罗青的脸色有点难看了，因为他被排除在看灯塔微信群之外，好像大家都不欢迎他了。这样，A觉得自己也成了同谋。可罗青为什么得到密报就赶过来呢？这个旅游对他真那么重要吗？这个时候，A突然看到罗青拿下了变色眼镜，他看到了罗青的右眼严重萎缩变形，而眼珠也是无神光的。罗青只是拿下眼镜擦了一下眼角，马上又戴上了眼镜，而这一切都让A看到了。

"他的眼睛怎么回事？"A问杨栋。

"你不知道啊？他一只眼睛瞎了。他自己说是有一次坐单位的车子出了事故，撞伤了眼睛，后来慢慢萎缩。而我听到的可靠消息说，他是和人家打架打伤了眼睛，后来慢慢坏掉了。"

"罗青以前是个腼腆的小白脸，和人吵架一下就脸红。他怎么会和人打架呢？"A说。

"是啊。小时候他的确不是这样。可能是和柳小芸的事情没成，他的性格变了。我听说他到苏北之后，和父亲闹翻了。他当兵回来后父亲已离休回山东，他独自留在了苏北，一直不见父亲。听说前年父亲死后他才回了一次山东，看他母亲。"杨栋说。话刚说完，杨栋看到阿菲那边几个女同学招手喊他，就跑那边热闹去了。

A 了解杨栋说的那段故事,当年他和罗青是最要好的伙伴,中学毕业后,大家无所事事,在社会上游荡,打发漫长的时间。他们一起下棋、钓鱼、抽烟、偷鸭子、在九山河的桥上跳水,做各种的恶作剧。但是罗青一直对 A 瞒着自己和柳小芸好上了这件事。在罗青离开温州前一天的下午,在松台山脚下的公共厕所里,罗青说自己晚上要去柳小芸家里和她告别,A 才知道原来这小子还有这一手。罗青是军队的子弟,父亲是军分区后勤部的政委。因为父亲所在部队要调防到苏北,罗青作为家属只能跟着去。那个晚上,球队的伙伴们早早到了罗青的家里,要最后和他玩一个晚上。大家在他家里等了很久,还不见罗青回来。A 忍不住透露罗青还在柳小芸家里,大家等不住了,一伙人打着手电筒,敲着脸盆,咋咋呼呼到柳小芸家楼下喊。他们喊了很久,也没把他喊下来。周围楼里的人都打开窗探出头来看。最后小芸的妈妈下来,说小芸和他都没在。大家慌张了,回到了罗青家,说找不到他。罗青的父亲让部队通过公安局找人,那一夜,满城的军警都出动寻找罗青和柳小芸。

　　第二天中午,大家如期到轮船码头送别罗青,因为找到他了。他们想私奔,跑到雪山卫国寺里躲着,最后被巡逻的人发现抓了回来,罗青父亲气得要拔枪打死他。但最后一切还是平静下来,他们一家带着全部行李到了望江路港务局上海轮船码头。A 记得那次他站在码头上,看着靠在高高船舷上的罗青木然而悲伤的样子,在大雾中慢慢离去。A 哭得很厉害,长大后从没这样哭过。罗青走了之后他在窗外的屋顶上种了一盆牵牛花,种子是一九七四年去杭州比赛时买的。牵牛花很快爬满了他的窗台,很热闹漂亮,但是 A 看着它们却怅然若失。罗青走了第二年,柳小芸很快结婚了,当时她才十八岁。A 还替罗青抱不平,觉得她很不够意思。后来,世事匆忙,A 也有了自己的生活,就没有关心他们的事情了。他想着这些,蒙眬中有了睡意,打起了盹来。

二

迷迷糊糊中,他听到后排座位有人在说苏娅的事情,他一下醒了。是一个不大熟悉的声音,他看不见是谁在说话,但慢慢听出来是海燕。A 以前没和她说过话,但是对她有特别感觉,因为她和苏娅一样是少体校女队中两个身体条件最好的队员。她们一起被省二队挑走,又是一起去海军北海舰队当了兵。海燕正在说她们从省体工队被北海舰队接走的经过。A 没有过去聊天,继续假寐,捕捉着她的每一句话每一个声音。海燕在说着:"下午的训练项目是体能课,跑了五千米,还蹲杠铃什么的,我们累得一点力气都没有,头发都散成鬼一样,全身被汗水湿透。我们走出了训练房大门,看到操场边停着一辆挂着军用车牌的吉普车,有两个穿海军军官服的高个子站在一边,其中一个人拦住了我和苏娅,笑着对我们说:'我们是海军北海舰队的,想招收你们两个到北海舰队女篮。你们现在就跟我们去一趟吧。'我和苏娅当时有点惊呆了,不知如何是好。我们一开始有点不大相信,不知他们是真是假。但我和苏娅觉得这两个海军军人看起来很正派,好像前几天他们还在训练场边坐了很久,看我们的训练。我们问这件事我们教练知道吗?我们得和她说说。他们说不用了,我们会和她说清楚的。说着,就打开车门让我们上车,我们也糊里糊涂上了车。"

"你们不害怕吗?"一个人插话问。

"是啊,那一天吉普车一直在西湖边开行,我们也想到了你们说的这些事情,心里好紧张。后来车子开进了外西湖的杨公堤路,这条路我们认得,林彪的五七一工程行宫就在这里。车子很快进了一个有海军战士站岗的大门,外面挂着牌子是海军疗养院。我们看到里面有很多人,这才放下了心,觉得这里不会是私人别墅。我们当时最着急的是想洗个澡,身体像腌菜一样臭死了。那个干部带着我们进了一个房间,让我们先洗澡。我们一进屋,天哪!房间太好了。有热水淋浴,有白瓷大浴缸,还有洁白的大毛巾。我们洗了澡出来,看到了床上已经摆好了运动内衣外衣。而最让我们吃惊的是,还摆着两套海军服装,是四个口袋的干部服。我们很快见到了领导。领导说我们已经被招收进北海舰队球队,一进来就是干部编制,工资五十四块,级别二十三级。当时这个条件太诱惑人了。因为在省二队,是没有工资的,只有十八块的生活费,就算将来上到省一队,也是工人编制,条件哪有部队那么好?我们马上就答应了下来。第二天,我看到我们的个人用品从省体工队拿回来了。我们没有机会去和体工队的人告别,坐军用飞机直接被送到了北海舰队的大连基地司令部。"

A几乎是一字不漏地听完了海燕的话。他知道杭州海军疗养院,去过好多次,那是他在浙江省军区队打球的时候。省军区自己没有室内体育馆,遇到下大雨没办法训练时,政治部就会给他们找室内的篮球场,通常是空军疗养院和海军疗养院。空军疗养院在玉皇山路,听说里面休养的都是战斗机飞行员。那个篮球场是室内的,但是比较旧,场地还是三合土的。而海军疗养院坐落在里西湖的杨公堤路,那条路上有刘庄、汪庄、五七一工程行宫,都是一些高级的内部庄园。A记得海军疗养院的球场是硬木地板的,篮球架是有机玻璃的,打起球来十分舒服。

A对于苏娅和海燕在省二队被海军招去的消息是听说过的,当时他的心里有一种深深的羡慕和落寞。那是一九七五年初,他还无所事事,整天做着进专业篮球队的白日梦。在中学的时候,他开始突然长高了,热衷于篮球,被招进了中学的校队。他那时养了两只高大的白罗克鸡,非常喜爱,像是宠物一样。但是因为要参加学校球队集训,他没时间养鸡,把鸡给杀了,一直觉得心痛。他后来进了市少年队、青年队,他的志向也高了。那时有消息说他会被省篮球队看中,他激动地等待着,结果却什么也没发生。不过他在一九七六年底时也终于有了改变,被当地的军分区看中,开始穿上了军装在部队里当篮球兵。

现在他能清楚地想起当兵时住的永川路,他的球队就住在位于永川路尽头的军分区船艇大队里面。那时候军分区管辖着东海上许多海岛边防,比如洞头岛南麂北麂岛,因此拥有一个有很多条登陆艇和补给船的船队。永川路在城市的最东端,小时候他到不了这里,只是从大人的嘴里听到过东门有个朱柏码头,而永川路就在朱柏码头的前一条街,在分区船队码头上是可以看到朱柏码头的。朱柏码头其实是个渔港,以前整个城市菜市场的海鲜鱼货都是从朱柏码头运到岸上的。球队虽然住在船队,吃饭却要到距离这里步行约一刻钟的矮凳桥军分区招待所去。那是一件比较麻烦的事情,一天三顿都要排着队从船队去招待所吃饭。永川路上布满了民居和商铺,每天他们都会见到一些有趣的事情。由于他们出入时间是固定的,因此会和一些准时在路上或路边出现的人相遇,比如路边那个用高脚木盆洗衣服的妇女;某个打扮特别时髦的少妇,和他们相遇时总是目视前方毫无表情;某个光着膀子用竹制的刷子刷马桶的男人,他刷马桶像在演奏乐器,发出旋律轻快的唰唰声。这一队个子高高的当兵人每天三次为了填饱肚子准时行走在永川路上,被街边一些人家当成了时钟。

某一天吃好了晚饭回船队,在永川路和朱柏路之间的一个门台洞里面,A被一个景象迷住。在他经过无数次的这个门台口里,出现了一位个子高高的姑娘。她剪着短发,白皙的脸庞,穿着一件连衣裙。由于她的个子很高,那个古老的门台显得很低矮。她分明被这一支经过她家门口的高个子军人吸引住,以有点迷惑的眼神打量着他们。A一下子认出了,她就是苏娅。他的脸顿时红了,第一个反应是低下了头,怕被她认出。后来他想过这样奇怪的反应不只是羞涩,好像还有点自卑。队伍很快过去,他没有回头张望,心跳个不停。是的,她肯定是苏娅。以前听说过她家住东门,没想到就住在和他船队那么近的地方。他住在这里快半年了,为什么才第一次遇见了她?不过这个问题很容易解释。因为她不在这个城市,她是在北海舰队的篮球队里打球,这回一定是回家探亲的。

从看见她在门台口出现的那一刻开始,A 内心的激动在逐步增加,到夜里的时候一直睡不着觉。他不知道这样的一次相见为什么会这样令他激动。以前他对苏娅并没有特别的感觉,在杭州的时候有一次他仔细看过她,觉得她眼睛鼻子都长得不是很好,他那时觉得最漂亮的是阿菲。但这次一看见她,他马上就觉得自己喜欢上了她。这种情感是那么的强烈,也许是爱上了她。几年没见过她,她现在完全发育了,剪着短发,肤色白皙,胸部丰满,眼神水灵灵的,周身散发着女运动员的美感。

这一次的爱意来得那么强烈,美好,完全把他给淹没了。一整天他都沉浸在对她的想念里,她所有的美感都被夸大了。永川路变成了一个仙境,街上弥漫着洁白的云雾,有时候,这里又变成了蔚蓝的大海,有军舰徐徐驶来,北海舰队的女篮站在军舰上,还有成群美人鱼在雪白的浪花里伴随着她们。A 猜想着,苏娅从部队里回家探亲,探亲期只有两个礼拜,在看到她之前,也许她已经到家好多天了,所以,她在这里待的时间不会很长,他能见到她的次数是很有限的。他急切地想再次看到她,两天后,他又看见了苏娅一次,这次她穿着一身海军制服,和她妈妈在一起,手挽着她妈妈的臂弯。这回 A 的球队所有人都看见了她,而且眼睛都被她穿着海军军官装的高挑身材和漂亮相貌勾住了。她感觉到了这群当兵人火辣辣的目光,但是她很大方,热情友善地向他们挥手致意,她母亲也跟着向他们挥手。A不知道苏娅是不是在队伍里看见并辨认出了自己。球队的人都为这个穿海军军装高个子美女的出现而激动,每个人心里都觉得她是对他自己挥手。A说了苏娅的来历,说她是北海舰队女篮队的,自己和她一起去过杭州比赛。由于A认识她,并说了她的名字叫苏娅,大家都觉得和她近了一步。

下午的训练结束后,A巴不得夜晚早点降临。因为在夜晚的时候,他就可以到江边去,独自抽烟、冥想,享受着思念苏娅时甜蜜而伤感的滋味。他还会把这些感觉写到日记本里面。他发现小梅在注意着他不经意流露在脸上的奇怪微笑和迷茫的神情。小梅是个老兵,全名梅建兵,是主力边锋。他原来搞田径的,速度和弹跳力特别好,加上中距离的投篮很准,是队里的明星。他是上海崇明岛人,个子一米八八,高鼻梁,非常帅气,只是不爱读书,文化差点。在球队里,A和小梅关系不错,他们都喜欢抽烟,喜欢看漂亮的女孩子。有一个星期天,他们在望江路上跟着一个包着白头巾的女孩子走了很长一段路,两个高个的解放军没有让白头巾女孩反感,最后还向他们投来一个深情回望。在永川路集训期间,球队在周末的晚上是容许队员外出散步的,但是要两个人以上。A经常是和小梅、二林一起外出,通常会走到中山公园。他们一边吃西瓜,一边抽烟,一边聊天,看着树丛里谈恋爱的人们,荷尔蒙在体内流转着。他们聊天内容大多是关于姑娘。二林那段时间在和老家一个姓骆的女同学通信,他把训练营养品麦乳精省下来寄给她,小梅取笑他是把麦乳精往洞里倒。而在遇见了苏娅之后,他们的话题就落在她身上了。他们三个人坐在河岸的矮墙上,吃西瓜,抽烟。看着天上的月亮。

"我觉得苏娅就像这月亮一样明亮。你说呢?鸭蛋?"小梅对 A 说。鸭蛋是 A 的外号。

"很奇怪,她以前是没有那么好看的。现在怎么光彩照人了。" A 说。

"我说个笑话。我们那边有个人,第一次去约会谈恋爱,坐在山坡上和女的找不到话说。他突然看到了头上的月亮,想起来人家告诉他要浪漫一点。于是就大声地说道:啊!月亮!那女的被吓了一跳,以为他神经病,赶紧起身走了。"二林说完,自己在咯咯笑。

"二林,你的笑话不好笑。"小梅说,"我们还是说说苏娅吧。鸭蛋,你应该去追她。"

"怎么追啊。我觉得现在她就真像天上的月亮一样遥远,不可触及。"A 说。

"总是有办法的,这方面我的经验比你多。"小梅说。

小梅提出的方案是给苏娅送军分区的电影票。因为后天分区大院里就要放映《柳毅传书》,一部刚解放出来的戏曲片。小梅有个老乡是放映队的,可以多给小梅几张电影票。因为是军分区内部电影,这样给她送票不会显得冒犯。小梅还提到,应该给她送两张票,因为遇见她那天她是和母亲在一起的,这样她的母亲就不会反对了。小梅的经验老到,把各种因素都考虑到了,可能他过去约女孩子遇到过女孩母亲刁难的事。两张票交到了 A 的手里。

这天黄昏时,A 手里攥着两张电影票,把手放在宽大的军裤口袋里,汗水把电影票都打湿了。他先是在街上转了一圈,马路上有太阳的热气,没有行人,他显得有点醒目。他绕着苏娅家门口兜了几个圈子,但就是无法鼓起勇气走进这个屋子。他不知道进来后对苏娅怎么说,还有如果她母亲在那里的话他怎么应付。对面一个卖酱油老酒的杂货店主人这会儿没有生意,眼睛一直盯着 A 不放,让 A 觉得很心虚。他知道这样下去没有结果,就返回到了船艇大队礼堂的住处。

"搭手了没有?"小梅问。搭手这两个字是苏北话,意思是成了没有。他们最近很流行用这个词。

"没有呢。她根本就没有出来。"A 沮丧地说。

"你不会进她家里找她吗?"小梅说。

"我不敢。没有勇气。"A 说。

这个时候大家都对 A 觉得失望。天已擦黑,再不把票送过去,就赶不上明晚的电影了。小梅说:"得,我来帮你一次吧。跟我来,我们直接进她家门去送票。你又不是去求婚,只是送电影票,有什么好怕的。"他不顾 A 还磨磨蹭蹭,拉起他就走。

到了街上,小梅也是从转圈开始,转了一圈,又转了一圈。小梅像是那些推铅球的运动员用转圈找到了一个加速度,然后在第三圈时带着 A 直接走进了那个有影壁的门台洞。那一步,A 的心跳出了胸口,他闭上了眼睛跨进门内,脑袋一阵眩晕。等他睁开眼睛,发现自己没有死掉。他看到了大门影壁后面是一个很好看的古式院子。有一株开着花的玉兰树,天井里放着很多个大金鱼缸,边上还种植着一排白栀子花,花坞里盛开着鸡冠花指甲花月月红大香鹃花。天井的上方是厅堂,两侧摆着大座椅,十分整洁舒适。苏娅很快出来见他们。她大概刚洗过澡,头发还是湿漉漉的,穿着一条暖和的睡衣,穿着拖鞋。她没有想到会有客人到来,不过她看见了 A 和小梅,面露笑容,很亲切大方。

"是你啊。"苏娅叫着 A 的名字,"我看你在路上走了,也听说了你进了军分区的球队。没想到你会来看我,快请进来坐吧。"苏娅对着 A 说着,迎接他们。

"这是我们队的老兵梅建兵,大家都叫他小梅。"A 赶紧介绍。

"欢迎欢迎。"苏娅向小梅致意。

"听 A 说了你的事情,你这么年轻就上了北海舰队专业队,真是太了不起了。"小梅说,开始了恭维。

"这没什么,北海舰队的实力其实不强。倒是你们军分区队是很厉害的。过去军分区那个 5 号小樊,现在是八一队队员了,是我们的偶像呢。"苏娅说。

"我们不是专业队。我们都有自己的连队,我的连队是榴弹炮部队。等集训结束,我就回连队里当普通的士兵。"小梅说。

"我是通信连的,回连队就是要架设电话线。"

"那多有意思啊。我觉得整年都打球太无聊了。"苏娅笑着说。

谈话变得顺畅。A 不再觉得紧张,开始觉得非常有趣。这个时候,门外有响动,是苏娅的妈妈回来了。她起先有点惊讶,但是马上显得非常热情。苏娅说他们是军分区球队的,A以前和她一起去过杭州比赛,说他们送了两张电影票过来。苏娅母亲还记得在杭州时见过A的事。妈妈很客气,甚至过于客气,眼睛在他们的脸上不时扫过,像是在给女儿物色对象一样的。她请他们吃橘子,喝糖开水,问他们家里的情况。小梅在熟练地抵挡着,A则完全没戏,表现得像个跟班,全被抢戏了。

但是A能感觉到,苏娅对他的目光里有某种让他甜蜜到心底的波光,这让他有了一种说不出的幸福感。他一直记住这个细节,在她妈妈端上了加糖的开水之后,那开水很热,苏娅拿着扇子为他的那杯糖开水扇风降温。此刻在高铁的车厢里,他想着三十多年前的情景,依然能清楚回想起她那闪着柔情目光的脸庞,心里面还有她浴后的香气。他心里的她还是十八岁的样子,而现在车厢里她的同学们都已过五十多,虽然保养很好,总是在滑向衰老。只有她永远是十八岁,永远年轻着。

三

"还能叫出我的名字吗?"一个女队员过来坐在A对面问道。A有点吃惊地看着她,觉得面熟,微信群好像有她,但是刚才温州出发的时候他没有看见过她。他怎么也想不起她的名字。

"我是艾珍,打后卫的。"

"你一说我就想起来,看到你就觉得很熟。可早上出发的时候怎么没看见你?"

"我刚刚在宁德站上车,我女儿在这边做生意,我过来给她带孩子帮点忙。"艾珍说着。A这时想起刚才停车时好像大伙是在和一个刚上来的人说话,只是他在沉思中,没有去关注。

"我现在都想起来了,一九七四年去杭州你也在。记得你总是和苏娅在一起。"A说。

"这还差不多。你不知道我,我倒知道你蛮多的。我知道你在国外,在国外都好吧?"

"在外国二十多年了,习惯了。"

"你那时候在永川路军分区里打篮球我看到过你几次。我的家就住在那一带。"艾珍说。

"是吗? 我怎么没有看到过你呢?"A惊讶地说。

"你那时在永川路看见苏娅了吧?"艾珍说。

"是啊,路上遇见过几次。"A说。

"我不漂亮你就看不见我了,苏娅漂亮你就记住啦。"艾珍说。

"你怎么知道我遇见过苏娅的事呢?"A问,他觉得艾珍好像知道一些事情。

"苏娅告诉过我的。"她看了他一眼,又躲开了他的视线,有点意味深长。A还想和她把这个话题继续下去,但她好像故意要回避。她像风一样,来时出其不意,去得也突然,一下子又溜到前面的座位和人家打牌了。A心里突然觉得艾珍的出现不是偶然的,她好像是那一段久远的记忆世界里突然跳出来的活人,因为她的出现,让回忆里苏娅的存在有了证明,而不是他心里一片虚幻的想象。他看着车窗外的景物,又回到了那个看电影的场景。

对于苏娅这样一个女孩子,他连深入了解的机会都没有过。他还没来得及爱上她,事情就匆匆结束了,只留下几个很残缺的片段在他记忆里。但是,这几个片段却是那么难以忘怀的。

那个年代娱乐活动少,看电影是生活中一件重要的事情。在这个小城市里,军分区里放电影的消息会早早传播出去,从下午开始分区门口就会有很多没有票想混进去看电影的人。那个晚上球队排着队前往位于华盖山下的军分区大院,门口围着一层层的人,很多小孩都拉着解放军叔叔的手请求带他们进去。A是新兵,一直跟着队伍行动,到指定的座位坐下。他的心思一直在苏娅身上,到处张望着她有没有来。小梅是老兵,又是主力队员,队长不怎么管他,他一进大院就溜开了,不见他回来。A觉得,小梅溜开的原因和送给苏娅的电影票有关系。电影是在操场上放的,前面留了几排位置给首长,后面的是一排排长凳,是分区干部坐的,警卫连通讯连的士兵则是自带小板凳而坐。A坐在那一排排长凳席上,根本看不见苏娅有没有来。他知道她会来的,可不知会坐在哪里。操场上的灯光熄灭,开始放电影了。

这天的《柳毅传书》是个神话戏曲片,说的是一个书生和洞庭龙王女儿的爱情故事。A本来对戏曲一点不感兴趣,但这个故事却数度让他落泪,因为他正坠落于爱的深渊中。在黑暗的环境里,他看不清人群的面目,想到苏娅在不远的附近和他一起看着这个伤感的电影,心里有一种细细的幸福感流淌着。但是这种幸福感并没有持续很久,突然间,片子断了,中间要换片子,操场上亮起了一盏电灯让放映员工作用。就这个时候,A突然看见了在他前左方,苏娅母女正坐在一条长椅子上,她们的边上坐着小梅。他一下子明白了,小梅是陪她们去了,这张椅子可能是他从老乡那里借来的。

A有些心神不宁,看电影的快感完全消失了,希望电影快点结束,让他离开这个地方。接下来的时间里,他几乎没有看银幕,一直低着头难过着。电影散场了,球队的人员点过名,排着队回住地。让A极度不安的是,他看到小梅没有回来,队长也没有说,显然小梅是和队长打过招呼的。从分区大门出来后,走出一条街,马路上就没什么行人了。上了永川路,只有昏暗的路灯,他们一队人快速地迈着步子。A看到自己的影子慢慢变长,又慢慢变短。

回到了礼堂里面的住地,队长让大家洗刷之后马上睡觉,已经过熄灯时间了。A爬到了格子铺上面,眼睛瞪着天花板,不能入睡。他不时看着手表,脑子里如走马灯一样转着停不下来。他想着小梅此时在干什么,胃里面一阵阵恶心。这样到了十一点半多,他听到了门被打开的响声,门是被小心翼翼地推开来,然后有人轻手轻脚走了进来。是小梅。队长显然知道他回来了,但没说话。A装作什么都没看到,一动不动躺着。不管怎么说,小梅回来了,他紧紧揪着的心开始松了下来。他在黑暗里张着眼睛,注意着小梅的动静。

"鸭蛋,鸭蛋,睡着没有?"A听到小梅在床铺边贴着他耳朵轻声喊着。

"什么事?"A说,侧过头来。

"起来,到外面院子里抽根烟吧。"小梅压低声音说。A知道这个时候是不可以出去抽烟的,但是小梅喊他去,队长不会管。

他们到了院子里,外面一片星光,江边吹来冷冽的风,让他打了个哆嗦。小梅开了一包牡丹烟,当时这是最好的烟。他还在高昂的情绪中。

"假戏做成真的了,这可如何是好?"小梅说,"本来我只是想帮你送上电影票,可我现在真的被卷进去了,我喜欢上了她,脑子里想的全是她,一分钟也停不下来。你不会生我气吧?不过就算我不插一脚的话,你也不会有行动。所以你也怪不得我。"

"你想说什么事情呢?"A说。

"没什么,只是心里像跑着马一样停不下来,所以找你聊聊。"小梅说着又递了一根烟给A,自己也接了一根,"刚才散场之后,我就一直陪着她和她母亲回家。电影结束,要回家的时候,我已经和她们很熟了。在放电影的时候,她坐我边上,她的头发不时地擦到了我的脸,我闻到了她脸上涂的乳霜的气味,这让我想法越来越多。电影散场后,本来就要分手说再见了,可我知道这里有机会,我提出送她们回家,因为最近听说永川路夜里有打群架,治安不好,她们答应了。我耍了个花招,在经过县前头的时候,说肚子饿了,要请她们吃一碗汤圆。苏娅有点犹豫,觉得我说肚子饿了,不好意思拒绝,但说她来付钱。但是我一进门就付钱买了汤圆票,轮不到她掏腰包。"

温州民间有俗语:"肯不肯,县前头相等。"意思是谈对象的人吃过县前头汤圆就有戏了。但是 A 觉得在吃了汤圆之后,小梅的戏应该结束了,接下来无非就是送她们到家而已,不会有别的事情,因为苏娅的妈妈在一边呢。

"吃了汤圆之后怎么样呢?还有什么吗?"A 故意问。

"没有了,然后就是一路送她们回到了家。"小梅说。

A 松了一口气。他的烟烧到了手指。小梅又递来一根。

"但还有个事情要和你说说。"小梅说。

"还有什么事?"A 只觉得胆战心惊。

"是,还有一件事。"小梅停了停,又接上一根烟,"在看电影的时候,苏娅的头发老是擦到我的脸,还有她身上那种乳霜的香气,让我心里痒痒的,下面的东西顶得好硬。我突然想起了要和她约会的念头,虽然我没文化,但是点子还是会想的,我想最好给她递个纸条,约她到什么地方去见面。可是我的字不行,蟹爬一样,还不知道怎么写。我在电影散场后去把那张椅子还给我老乡时,赶紧请他帮助,写了一个纸条。上面写着'明天晚上七点半到中山公园九曲桥边等我'。我把纸条装在口袋里,出来陪她们走出了分区大院,接下来就是吃汤圆的事。"

A 大口大口抽烟。他感到末日就要来临。

"我们走在永川路上,很奇怪,她妈妈很自觉地让到一边,让我和苏娅并排走。我把那纸条攥在手里,有意去碰她的手,起先她的手都躲开了,但最后明白了我的意思,知道我手里有东西,就放开手掌,让我把纸条塞到她手里。我能确定她把纸条拿到了,并且没有对我表示出反对的意思。我知道成功了,这个时候我就希望快点到达她家,免得有什么变化。我看着她们走进了屋子,和她们说再见。就回来了。"

A 感到心里难过。难过得不想说话。

"你为什么不说话?是不是生我的气了?"小梅说,"要是你真的很生气,我就不去约会好了。"

"我没有生你的气。我只是觉得难过,非常难过。"

"那你说我明天是不是去约会呢?"小梅说。

"你去吧。希望你会成功。"A 说。

时隔这么多年,A 想起这件事都还有屈辱感。他不知怎么的就承认了小梅对苏娅的权利,不过事实上,他和小梅的确是平等的竞争者,他早点认识苏娅不可以成为对她拥有权利的理由。那一个晚上,小梅在和他说过自己的艳遇经过之后就呼呼大睡。但是 A 一直都睡不着。他怎么也不明白,本来这一次机会应该是他的,苏娅是他少年时的球友,他能从苏娅的眼神里感觉到她是喜欢他的。但是他因胆怯迟迟不行动,结果被小梅抢去机会,苏娅会不会因此失望而看不起他了?

四

他们到达了目的地泉州站。高铁真快,以前两天的路程现在几个小时就到了。

他们预订的崇武金沙旅馆派了一部大面包车来接他们。A上了车,坐到了后排,然后看到大家一个个上去。杨栋坐在最前面的一排,正好在柳小芸和阿菲之间。他张开了双臂,一手搂着一个,说她们都是自己的妹妹。A有点惊讶杨栋在官场混过之后,会变得这样开放,小时候他可是另一种性格的人。A见过好些个政府官员,吃饭的时候桌上的女宾一定会坐在他们身边。他们会毫无顾忌地讲黄段子,大大咧咧地对女宾搂搂抱抱。杨栋当了几年交警队的领导,也变成这样了。A在后视镜里还看到坐在前面的罗青,只见他的脸色阴沉,很难看,显得很不开心。

是A提议来这里的。一个多月前他还在伦敦时,柳小芸说等他回来,同学们要组织一次旅游,问有什么建议?他提出到惠安崇武来,说这里有个明代的崇武海防城堡,城堡上有一座灯塔。A三十年前来过惠安,他忘不了在古老的崇武古城下,那一个美得让人透不过气的月牙海滩。这里有衣饰特别的惠安女,她们戴着斗笠和头巾,露着肚脐,结婚后要怀孕了才能进男人家里。A那年在海滩上看到修船补网的全是这些女子,还看见了一个惠安女站立在手扶拖拉机上,开足油门穿过街市。她的眼神和表情都显得那么冷酷,完全是一种另类的惠安女形象。然而,今天A再来到这里,发现他记忆里的古城消失了,车子一路下来,路边全是现代的房子。偶尔见到一个头上围着头巾的女性,却穿着牛仔裤。半个小时左右,车子到了旅馆。这是一个实惠型的旅馆,位置比较偏僻的,不是很热闹,专门做游客生意。A已经没有方位感,不知这旅馆是在古城的什么位置。

到达旅馆,十几个人进来后,前厅热闹了一阵。柳小芸登记后拿到了钥匙房卡,分给了大家,吩咐十分钟后出来在前厅集合,到对面的饭店吃中饭。

十分钟后,A走出房间,经过走廊,看到罗青和魏胜虎还在房间里。罗青在激烈地说着什么,好像很生气,脸涨红着。他看到了A,就小声了。到现在为止,A还没和罗青说上一阵子话,这样的对视有点尴尬。A对罗青和魏胜虎说你们快点下楼去吃饭吧,然后他就先下去了。很多人已在下面等着,那些女同学在短短十分钟时间里都换上了不一样的衣服,看起来都很清新。很快人到齐了,午餐就定在马路对面的餐馆。这餐馆看起来很近,可是马路上却有隔离带栏杆。这是条下坡的路,来往的车子速度都很快。要过这马路,得走到一百多米外的十字路口才有行人斑马线。福建的中午日光猛烈,照得人都不想走路。杨栋说这个道路设计很不好,行人过马路要走太长的路,这样就会有事故隐患。要是他来设计,他会在两个红绿灯之间再增加一条行人斑马线。杨栋的评论有点卖弄专业知识的味道,大家不大听得懂,也不感兴趣。

进入饭店,客人不多。菜都是预先订好的,很快就上桌。米饭是新出的香米,大家肚子都饿了,一上来就吃了很多香喷喷的米饭。而这个时候还有很多菜陆续上来,大家就想到喝点酒。他们自己带了两瓶白酒过来,是上一次聚餐的时候多余出来的,不过酒还在旅馆魏胜虎的房间里。杨栋说酒在魏胜虎的房间里,那就魏胜虎回去拿一下吧。但是魏胜虎不买杨栋的账,说自己脚痛,走不动。眼看着有点不愉快,罗青说自己回去拿酒,因为他和魏胜虎一个房间,知道酒在哪里。A目送他出去,看到外面阳光刺目。

　　罗青走了之后,又上来很多道菜,还送了一打啤酒,气氛一下子好了起来。早先在动车上大家是分散着坐,现在围着一桌,说话的话题便集中了。魏胜虎起初对杨栋不爽,说不该让远道而来的客人罗青去拿酒。但杨栋则巧妙地把话题转到那一件魏胜虎很敏感的运动裤的事情上。这是件让A有点尴尬的事,之前在微信上已经说了一阵子。说的是一九七五年某一个下午,A在灯光球场训练后和阿米在看台上发现了一条蓝色的棉毛运动裤。他们当时不知道是谁的,但那时就爱恶作剧,把这条裤子拿回家里。A会摆弄缝纫机,把这运动裤剪成内裤的裁片,做成了两条内裤,一人一条。他们一边做还一边说这好比造飞机一样的难。第二天他们听说是魏胜虎丢了裤子,想这下坏了,结果就把内裤藏起来,不拿出穿,事情也就神不知鬼不觉地过去了。前些日子阿米以为事情过了四十年,可以把这事拿出来当笑话说了,阿米说裤子是A拿的,把自己推得干干净净。A在微信上感觉到虽然大家把这事作为少年时代的成长趣事来讲,但觉得魏胜虎心里有恨。为了解嘲,A在微信群里说自己要给魏胜虎赔一条美国大妈的花短裤。

　　"鸭蛋,你可把我害苦了。那条运动裤丢了后,我他妈的被我父亲狠狠揍了一顿,想想现在都觉得痛。你他妈也太不够意思了。"魏胜虎说。他是个大胖子,看起来有点凶。早上在车站和A见面时握手故意用力,可能就是为了运动裤这件事。

"魏胜虎,这事真怨不得我,我和阿米当时是在灯光球场看台上拾到的,真的不知道裤子是你的,都以为是外面来的人丢的。这件事情阿米应该可以做证。阿米你说说。"A说,看着阿米,指望他能解围。

"是看台上吗?我怎么记得是在球场呢?哈哈。我记不清了。那天在你家里把运动裤改成内裤挺费事的,哈哈哈,比造飞机还难,哈哈哈。"阿米说,他在打哈哈,没有为A做证,因为之前他在微信上一口咬定是A干的。A感到相当失望,虽然都是几十年前的小事情,但是误解和怨气似乎都还存在,还变了个味道。

"鸭蛋,你说赔我一条美国大妈花裤头,带来了没有?"魏胜虎说。A没想到魏胜虎还真说这个,一时找不到话回答。

"这个花裤头应该找阿江妈妈要。你们都知道当年灯光球场看门的阿江吗?"阿米说。大家都记得阿江。他原来是武术队的,脸长得像熊猫,是个小胖子。"那时我们都说一件事,说阿江的妈妈特别胖,有一次阿江妈妈把自己的花短裤挂在窗口晒太阳,一个过路的人说:啊,这条窗帘真好看。"阿米说完自己在咯咯笑个不停,大家也被逗乐了。A这时觉得阿米总算给他解了一次围。

又上来几道菜,罗青还没有回来。大家开始想罗青是不是生气了,不回来了?有人说魏胜虎应回去看看,因为和他同房间。魏胜虎说不去,有点赌气的意思。A觉得有点不正常,站了起来,准备回旅馆去看看。这时外面响起了一阵呼啸而来的警车鸣笛声。有人说,是不是哪里失火了？杨栋说这是警车,是交通警察的警笛声。接着又响起了另一种车子警报声,有人问杨栋,这是什么声音？杨栋说这是救护车。这些车子似乎就停在餐馆门口附近的。突然听到酒店外面的保安过来说：

"好像是你们的人给车撞了。"

这个时候,A看到了柳小芸的脸色像死人一样白。他意识到了什么,赶紧起身往外面走。他一出饭店门,就看到马路中央隔离护栏靠自己的这边站着罗青,他手里还拿着带盒子的酒,站着不动。一辆桑塔纳斜着停在他前面。马路已经被警察封锁。A跟着杨栋走过去。罗青看到了他们。

"我跌了一跤。"罗青说。他笔挺站着。酒还在手里。

"你怎么会在这个位置跌跤呢？"杨栋问。他惊恐地注意到罗青的耳朵里有一条细细的血正在往外淌。

"他在这个位置翻越栏杆穿越马路,被这一辆下坡的车子撞了。"一个交通警察过来对杨栋说。

救护车停在附近,但是救护人员没有过来救治罗青,以为他没事。杨栋对罗青说："你得马上去医院。"杨栋知道他的伤势很严重。

"我没事,我只是跌了一跤。"罗青说,脸上还挤出个微笑。

"你能走得动吗？"杨栋问罗青。罗青挪了一下,无法移动。

"我走不动了。"罗青说。

"你趴我肩上,我来背你上救护车。这乡下地方,救护人员连点基本常识都没有。"杨栋说着,把罗青背起来,走到几步远的救护车前。那救护车的人把罗青接上了车。杨栋看到魏胜虎呆若木鸡在一边,就把他也推上了救护车,让他先跟车一起照看罗青,之后,救护车就开走了。

众人回到了餐馆内坐下,如遭到了雷击一样六神无主。大家在商量对策。好些人看到罗青站着的,以为问题不大。杨栋告诉大家问题严重,他的耳朵都出血了,说明脑颅有内伤。杨栋说马上要去一趟当地交警队打交道,阿米也一起去。其他人都先去医院,看看罗青的情况怎么样。

他们赶到了医院。跟随救护车过去的魏胜虎看见他们就大哭起来,说罗青一到医院就昏迷了。医生检查后说骨盆粉碎性骨折,锁骨也断了。脑子CT刚做过,报告单还没出来。

从门窗里可以看到罗青,他现在头上包着白绷带,静静昏睡,样子很安详,好像回到了四十年以前的小时候的模样。A感到恐惧,想起很久以前自己在运输公司工作时的一件事。有个乡下到城里的人在马路上被运输公司的车撞了,头部着地。那个人自己爬起来,还到了安全科,说自己没事,想马上走。安全科的人没让他走掉,送他到了医院检查。他到医院后很快就死了,因为颅内出血。

透过隔离室的玻璃,A看着头上包着白纱布的罗青,心里产生一种很奇怪的想法,觉得罗青是在做一个很深沉的梦,而他自己则可能是他梦里的一个人。这个时候,他开始觉得自己和罗青走得很近,小时候那种亲密的感觉回来了。他想起了那个中午罗青乘坐的上海轮船徐徐离开码头的情景,在水雾弥漫的空气中他们的距离渐渐拉开,有许多海鸟在这虚无的空间飘飞着。当时他心里有一种强烈的愿望,在以后的日子里他一定要去看望罗青,他把这个重逢当成一个重要的人生目标。

而事实上,他们在分别两年之后有过一次见面的机会。那是在浙江省军区的篮球联赛上。A参军的同一年,罗青在泰州也当兵了,到了同样在浙江的台州军分区,也进了台州军分区的篮球队。比赛是在杭州南山路的浙江省军区政治部大院,边上就是桃花盛开的柳浪闻莺。他和罗青在劳动路的省军区招待所里相遇,那一个礼拜,他们在同一个食堂里吃饭。他们所在的球队交锋过一次,A的球队赢了,但A和罗青都是替补队员没有上场。这一次相逢,他们还都没什么变化,还是那样爱玩。有一个晚上他们各自的球队都没有比赛,队员都在省军区礼堂看别的球队打比赛。A在场地里找到了罗青,决定离开球场到外面玩玩。他们到了西湖边,坐在岸边的长椅上,抽烟,吃苹果和冰淇淋。他们的面前就是夜幕下的西湖,三潭印月的石塔在月光下能看得清。自从他们在一九七四年来过杭州,对于这个美丽的地方就有了一种特别的喜欢和怀念,此时他们在夜色里沉浸在故地重游的欢快之中,以致过了归队的时间。

第二天早上,A得知昨晚招待所发生了一件盗窃案,有小偷爬窗进入宁波军分区球队的房间,偷走几套军装和一些个人物品。A起先并没在意这件事,但是快中午的时候,领队说让他过来一下,说省军区保卫科的人要找他谈谈。他被带到一个房间,有两个军官对他盘问,问他和罗青是什么样的关系?昨晚他们去了哪里?做了什么?

要仔细地说清每一分钟的细节。A如实说了他们昨晚是如何遇到又如何跑出去玩了,他知道没去看球而跑出去玩是会被责怪的,但是为洗清偷窃嫌疑,他觉得不能隐瞒。那一个级别高一点的保卫科军官一直用对待罪犯一样的眼神看着他,让他觉得很不舒服。这件事最后的调查结果如何A不知道,但是A的球队领队让他不要再和罗青在一起。在接下来的几天比赛期间,他和罗青再也没有聚过,只知道他也被保卫科的人调查过。从那一次之后,他们没有再见过面,后来的联系也慢慢少了下去。相隔近四十年,他们总算再次相见。但是这次比上次还惨,还没说上话,罗青就进入昏迷状态了。他不禁悲从中来。

到了下午三点,大伙都还在医院。十几个人坐在很拥挤的走廊里,且都显得筋疲力尽。这个时候杨栋回来了,说了自己在交通队的情况。他说起初办事人员很傲慢,杨栋把自己的警察证拿出来,说伤者是自己的同事。对方看到了杨栋的警衔是很高的一级警督,比他们的局长还高,马上改了态度。杨栋还说自己已经给浙江省交警队领导打了电话,说自己从来没有求助于他,这回一个最好的朋友在外省出事了,求他帮助一下。很快,福建交警方面接到这个电话,一级级盼咐了下去。事故鉴定方面罗青的责任大大减轻了,仅仅是负次责。医院派最好的医生用最好的资源来治疗罗青。杨栋说自己见到了肇事司机的母亲,那母亲气愤地说:你们的人可害了我的儿子了,怎么可以爬栏杆过马路呢?杨栋说自己无言以对。

"这罗青,怎么会犯这样低级的错误呢,只有外地务工者才会爬栏杆。他真是在苏北待得变成乡下人了。"杨栋说着。大家都开始附和着。

"我们新建了个群,没拉他进来,就是不想让他知道。可很奇怪他怎么赶来了,不知是谁走漏了风声。魏胜虎,是不是你和他说的?"杨栋说。

"我没说,你干吗问我?"魏胜虎瞪着眼睛,气呼呼地说,准备吵架。

柳小芸能感觉到大家对罗青的隐隐不快。她站了出来,抚慰大家的情绪。

"现在罗青已经安置好了,很多人在这里也没用,大家还是先回旅馆休息吧。今天已经过去,明天的日程大家还是按计划玩。罗青不小心出事,让大家扫兴了,我给大家赔个不是。明天我就在这里看罗青,大家只管去玩就是。"

柳小芸的建议得到大家的响应,但是都说不能她一个人留在这里照看罗青,还是大家轮流着来比较好。柳小芸说这样也好,不过她是要全天在这里,他们再轮流派一个人和她一起照看罗青。A 说就这样吧,他轮第一个,其他人先回去休息。大家觉得这样的安排不错,于是就这样做了。

"你说他会醒来吗?我真害怕他醒不来了。"柳小芸说。

"刚才医生说了,从 CT 的扫描来看,他的脑组织没有受伤,只是受到了震动,过一两天会醒过来的。"A 说。

"不知他醒来之后,会不会记不起事情,像韩剧里面经常出现的失忆症。"柳小芸说。

"这种事情很少发生,都是戏剧里面编的。"A 说。

"他要是真的失忆了倒是对他有好处,他的记忆负担实在太重了。"柳小芸眼冒泪花。

"我小时候曾经是他最好的朋友。他走了之后,我大概整整有一年多时间都非常难过。可是昨天我见到他,发现以前那种友情都不见了。他好像不是以前那个罗青,他的变化确实很大,也许他不去苏北的话,不会这样。"

"是的,他在苏北待了三十多年,性格全变了。"柳小芸说。

"我还记得他临走的那个晚上,我们在你家的楼下敲着脸盆找他,喊了好久没人回应。最后还听说你和他准备私奔了,只是最后没有奔成功。现在我想,要是当时你们真的私奔了会去哪里?你们觉得能成吗?"A 问道。

"肯定不会成功的。那个晚上他先是到我的家里,我们家很小,就一个房间。我们坐在房间里,我妈坐在厨房里,但是我妈妈不喜欢他的。那时我还在少体校读高中,而罗青已经到社会上了,我妈觉得他不是好人,留着小胡子,不让我和他交往。只是这次他是来告别,马上要离开这个城市了,我妈才让他坐了一个小时。但超过了一个小时,我妈就赶他走了。我说送他下去,结果就送他往家里走。他不愿意回家,我们就到了松台山上。那天天气很冷,我不停地咳嗽,罗青把自己的衣服脱下来披我身上,我还是冷,他也在哆嗦,那时我们都觉得很绝望。罗青突然想起来了一个地方,说雪山上的卫国寺可以住人，我们可以在那里过夜。当时还没想到什么私奔的事，头脑很简单。罗青觉得只要躲过了明天中午的出发时间，父母亲就会走掉，他就可以留在温州了。结果我们真的摸黑上了雪山，进了那个寺庙里。我们向一个老尼姑求助，求她容许我们过一夜。尼姑同意了，让我们在一个厢房里住下。那一夜我们靠在一起，一夜都没合眼。第二天天一亮，就有派出所的人开着摩托车把我们带下了山。罗青被父亲揍了一顿，强行带他上了轮船。而我整整哭了三天三夜。"

"真是一个伤心的故事。我完全能理解你的悲伤。说实话，在码头上看着罗青的轮船离去的时候，我哭得像个小孩子一样。之后的一年多时间里。我每天都会想念他，总是想着和他重逢。"

"不过好在那时候年轻，伤心是伤心，最后总还能高兴起来。"

"时间能抚平一切。有件事情我一直觉得好奇，今天想问问你，希望你不要见怪。我知道罗青走了后不到两年，你就结婚了。而那时你的年龄大概也就十八岁吧，不知你为什么这么急着结婚？"A问。

"是啊。那时什么也不懂，这事都是因为罗青的事引起的。他走了之后，一开始每个礼拜都有来信，我也整天在盼着他的信，和他书信来往很火热。我妈其实都在偷看我的信。她看到我们在信里谈得越来越密切，就联合邮递员截了罗青给我的信件，还把罗青给我的信全搜走了。那时罗青已经当兵，你知道我比较粗心，没有把他的地址抄下来，每次写信都要把他的信封拿出来抄地址。他的信被我母亲收去烧掉后，我记不起他的地址，无法给他写信了。而我再也没收到他的信。那段时间我真是很伤心。我这么年轻就因为和罗青的关系受到那么大的压力,心里觉得很疲倦。我慢慢失去了以后和罗青在一起的愿望,所以我一再告诉我妈妈,我只是和他做朋友,不会有嫁给他的可能。我妈就是不信。后来的一天,我妈说要给我介绍对象,是我表哥的一个同学,从小我就认识的。他比我大十来岁,黑龙江回来的,在冶金机械厂里做行政工作,条件很好。我妈觉得他人很好,对他放心。我那个时候因为罗青的事感情已经麻木了,还觉得只要结婚了,我妈就不会为罗青的事来烦我,而我心里也的确觉得自己不会嫁给罗青,所以我就同意了。

"后来很快就订婚了,老公骑自行车驮着我四处去分派喜糖。有一天去阿菲家里送喜糖,好久没碰见她了。她见到了我来送糖,以为我是一个人来的,赶紧拿出一封信给我。是罗青的信,因为罗青给我写了那么多信我都没有回复,所以他寄信给阿菲托她转给我。我拿着信,没有打开,只是看到了罗青熟悉的字,眼泪就唰唰地流下来。这个时候我老公放好自行车过来了,看到了我的信,就一把夺了过去。我老公比我们大十几岁,经过黑龙江的锻炼,社会经验十分丰富,我们这些小孩哪是他对手。他回家立即写了一封长信给罗青,里面放了两张喜糖纸,说柳小芸已经和他订婚了,劝罗青趁早断了心思。这以后,我和罗青真的断了联系,大概有十多年的时间。"

"在信里放喜糖纸让人断了念想的故事我过去听过。你老公还真的这样做了。"A 说。

"我后来的日子都过得很顺,十年、二十年过去,偶尔也听到一些罗青的消息。他中间来过温州几次,见过几次面,都很平淡的。但是我心里还是关心他。他独自在苏北,父母在威海。苏北那个地方落后,他算能干的,家境还不错。他的妻子五年前得了癌症,他尽心尽力照料,让他很辛苦,他也一下子衰老了。他很孤独,有段时间还打过架,喝酒,但他最终还是个腼腆的人。他还是一个重友情的人,喜欢热闹,喜欢和少年时代的朋友在一起。不要以为他这次来只是为了见我,他其实暗地里有来温州和我见面,见我不难。他和我说过,这次急着想来主要还是因为鸭蛋回国了,想来和你见见。我知道,在温州的那么多男同学里,他对你是最惦记的。我知道他平时不会那么傻的,居然会爬栏杆过马路。可能是因为大家把他排除在看灯塔群外面,对他封锁消息,让他很不开心,再加上他刚生过一场带状疱疹,身体虚弱,体力透支,才会去爬栏杆抄近路。"

A听了后,直觉心里难过和惭愧,因为他也在这个对罗青封锁消息的群里,而罗青则是因为想要见他而来。

罗青一动不动安静地睡着,头上包着白纱布。监护仪器上的波纹平稳地滑行着。

五

晚上九点钟,有人来换班了。柳小芸说要继续在医院待一阵子,让A先回旅馆去休息。这个时候,医院门口拦不到出租车。有人告诉他,这里其实离旅馆不远,从老城的街路上走过去,你只要看着老城墙上的那个高高的古代灯塔一直往前走,就可以找到旅馆。A又等了几分钟,还不见出租车过来,就决定步行回旅馆。

他很快就进入了老城区。路边全是木头结构的店铺,而街路的路面是石板铺的。他越过一座石头的小桥,就看见了那个妈祖庙,以前就是在这里他听说当地女孩子小时候都会去当一段时间的尼姑。街路交叉错综,他很快就迷失方向。但是一到稍空阔处,他就能看见海边明代城墙上的那个灯塔,所以就能找到方向前行。

回到了旅馆,没看到同伴。旅馆的人说他们都到楼顶上的露天酒吧去了,那里凉快。于是A也上了顶楼,看到这上面很宽敞,有不少座位。他选了一个位子坐下来,要了一瓶啤酒,空气新鲜,海风吹来。他还没看到同伴们在哪里,可也没想到去找他们。某种程度上,他想自己清静一下,不想马上和他们会合。

A喝着冰凉的啤酒,心情安静下来。他远远看着灯塔,还有灯塔下那蜿蜒的古城墙,大海在远处闪着亮光,仿佛那是一个熟悉的梦境。三十年前A和一个朋友来这里旅行,住在一个渔民的家里。那个傍晚渔民家煮鳗鱼汤招待他们,据说汤要煮得越清味道越好。趁着他们家煮鱼汤的时间,他一个人从后门出来,在海滩上散步。当时是刮风下雨,雨伞都给打翻了。那道沙滩叫月亮沙滩,呈月牙形的,美丽之极。而在稍远处的地方就是那个石头古城楼。他走近古城的时候,天已黑下,只见城池上头风雨和暮色中有一盏灯塔亮了起来。这是明朝时建造的灯塔,它的光芒是橙红色的,有一圈圈的光晕,在海天之间孤独坚守。那一刻,他在沙滩上久久看着这盏灯塔,忘记了渔民家里的那美味的鳗鱼汤已经做好上桌了。正是对这一座灯塔光芒的回忆,才带他回到这里。

这时他看到了艾珍站在桌子边。她和上午在高铁上时一样突然出现,像是穿着隐身衣似的。她坐了下来,他们交谈过,现在不觉陌生。

"罗青怎么样?"她问。

"还昏迷着。医生说他还得过些时间才会醒来。"A说。

"真没想到会出这种事。"她说。

"是啊,不该发生的事情发生了。"A说。

"我给你看一张照片吧。"艾珍说。她拿出了手机,用手指划拉了一阵,然后把手机递给了A。那是一个女孩子的照片,剪着短发,神色略带忧郁。

"知道这是谁吗?"艾珍问。

"不知道。"A照实说。艾珍拿回手机,又用手指划拉着,找到一张照片,给A看。

"这个呢?"

"这个也不知道。"A说。照片上是个上年纪的妇女。他略觉面熟,意识里开始有点察觉到艾珍的意图。

"这个是苏娅的妈妈。"艾珍说。A也认出了。他一九七四年和一九七八年见过她,现在还有点印象。她看上去老了很多,但还是能看出点当年模样来。

"女孩是谁?"A问。

"是苏娅的女儿。"艾珍说,"苏娅的女儿下个月要结婚了。我已经收到了苏娅妈妈给我的请帖,下个月去吃喜酒了。"

"是吗?是她女儿?我再看看她照片。"A拿过手机再次看,照片上的女孩看着他,他看出了一点苏娅的神情。

"我不知道苏娅的情况。不知道她有一个女儿留下来。"A说。

"苏娅死的时候女儿还不到一岁呢。前些天我还问过她有没有妈妈的印象?她说自己一点也想不起来了。"

"苏娅死了很久之后我才听到消息。那时我们都没联系,也没去参加过追思会。我只听说她是突然死去的,她究竟生了什么病?"

"先天性的心脏病。那一天是三八妇女节,水利局里工会搞活动。苏娅的一组拔河赢了,那天她特别高兴,和大家一起抱成一团欢笑,突然就倒下了,心肌大面积梗塞,心跳马上停止,再也没有跳起来。"

"她事先不知道自己有心脏病吗?"

"她应该知道。海燕也知道的,在她到了海军北海舰队之后的第三年,有一次她在训练中昏倒,后来就查出心脏先天有问题,不能再打球,会有危险。那之后,她就离开了球队,调到政治部当了干事,学摄影,一直到她转业回来到了水利局。"

"她死了后女儿跟谁呢?"A问。

"她女儿后来一直跟着苏娅的妈妈。苏娅的老公后来得知苏娅在部队时就诊断出有先天性心脏病,而他则一点也不知道,所以对苏娅的母亲很生气,觉得自己受了欺骗。他说要是早知道她有病的话,就不会让她参加剧烈的运动,也许她也不会死。对他隐瞒苏娅病情的结果不仅是害了苏娅,也害了女儿和他。她老公后来离开了中国,去了美国,娶了新的老婆。这回女儿结婚,听说他会回来参加婚礼的。"

A又伤感了起来,上一次见到苏娅时,她比她女儿还小很多呢。他能很清楚地想起那天苏娅的模样来。

"你知道我为什么会来找你说苏娅的事吗?"艾珍说。

"不知道。"A说。但是他觉得有什么事情在等着他。艾珍一开始在火车上找他说话就有点让他紧张。

"苏娅生前和我说起过你的一件事,而且说过好几次。"

"什么事?"A觉得心跳。

"她说自己第一次回家探亲的时候,在永川路经常看到你和球队一起走过。"

"是的,我今天一直在想着这件事情。她什么时候和你说的?"A说,心跳加剧。

"她说看到你很高兴,还说你变了样子,嘴边有了小胡子,看起来挺英俊的。"

"她是这么说的吗?那时她也变成大姑娘了,很漂亮,让我激动。"A说。

"她说你和一个队友去她家送了电影票,请她母女看电影。她很高兴,也很喜欢你。她母亲也看中了你,甚至打起你做她女婿的主意了。看了电影之后,她很奇怪你的那个队友陪她们回家。因为他是你的队友,她觉得亲切。还觉得可能你是新兵,请老兵出面帮助。

后来那个人在送她们回家的路上偷偷给她塞了纸条,她把纸条收下了。回家打开了一看是约她第二天到中山公园约会。她当时觉得有点糊涂,不知道这个约会纸条是你托那个人送的,还是他自己送的。第二天早上苏娅就到了我家里和我商量,应该怎么办?我看看那张纸条,上面只写了请她到中山公园九曲桥见面,没有落款名字,所以也搞不明白是谁写的。不过直觉告诉我是那个老兵写的。可苏娅看来喜欢你,幻想着是你写的,所以我也不忍心说穿了。我看苏娅像个爱情来到心间的小姑娘,脸色泛着红晕,就问她你是想和那个老兵约会还是和 A 呢?她说当然是想和 A 了,那个老兵是个老油条,她在部队见多了。我说那你就去赴约吧。你先在暗处藏着,见到是那老兵过来,那你就走人。如果是你要见的 A,你就过去。但是苏娅显然是慌乱了,不停地说怎么办?怎么办?我看看她可怜的样子,就对她说我陪你一起去吧。苏娅一再说这样合适吗?但是我看她快活起来了,脸上有了笑容。"

"天哪,竟然是这样的。你们后来去了吗?"A 说,心里惊讶极了。

"是啊,我们去了。那个晚上我给苏娅选了一条好看的连衣裙,看她脸色很不正常,苍白得没有一点血色,我就给她涂了点胭脂和口红。我们提早半个钟头就到了中山公园。那个时候我已经谈恋爱,经常在中山公园里约会,所以知道在九曲桥上方的山坡上有个亭子。我们就坐在那个亭子里看着九曲桥,等着苏娅的心上人走过来。月亮升了起来,九曲桥被照得很亮。我们看到了有个高个子的人走了过来,在桥边来回走。苏娅说这就是那个老兵。我问她怎么样?喜欢的话就过去。她哭了起来,说我们回家吧。那一路上,她一直在发着狠,说要用鞭子抽你,用针扎你,用开水烫你。"

"原来是这样的。"A脸上出现一个苦笑,他的心突然变得很寂静,好像是到了一处史前的荒原上。他完全没有想到,当时苏娅竟然会这样痴心地把小梅的纸条当成是替他送的。他真是犯下了一个大错。其实在他到苏娅家送电影票时他已经感觉到苏娅对他的温情,他应该勇敢地迎上去,但是他却懦弱地退缩了。那是一种不负责任的退缩,因而铸成一个大错,而这个大错的具体细节在几十年之后通过另一个人对死者的追思才到达他的耳朵里。

刚才艾珍复述了苏娅赴约会的现场情景。这一个情景在他的记忆里也同样存在,但是呈现着完全不一样的感受。对他来说,这一个情景充满了屈辱的记忆。和艾珍陪苏娅去赴约一样,那一天他也是陪着小梅去赴约。

那天下午小梅愁容满面,把A叫到了一边,说自己一个人去约会总有点怕,也说不清怕什么,也许怕遇见流氓,也许怕军分区的风纪检查。他还觉得在等待苏娅出现之前这段时间实在是太无聊了。他请A一起到中山公园,等看到苏娅出现,他带着她走进那黑暗的树林里之后,A再离开,独自回船艇大队去。

对于这样一个要求,A居然同意了,甚至心里还有对小梅的感谢之意。A现在无法复原出那天混乱的心灵状态,但他依然还能触摸到当时他心里极度受折磨的蛛丝马迹。那个时候他的心里灼烧着一团烈火,他像是在炎热的沙漠上几天没喝到水的人一样难受,渴望着水,而对水的渴望已经是一种幻觉,这个时候只要有人说让他喝水,他会愿意做任何事情。而这让他发疯的水,就是想见到苏娅。当小梅说让他一起去赴约的时候,他毫不犹豫地答应了下来。

这是一个月明之夜,中山公园里月影婆娑。在这个小城市,这里是唯一的一处公园。A 从小就在这里玩,对里面的地形很是熟悉。在中山堂前有个喷水池,河水引进来形成个人工湖,湖中有个带亭子的小岛,里面有小山洞。传说那湖里有巨大的甲鱼。而九曲桥在公园后侧的华盖山下,对面是个古老的廊亭。A 和小梅先是待在那一排黑暗的树林下。这个时候小梅非常听 A 的话,A 说什么他都说好,还不停地给他递烟。小梅平时的确很老练,但这个时候却显得很紧张,一点主意都没有,他真的被丘比特的箭射中了胸口,变得晕乎乎的。起初,A 让他待在黑暗里,观察着九曲桥一带,只要有人经过都能看到的,何况苏娅是个身高一米七九的女孩子。他们在黑暗中观察了一刻钟,没见苏娅的影子。小梅沉不住气了,他决定到九曲桥上去等她。

接下来的这一段时间,A 像是坐上了他后来坐过的云霄飞车一样,经历了大眩晕。起初,A 是毫不怀疑苏娅会来赴约的。但是随着时间一秒秒流逝,看着小梅在九曲桥上焦急徘徊,他渐渐地感到,苏娅不会出现了。半个小时过去,公园里起了夜雾,苏娅最终没有出现。小梅已经明白了,自己被放了鸽子。他气急败坏,而 A 则沉浸在公园夜雾里的木樨和栀子花的香气里。

那天之后,他没有再在路上看见苏娅。他是那样盼望看见她,但是又怕见到她。几天之后,球队出发到杭州去比赛了。从此以后他就再没有见过她,几十年以来只零星听过几次她的消息。一次是有一年听说她已经转业,到了水利局工作。再后来,就是听到了她死去的消息了。

"苏娅这么年轻就死了,才二十七岁。大家都以为她是突然死去,应该没有什么痛苦。可事实上并不是这样。她死后第四天,要出殡,要开个追思会。那天我早早去了她家里,我知道那天是最后一次见苏娅。苏娅睡在床上,我过去,轻轻揭开了蒙住她脸的被子,看到了她竟然是七孔在流血。我难过极了,她老公的姐妹们看到了也大哭起来,说苏娅你这是怎么了,我们刚才都已经把你打扮得漂漂亮亮了,你怎么突然会这样?我当时很伤心,和她们一起给苏娅洗了脸,再次化了妆。我后来一直在想,苏娅虽然死了,灵魂还是在痛苦,所以才会这样出血。"

A觉得难过,说不出话来。他真切地感觉到苏娅的灵魂。她一定还有很多事情牵挂着,牵挂着女儿,牵挂着家人,牵挂着世界上许多事情。

"我现在总算有机会把苏娅的话传给你了。我完成了一个心愿,虽然过去了那么多年。"

艾珍说完了话,眨眼间又不见了。A还继续坐在屋顶的露天酒吧。现在他的心非常平静,在一种淡淡的伤感里他似乎听见了遥远记忆里亲切的呼唤。

　　此刻,那灯塔光芒显得很神奇,在海雾中影影绰绰。八十年代在看过这个明朝的灯塔之后,他就开始在国外远行。他看过了世界各地很多座奇妙的灯塔,埃及亚历山大城灯塔、希腊安德罗斯岛灯塔、苏格兰内斯特角灯塔、俄罗斯库页岛灯塔。他想起一座没有名声的古老灯塔,它坐落在加拿大东部哈利法克斯一个半岛上。灯塔所对的大西洋几百海里外正是当年泰坦尼克号沉没的地方,灯塔底座礁石上站满了大批海鸟并堆积着厚厚的鸟粪。这里是鲸鱼出没的地方,他来到这里就是为了观看一种叫作座头鲸的鲸鱼。这里有一种真正的、亘古不变的宁静,只有鲸鱼才能到达那种境界。他连续几天在海面上观看鲸鱼活动,惊奇于它们的庞大和自如。他仿佛依附到了鲸鱼身上,沉入那深不见底、冰冷黑暗的海洋深处,他看到了时空呈现出了一种奇特的状态,似乎有一个隧道通到了银河系之外的某个地方。生命只是一种短暂的过程,可这个过程里面的确有一种永恒的光芒在闪烁着。他远远地看着那灯塔,想着苏娅,也想着离这里不很远的医院里昏迷的罗青和看护他的柳小芸。